SAINT JOAN
A CHRONICLE PLAY
IN SIX SCENES
AND AN EPILOGUE

聖女貞德

蕭伯納 著
連若安 譯注

聖女貞德譯注 content

說明

譯名

法語人地名，除了少數約定俗成（例如Charles VII譯查理七世），基本上按法語發音翻譯。名字源自法語，但人是英方的，如Richard de Beauchamp，按英語發音翻譯。

姓氏前的介詞de（德）、la（拉）連寫，不加圓點。

宗教用語主要參考《天主教袖珍英漢辭典》，詳見參考文獻。暗用經文的地方，盡量採用《聖經》（和合本）的譯法。

作者自序

讀者應該先讀劇本，再來讀作者的長篇大論的自序；所以把作者的序挪後。其次，序的節號是譯者所加。

注腳

注腳參照時，S表示劇本，P表示序文：如S1.2，表示劇本第一幕編號2的注腳；P21，表示序文第21節。

聖女貞德譯注

蕭伯納 著　　連若安 譯注

第一幕

1429年，明媚的春曉，洛林與香檳間的默茲河畔，沃庫勒爾城堡裡。

指揮官[1]羅貝爾・德博德里古，任軍職的鄉紳領主，相貌堂堂，孔武有勁，卻沒有主見，如常地跟管家大發雷霆來掩飾這個缺點；管家則是個受人糟蹋的可憐蟲，骨瘦如柴，頭髮稀疏，可以當作十八到五十五歲間任何年紀的人，因為從沒有青春過，就不會隨歲月而衰老。

兩人在城堡第二層一個軒朗的石室裡。指揮官坐在一張扎實的原色橡本桌子前的一把配套的椅子上，左側面朝外。管家在桌子另一邊，面對指揮官站着，如果那麼卑躬屈膝的姿態也算得上是站的話。背後是開着的十三世紀的直櫺窗子。靠窗的角落是角樓，出入的窄拱道接到下通院子的螺旋樓梯。桌子下有一把

---

[1] 當時還沒有國家常備軍。原文captain來自法文，本來就是首領的意思；譯成「上尉」不算錯，地位卻不同這個軍銜後來所代表的軍階。為免誤會，譯成「指揮官」。

結實的四腳板凳，窗邊有一個木櫃。

羅貝爾：沒雞蛋！沒雞蛋！天打雷劈，你這家伙，什麼叫沒雞蛋？

管家：老爺，這個不能怪我。這是上帝的安排。

羅貝爾：還褻瀆神明。你跟我說沒雞蛋，還怪到造物主頭上去。

管家：老爺，我能怎麼辦呢？我又不會下蛋。

羅貝爾：（諷刺地）哈！還耍嘴皮子。

管家：不敢，老爺，上帝在上。大伙兒沒雞蛋都得過下去，跟您一樣，老爺。母雞就是不下蛋呀。

羅貝爾：哦！（站起來）給我聽着，你。

管家：（恭敬地）是，老爺。

羅貝爾：我是什麼人？

管家：老爺是？

羅貝爾：（走近他）嗯，我是什麼人？我羅貝爾，到底是博德里古的老爺、這座沃庫勒爾城堡的指揮官，還是個放牛娃？

管家：哦，老爺，您曉得，您在這兒比國王還大呢。

羅貝爾：就是呀。那麼，你知道你是什麼人？

管家：我算老幾？老爺，除了有幸當您的管家。

羅貝爾：（一詞一頓，把他逼到牆邊）你不只有幸當我的管家，還有特權當全法蘭西最差勁、最無能，最會嚼舌頭、哭鼻子，嘰里咕嚕、嗚里哇啦的白癡管家。（大步回到桌前）。

管家：（縮在櫃子上）是，老爺；在您這種大人物眼裡，我準像那樣。

羅貝爾：（轉身）怪我，是吧。嗄？

管家：（不服地走向他）哎喲，老爺；您老是扭曲我的無心話！

羅貝爾：我準把你的脖子也扭曲掉；要是我問你雞蛋有幾顆，你再敢說你不會下蛋。

管家：（抗辯）唉、老爺，唉、老爺——

羅貝爾：不對；不是唉、老爺，唉、老爺；而是不敢、老爺，不敢、老爺。我三隻巴巴里母雞跟那隻黑母雞是全香檳最會下

蛋的。你來跟我說沒雞蛋！誰偷了？再不講清楚，我就一腳把你踢出城堡閘門，你這個騙子、偷東西賣給賊的家伙。還有，昨天牛奶也少了；不要忘了。

管家：（慌張）我沒忘，老爺。我心裡有數啊。牛奶沒了，雞蛋沒了，明天什麼都沒了。

羅貝爾：都沒了！你通通都要偷，嘎？

管家：不是，老爺；沒人要偷什麼。而是我們着了符咒，中邪了。

羅貝爾：我才不信這鬼話。我羅貝爾·德博德里古燒巫殺賊。滾。中午前給我拿四打雞蛋、兩加侖牛奶到這屋子裡來，要不仔細你的骨頭！要給你點顏色瞧瞧，當我是傻瓜。（回座，一副決不通融的神情）。

管家：老爺，我實話告訴您，沒雞蛋。只要那處子[2]還守在門口——半顆都沒有——您把我殺了也沒有。

羅貝爾：那處子！什麼處子？你在說些什麼？

管家：就是洛林來的那位姑娘，老爺。東雷米來的。

羅貝爾：（站起來，火冒三丈）天打雷劈！天誅地滅！你說前天那個丫頭？她斗膽說要見我，我叫你把她打發回去，吩咐她老爸給我好好修理一頓的那個，還賴着不走？

管家：我已經叫她走了，老爺。她就不聽。

羅貝爾：我不是叫你用說的，我是叫你攆她走。你手下有五十個重騎兵、十幾個大塊頭下人來執行我的命令。他們還怕她不成？

管家：她就是倔呀，老爺。

羅貝爾：（一把抓住他的頸背）倔！來，看好。我要把你扔下樓去。

2　原文the Maid譯自法文的la Pucelle，指保有貞操的處女。當時民間流傳，法蘭西的江山因一個女人（指王后）而失，會由一個處女挽救回來（時人相信，魔鬼不能利用處女。參Michelet（1853: 22））。貞德十三歲左右聽見上帝的聲音，答應守貞。奧爾良危急時，自覺就是那個力挽狂瀾的處女。後來被擒受審，人家問她為何自稱「處子」（the Maid）；她說：「可不是嗎？不信找人來檢查看看。」（Pernoud（1962: ch. 7））其實去解圍前，太子的人早檢查過了。

管家：不要呀，老爺。求您。

羅貝爾：來呀，倔到我住手呀。太簡單了，隨便一個潑皮丫頭都辦
　　　　得到。

管家：（被羅貝爾抓起來，全身癱軟）老爺，老爺：您就是把我扔
　　　　下樓也甩不開她啊。（羅貝爾只得把他放下。他半蹲半跪在
　　　　地上，認命地凝視着家主）。您瞧，老爺，您比我倔多了。
　　　　可她跟您一樣啊。

羅貝爾：我比你強，笨蛋。

管家：不是，老爺；不是這樣說；是您的性子強，老爺。她比我們
　　　　孱弱，一個細裊裊的姑娘而已；可是我們甩不開她。

羅貝爾：一堆都是飯桶，怕了她。

管家：（戰戰兢兢地站起來）不，老爺；我們怕的是您，可是她壯
　　　　我們的膽。她真個天不怕、地不怕。興許您可以嚇唬她一
　　　　下，老爺。

羅貝爾：（陰沉地）興許。她這會兒在哪裡？

管家：在底下院子裡，老爺，同平常一樣跟那些士兵講話。她不祈
　　　　禱時，老跟士兵講話。

羅貝爾：祈禱！哼！你信她祈禱，你白痴。我可懂那種老跟士兵講話
　　　　的姑娘。我叫她跟我講講。（走到窗邊，厲聲大喊）喂，你！

姑娘的聲音：（響亮、有勁、粗獷）叫我嗎，先生？

羅貝爾：嗯，叫你。

那把聲音：你是指揮官？

羅貝爾：是，他媽的無禮，我是指揮官。上來。（向院子裡的士
　　　　兵）帶她上來，你。給她推開一條路，快點。（從窗邊回到
　　　　桌前，神氣地坐下來）。

管家：（低聲）她想上前線去當兵。她要您給她一套軍服。一套盔
　　　　甲，老爺！還要一把劍！敢情要！（捏手捏腳走到羅貝爾背
　　　　後）。

　　　貞德來到角樓門口。她是個健壯的鄉村姑娘，十
七八歲，身穿體面的紅衣[3]，相貌不凡；兩眼遠隔而凸
出，就像一般富想像力的人那樣；鼻子修長端正，鼻
孔大；上唇短，嘴唇豐滿而神情堅定，下巴俊俏而顯
出鬥志。她興沖沖地走到桌前，為終於登堂見到博德
里古而雀躍，對結果滿懷希望。博德里古凶神惡煞的
樣子絲毫沒有叫她遲疑、害怕。她的聲音如常地親切
而迷人，信心滿滿，十分動人，難以違拗。

貞德：（匆匆打千）早，指揮官老爺。指揮官：你要給我一匹馬、
　　　一套盔甲、幾個兵，送我到殿下那裡。這是我主吩咐你的。

羅貝爾：（氣憤）「你」主子的吩咐！哪個王八蛋是你主子？回去
　　　跟他說，我不是聽他指揮的王公貴人，我是博德里古的老
　　　爺；除了國王，我誰也不聽。

貞德：（讓他放心）正好，老爺；那就沒問題了。我主是天國的王。

羅貝爾：哼，這丫頭是個失心瘋。（對管家）幹麼不早說，你死
　　　頭腦！

管家：老爺，不要惹她；她要什麼就給她吧。

貞德：（不耐煩，卻友善）我還未跟他們講話前，個個老是說我
　　　瘋，老爺。可是你明白，你要做上帝放在我心裡面的事，這
　　　是上帝的旨意。

羅貝爾：上帝的旨意是叫我把你送回去你父親那裡，叫他把你關起
　　　來，把你揍回神。你還有什麼話說？

貞德：你以為你會這樣做，老爺；可是你會發現壓根兒不是那回
　　　事。你說過不會見我，可我這會兒就在你面前啊。

管家：（求情）對呀，老爺。您曉得，老爺。

---

[3]　貞德真是天生的烈士。紅色有非常豐富的象徵意義；中世紀後期起，畫像裡聖母
　　和耶穌穿的也往往是紅衣。貞德愛穿紅衣，有幾個證人提到她身穿紅衣；是巧合
　　還是故意的呢？

羅貝爾：閉嘴，你。

管家：（低聲下氣）是，老爺。

羅貝爾：（酸溜溜地氣餒，對貞德）那你是斷定我會見你，嗄？

貞德：（嫣然）是的，老爺。

羅貝德：（自覺失利，雙拳扎扎實實地打在桌上，巍然挺起胸膛，來摒除討厭卻又太熟悉的感覺）你先聽我說。我要中明立場。

貞德：（起勁地）請說，老爺。那匹馬要花十六法郎。好多錢喔，可是我盔甲可以省點兒。我找得到一套夠合身的士兵盔甲，我很強壯；我用不着穿你那種量身打造的漂亮盔甲。也不用很多兵，殿下會給我一切需要的去解奧爾良的圍。

羅貝爾：（大吃一驚）去解奧爾良的圍！

貞德：（直率地）是呀，老爺；這就是上帝派我去做的。只要人好，對我又和氣，派三個給我就夠了。他們都答應來送我。普尼同雅克同——

羅貝爾：普尼！！你這無禮的臭丫頭，你敢當着我的面叫貝特朗‧德普朗日老爺做普尼？

貞德：朋友都這樣叫他呀，老爺；我不曉得他還有別的名字。雅克——

羅貝爾：你是說梅斯的約翰先生吧，我想？

貞德：是呀，老爺。雅克是自願來的；他是個心地好的先生，還給我錢去給窮人。我想約翰‧戈德薩夫會來，還有弓箭手迪克，他們的僕人奧內庫爾的約翰、朱利安。你都不用操心，老爺，我通通打點好了；你只要下命令就行了。

羅貝爾：（詫異，木然地凝視着她）喝，我真該死！

貞德：（甜美自若）不會的，老爺。上帝非常慈愛；天天跟我說話的真福聖人卡特琳、瑪格麗特（他目瞪口呆）準為你代禱。你準上天堂，準留名千古，因為你是第一個幫我的人。

羅貝爾：（向管家，依舊十分煩惱，卻因找到新線索而改變了口

氣）德普朗日先生真個答應嗎？

管家：（熱切）真的，老爺；德梅斯先生也一樣。他們倆都跟她去。

羅貝爾：（沉思）混帳東西！（走到窗邊，向院子裡喊）喂！你
　　　　呀；去叫德普朗日先生來見我，好不好？（轉向貞德）出
　　　　去，到院子裡等。

貞德：（向他，笑容燦爛）行，老爺。（出去）。

羅貝爾：（向管家）一塊去，你，你這個糊塗地糊塗的笨蛋。別走
　　　　遠，盯着她。待會兒我再叫她上來。

管家：奉上帝的名照做吧，老爺。想想那些雞，全香檳最會下蛋的
　　　　雞；還有——

羅貝爾：想想我的腳吧；仔細你的屁股，離遠一點。

　　　　管家連忙退下，在門口撞見貝特朗・德普朗日；
　　　他是法蘭西憲兵，皮膚蒼白，三十六歲上下，隸屬於
　　　憲兵司令部，做白日夢似的心不在焉，沒有人攀談，
　　　就很少開口，有人攀談，回答卻又遲鈍又固執；比起
　　　驕橫專斷、誇誇其談、虛有氣魄的模樣而其實毫無主
　　　見的羅貝爾，天差地別。管家讓路給他，就走了。

　　　　普朗日敬禮，站着候命。

羅貝爾：（親切地）不是公事，普尼。自己人說話。坐下來。（用
　　　　腳背把桌子下的板凳勾了出來）。

　　　　普朗日寬了心，進了屋子；把板凳放在桌子與窗
　　　子之間，若有所思地坐了下來。羅貝爾半坐在桌邊，
　　　說起自己人的話來。

羅貝爾：你先聽我說，普尼。我得當你是兒子來談談。

　　　　普朗日抬頭看着他一會，神色凝重，卻一言不發。

羅貝爾：談談你感興趣的那位姑娘。嗯，我見過她。跟她講過話。
　　　　第一、她是個失心瘋。這個沒關係。第二、她不是農家小蹄
　　　　子。她是個自由民。這個關係就大了。她那一類人我清清楚

楚。她父親去年才來過，代表村裡打官司：他是村裡有頭有臉的腳色。莊稼人。也不是鄉紳；他靠這個賺錢，靠這個過日子。不過，不是工人。不是工匠。他興許有個表親是律師、是神父。這種人在社會上興許微不足道，卻可以找一屁股麻煩給當權的。就是說，給「我」。你這會兒準覺得，把這姑娘帶走，哄得她以為你要送她到殿下那裡，簡單得很。可要是你讓她生出事來，興許就給我捅婁子，鬧個沒完沒了；因為我是她父親的領主，有責任保護她。所以呢，夠朋友不夠朋友，普尼，別碰她。

普朗日：（慎重其事地）我不會對榮福童貞女打那種主意，對這位姑娘也一樣。

羅貝爾：（走開桌子）可是她說你跟雅克、迪克都願意同她去。幹麼呢？你不要跟我說，你把她胡思亂想要去找殿下的事當真，嗄？

普朗日：（慢慢地）她有點來頭。下面衛兵室的人滿口髒話、滿腦子歹念，有些人啦。可是從沒有一句話扯到她這個女的。他們在她面前不再咒罵了。有點來頭。來頭。興許值得一試。

羅貝爾：唉，拜託，普尼！放冷靜點。常識向來不是你的長處，可是這也太過分了一點。（膩煩地後退）。

普朗日：（不為所動）有常識做什麼？要是我們有一點常識，就應當站到勃艮第公爵和英格蘭國王那邊去。他們占了半個江山，一直到盧瓦爾河。巴黎是他們的。這個城堡是他們的：你心知肚明，我們得把它拱手讓給貝得伏得公爵，你只是嘴巴上擁有它而已。殿下在希農，像被人逼到牆角的老鼠，只差在不肯拼而已。再說，連他到底是不是太子，我們也不知道：他母親說不是，而她應當知道的。想想看！王后說自己兒子不是真命天子！

羅貝爾：算啦，她把女兒嫁給了英格蘭國王。你能怪她嗎？

普朗日：我不怪誰。可是多虧了她，殿下才山窮水盡；我們也一樣會山窮水盡。英格蘭人準把奧爾良拿下來，庶子[4]擋不住他們的。

羅貝爾：他前年在蒙塔日打敗過英格蘭人。我那時候跟他一起。

普朗日：不管它，這會兒他的人都縮頭縮腦；他也行不出奇迹。你聽我說，這會兒什麼都救不了我們，除非有奇迹。

羅貝爾：奇迹也好，普尼。難就難在這年頭沒有奇迹。

普朗日：我從前也這麼想。這會兒可說不準了。（站起來，若有所思地往窗邊走）到了這個節骨眼，橫豎死馬也要當活馬醫。這姑娘有點來頭。

羅貝爾：哎呀！你以為這位姑娘能行奇迹嗎，嘎？

普朗日：我看這姑娘自己就是個小小奇迹。左不過我們手上只剩她這張牌。打出去勝過認輸。（漫步到角樓）。

羅貝爾：（猶豫）你真個這麼想？

普朗日：（轉身）我們還有別的好想嗎？

羅貝爾：（走過去）喂，普尼。換了是你，你願意給這樣的姑娘騙走十六法朗去買馬嗎？

普朗日：我願意付錢買馬。

羅貝爾：你願意！

普朗日：是的，我願意為自己的想法出力。

羅貝爾：你真個要為一個渺茫的希望賭十六法朗？

普朗日：這不叫賭。

羅貝爾：那不然呢？

普朗日：這叫落兒。她說的話、她對上帝忠誠的信心，在我心裡點了一把火。

羅貝爾：（對他死心）嘎！你跟她一樣瘋。

---

[4]　庶子指迪努瓦（1403-1468），是法國親王。當時私生子並不是什麼不名譽的事，也可以繼承爵位等（參看Pernoud（1962））。Bastard不是貶稱，所以譯成雅一點的「庶子」。

普朗日：（固執地）我們這會兒正缺了幾個瘋子。您看神志正常的
　　　　人把我們弄到什麼田地！

羅貝爾：（本來故作勇決，現在優柔寡斷形於色）我覺得自己是天
　　　　字第一號傻瓜。不過，要是你有把握——？

普朗日：我可有把握送她去希農——除非你阻止我。

羅貝爾：這不公平。你把擔子都推到我身上。

普朗日：隨你怎麼做主，擔子都在你身上。

羅貝爾：嗯，可不是？我要怎麼做主？你不知道我有多為難。（突
　　　　然想到一個拖延的辦法，不自覺地希望貞德會替他決定）你
　　　　看我該再跟她談談嗎？

普朗日：（起身）該。（走到窗邊喊）貞德！

貞德的聲音：他准我們去嗎，普尼？

普朗日：上來。進來。（轉向羅貝爾）我要回避嗎？

羅貝爾：不要，留下來；幫幫我。

　　　　　　普朗日坐在木櫃上。羅貝爾回到氣派的椅子，卻
　　　　依舊站着以添威勢。貞德帶着許多好消息進來。

貞德：雅克肯出一半馬錢。

羅貝爾：是啊！（坐下，洩氣）。

普朗日：（凝重地）坐下來，貞德。

貞德：（遲疑一下，看着羅貝爾）可以嗎？

羅貝爾：叫你做什麼就做什麼。

　　　　　　貞德打千，然後坐在兩人間的板凳上。羅貝爾擺
　　　　出盛氣凌人的副樣，來遮掩困惑。

羅貝爾：你叫什麼名字？

貞德：（閑話家常般）在洛林他們總叫我貞兒。來了法蘭西，就叫
　　　　貞德[5]。士兵都叫我處子。

---

[5]　貞德譯自法文Jeanne D'Arc。法文英譯，就成了Joan of Arc。不過，Barzun
　　（2000:232, 809）認為出生地不符，D'Arc（of Arc）應該是Darc之誤。貞德

羅貝爾：你姓什麼？

貞德：姓？那是什麼[6]？我爸有時候叫自己做德，可是我壓根兒不懂什麼姓。你見過我爸呀。他——

羅貝爾：見過，見過；我記得。你從洛林的東雷米來的，我想。

貞德：對呀；可是有什麼關係？我們都說法蘭西話嘛[7]。

羅貝爾：別問，回答。你幾歲？

貞德：十七歲，他們跟我說的。十九也說不定。記不得了[8]。

羅貝爾：你說聖卡特琳、聖瑪格麗特天天跟你說話是什麼意思？

貞德：就天天說呀。

羅貝爾：她們長什麼樣子？

貞德：（突然固執起來）我什麼都不會跟你講，他們沒有准我說。

「來了法蘭西」云云，並不奇怪。因為當時的法蘭西（France）主要指法蘭西島（Île-de-France），即現在法國北中部、巴黎一帶。十三世紀，阿爾比教派（Albigeois）活躍時期，法國南部的人就稱呼北方來的生客為French（Murphy（2012:36））。

[6] 中世紀的歐洲，姓的使用既不固定，也不普遍。貞德在受審時說過不知道自己姓什麼（Pernoud（1962: ch. 1））。貞德的信有些還在。她不會寫字，信是口授筆錄，再「親筆」簽名。有的只是打個叉，等於畫押；有的是別人握著她的手寫。現存有三封信簽的是Jehanne，沒有姓。

[7] 語言是民族認同的重要因素，實際卻不能一概而論。早在十二世紀，大學裡就有學生組織；巴黎大學有四個：法蘭西（France）、皮卡第（Picardy）、諾曼底（Normandy）、英格蘭（England）。而人的歸屬，主要是依據母語，其次是出生地、共同經歷等（Ridder-Symoens（2003:282-3））。巧的是，這些組織就叫做nations；彷彿預示了由民族到國族，由國族到國家的演變。然而法國大革命爆發時（1789），說法語的人口只有一半，說得好的只有百分之十二三（Hobsbawm（2012: 60））。而以色列更是特例。希伯來語已經兩千年沒有在日常使用，只苟延殘喘在宗教、學術用途；到以色列立國，硬是把希伯來語定為官方語言，到今天已經是幾百萬人的母語。這是先有民族認同，後有民族語言。

[8] 從前的人沒有現代人的年齡自覺（age consciousness）。Pernoud（1962）舉出貞德當代的例子：某人在同一年受審，一次自稱「五十左右」，一次「六十左右」。Chudacoff（1989:9）引了一個十九世紀中期的笑話：「有個美國北方佬被人問及年紀，抓抓下巴，頓了一下，然後說：「噢，我也搞不清楚，可是我經過了三次七年之癢。」作者認為美國人清晰的年齡自覺是十九世紀後期才漸漸形成的，是隨着社會變化，特別醫療、教育等制度而來的。

羅貝爾：可是你真個看見她們；她們跟你說話，就跟我這會兒跟你
　　　　說話一樣嗎？

貞德：不一樣，壓根兒不一樣。我不能跟你講，你可別跟我談那些
　　　異聲。

羅貝爾：你什麼意思？什麼異聲？

貞德：我聽見異聲，告訴我要做什麼。是上帝那裡來的。

羅貝爾：是你幻覺那裡來的。

貞德：那敢情是。上帝就是這樣子傳話給我們嘛。

普朗日：將！

羅貝爾：才不怕！（向貞德）這麼說，上帝叫你要去解奧爾良的
　　　　圍嗎？

貞德：還要去蘭斯大教堂為殿下加冕。

羅貝爾：（倒抽氣）為殿下加──！天哪！

貞德：還要把英格蘭人趕出法蘭西。

羅貝爾：（諷刺地）還有呢？

貞德：（可人地）這會兒嘛就沒了，謝謝你，老爺。

羅貝爾：我想你以為解圍就像把牛趕出草地那麼容易。你以為隨便
　　　　誰都可以當兵嗎？

貞德：我不覺得有多難；只要上帝在你那邊，你又願意把命交到祂
　　　手裡。可是許多當兵的都挺老實的。

羅貝爾：（陰沉地）老實！你見過英格蘭兵打仗沒有？

貞德：他們也不過是人。上帝怎麼造我們，就怎麼造他們；可是上
　　　帝給了他們自己的國家、自己的話；他們跑到我們的國家、
　　　想要說我們的話，就不是上帝的旨意了。

羅貝爾：誰教你這些鬼話？你難道不知道，士兵屬於封建領主，而
　　　　領主是勃艮第公爵、是英格蘭國王、是法蘭西國王，跟他們
　　　　或跟你都不相干？他們說的話有什麼關係呢？

貞德：這些我壓根兒不懂。可是，我們人人都屬於天上的王；祂給

了我們各自的國家、各自說的話，要我們守本分。要不然，
在戰場上打死一個英國人就犯了殺人罪了；而你，老爺，就
大有地獄火燒的危險了。你不要盡想着對封建領主的責任，
你得想想對上帝的責任。

普朗日：不管事的，羅貝爾；她每一次都可以像這樣駁得你沒話
說的。

羅貝爾：憑她？聖丹尼斯在上！走着瞧吧。（向貞德）我們不是在
談上帝，我們在談實務。再問一次，姑娘，你見過英格蘭兵
打仗沒有？他們搶呀，燒呀，把鄉下搞得寸草不生，你見過
沒有？聽過他們比魔鬼本人還黑的黑王子沒有嗎[9]？英格蘭國
王的父親呢？

貞德：你可別怕，羅貝爾——

羅貝爾：他媽的，我不怕。誰准你叫我羅貝爾的？

貞德：你在教堂裡奉上帝的名就這樣叫呀。別的名字通通是你爸、
你兄弟、誰誰誰的。

羅貝爾：哼！

貞德：聽我說，老爺。我們在東雷米的人為了躲英格蘭兵，都逃到
鄰村去。有三個兵被軍隊丟下，都有傷。我跟這三個可憐的
天殺的混熟了。他們連我一半的力氣都沒有。

羅貝爾：你知道他們為什麼叫天殺的嗎？

貞德：不曉得。人人都叫他們天殺的。

羅貝爾：因為大家都求上帝把他們的靈魂打入地獄。這就是天殺的
在英格蘭話裡的意思。你覺得怎樣？

貞德：上帝會憐憫他們的；等他們回到自己的地方就會做個乖孩
子，因為上帝為了那個國家而造了他們，也為他們造了那個
國家。黑王子的故事我聽說過。他一踏進我們的國家，魔鬼

9　黑王子指愛德華（1330-76），是英格蘭國王愛德華三世的兒子，曾大敗法蘭西
　　軍隊。

就附到他身上，把他變成個黑惡魔。可是他在家鄉，在上帝為他造的地方，原本是個好人。事情總是這樣的。要是我違背上帝的旨意，跑到英格蘭去征服它，硬要住下來，說英格蘭的話，魔鬼就會附到我身上；等我老了，想起從前做的壞事都會發抖呢。

羅貝爾：興許吧。可是你越像魔鬼，越會打仗。這就是天殺的會拿下奧爾良的道理。你擋不住他們，一萬個你也不行。

貞德：有一千個我就擋得住他們。有上帝在我們這邊，十個我就擋得住了。（再也坐不住，衝動地站起來，走向他）。你不懂，老爺。我們的兵老是打敗仗，因為他們打仗只為了保住小命，而保住小命的捷徑就是逃跑。我們的騎士只想着掙贖金發財；想的不是你死我亡，而是你付錢還是我付錢。可是我會教他們所有人打仗，好讓上帝對法蘭西的旨意行出來；然後就能把可憐的天殺的像羊兒般趕出去。你跟普尼會活到那一天，到時候法蘭西的國土上看不見一個英格蘭兵；只有一個國王，不是封建的英格蘭國王，而是屬上帝的法蘭西國王。

羅貝爾：（向普朗日）就算壓根兒是狗屁，普尼；可是軍隊興許聽得入耳，雖然我們說什麼都好像鼓不起他們的鬥志。興許連殿下也聽得入耳。而要是她鼓得起他的鬥志，就鼓得起任何人的。

普朗日：試試看也無妨。你說呢？這姑娘有點來頭——

羅貝爾：（轉向貞德）好，你聽着；（孤注一擲地）我先掂量一下，別插嘴。

貞德：（又一屁股坐在板凳上，像個聽話的女學生）遵命，老爺。

羅貝爾：我命令你，由這位侍衛和他三個朋友護送，到希農去。

貞德：（喜滋滋，兩手攥着）哇，老爺！你頭上有個圓光，像聖人一樣呀。

普朗日：她怎麼才去得到御前？

羅貝爾：（驚疑地找自己的圓光）不知道，她又怎麼來得到我面
　　　　前？要是殿下能把她拒於門外，就比我想的有本事了。（起
　　　　身）我派她去希農去，她也可以說是我派的。到時候就走着
　　　　瞧，我也沒法子啦。

貞德：衣服呢？我可以穿軍服嗎，嗄，老爺？

羅貝爾：愛穿就穿。我不管了。

貞德：（因成功而心花怒放）走吧，普尼。（衝出去）。

羅貝爾：（跟普朗日握手）再見了，老兄，我可是孤注一擲。沒幾
　　　　個肯幹的。可是就像你說的，她有點來頭。

普朗日：對，她有點來頭。再見。（出去）。

　　　　羅貝爾仍然非常疑惑，自己是否被一個卑微的瘋
　　　女人耍弄了，抓了一下頭，慢慢從門口退回來。
　　　　管家提着一個籃子跑進來。

管家：老爺，老爺——

羅貝爾：又怎麼啦？

管家：母雞下蛋下瘋了，老爺。下了五打呢！

羅貝爾：（身體抽搐地僵硬，在胸前畫十字，用蒼白的嘴唇說話）
　　　　天上的基督！（大聲卻喘氣）她真個是上帝派來的。

第二幕

　　　　都蘭的希農。城堡裡金鑾殿的一邊，以幔隔成前
　　　廳。蘭斯大主教，年近五十，是個腦滿腸肥的教長，
　　　除了莊嚴的舉止，絲毫看不出是聖職人士。宮廷侍從
　　　官德拉特雷木耶大人，是個醜陋驕橫的酒鬼。兩人在
　　　等候王太子。兩人右方的牆上有一道門。這是1429年3
　　　月8日，下午稍晚。大主教雍容地站着，左邊的侍從長
　　　卻大發脾氣，火冒三丈。

拉特雷木耶：殿下這狗頭什麼意思，要我們等老半天？我搞不懂你怎麼耐得住，站得像尊石頭偶像一般？

大主教：你知道，我是個大主教；而大主教就是一種偶像。他橫豎得學會站定不動，耐心地忍受蠢瓜。再說，親愛的侍從長大人，現在讓你等是殿下的大駕，不是嗎？

拉特雷木耶：殿下該死！對不起，失言了。你知道他欠我多少錢嗎？

大主教：比他欠我的多得多，那還用說，因為你有錢多了。可是我想，你拿得出多少借他，他就欠你多少。他也是這樣子跟我借的。

拉特雷木耶：兩萬七呢，這是他榨到的最後一筆。整整兩萬七千法朗！

大主教：通通借了又怎樣？他的衣服，壓根兒沒有一套我好意思丟給副堂穿的。

拉特雷木耶：晚餐只有一隻雞或一丁點羊肉。他把我僅剩的一個銅板也榨走了，卻撐不起一點點場面。（侍從來到門口）。終於來了！

侍從：還沒，大人；不是殿下。是德雷閣下要到了。

拉特雷木耶：小藍鬍子！他到，幹麼要宣布？

侍從：他跟拉義爾指揮官一起來。出了什麼事吧，我想。

　　　　紀勒・德雷進來；二十五歲的年輕人，非常機靈、沉着，在鬍鬚剃得乾淨的宮廷裡，玩弄着炫耀的微翹染藍鬍子。他決意討人歡喜，生性卻不快活，實在並不可人。其實大約十一年後，他違抗教會，為以駭人的暴虐來取樂的罪名，處以絞刑。不過，目到為止，他身上還看不見絞台的陰影[10]。他高高興興走向大主教。侍從退下。

---

[10] 1440年，藍鬍子以邪術、虐殺上百兒童等罪名，處以火刑，因地位高而得先受絞刑，再受火刑。他就是童話作家佩羅（Charles Perrault）所寫的藍鬍子的藍本。

藍鬍子：你忠誠的羔羊來了，大主教。你好呀，大人。你們知道拉
　　　　義爾出了什麼事嗎？

拉特雷木耶：大概罵髒話罵到自己發昏吧。

藍鬍子：不是，剛好相反。全都蘭惟一罵得過他的狗嘴法蘭克，被
　　　　一個士兵告誡，死到臨頭不該罵髒話。

大主教：別的時候也不該。可是狗嘴法蘭克真個要死了嗎？

藍鬍子：真的，他就掉到井裡淹死了。嚇德拉義爾六神無主呢。

　　　　　　拉義爾指揮官進來；沙場老手，沒有宮廷習氣，
　　而有軍旅作風。

藍鬍子：我剛剛才告訴了侍從長和大主教。大主教說你是失喪的人。

拉義爾：（大步越過藍鬍子，在大主教和拉特雷木耶中間站定）這
　　　　可不是開玩笑。比我們想的嚴重得多了。她不是兵，是穿着
　　　　軍服的天使。

大主教：
侍從長：　 }　（齊聲高喊）天使！
藍鬍子：

拉義爾：真的，是個天使。她同五六個人從香檳到這兒，一路上有
　　　　重重難關，勃艮第人啦、天殺的啦、逃兵啦、強盜啦、天曉
　　　　得還有什麼樣的人；可他們連半個都遇不着，只遇見鄉下
　　　　人。我認識裡頭的一個，叫德普朗日。他說她是天使。我要
　　　　是再罵一句髒話，但願魂飛魄散，永不超生！

大主教：非常虔誠的起頭兒，指揮官。

　　　　　　藍鬍子和拉特雷木耶笑他。侍從回來。

侍從：殿下駕到。

　　　　　　他們敷衍地照宮廷禮節立正。太子二十六歲，父親
　　一死，他其實就是法蘭西王查理七世，卻尚未加冕；手
　　拿一紙，穿過幔子進來。體質虛弱；而不分男女，把頭
　　髮剃光、用帽子、頭飾遮掩每一小撮毛髮的時尚，叫他

的模樣更難看。兩隻小瞇縫眼，靠在一塊；長長的鼻子
懸垂在短而厚的上唇上，那副神情，就像慣於挨踢、卻
改不了、管不住的小狗般。但是既不粗俗，也不愚蠢；
而厚臉皮的詼諧，足以讓他與人侃侃而談。現在興高采
烈，就像個得到新玩具的小孩子。他來到大主教的左
邊。藍鬍子和拉義爾往幔子那邊退。

查理：喔，大主教，你知道羅貝爾‧德博德里古從沃庫勒爾給我送
　　　什麼來嗎？

大主教：（輕蔑地）我對新玩具沒有興趣。

查理：（憤慨地）不是玩具。（有慍色）就算你沒有興趣，我一樣
　　　過得好好的。

大主教：殿下動不動就生閒氣。

查理：謝啦。你是三句不離說教，嘎？

拉特雷木耶（粗魯地）：嚕囌完了沒有？你拿到什麼？

查理：關你什麼事？

拉特雷木耶：我的職責，要知道你跟沃庫勒爾的駐軍搞什麼鬼。
　　　　　　（把太子手上那張紙一把抓來，要看又看不太懂，逐個音節
　　　　　　拿手指邊指邊念了起來）。

查理：（受辱）我欠你們錢，又不會打仗，你們就以為愛怎麼對我
　　　都行了。不過，我身上流的是王家的血。

大主教：連這個也成問題呢，殿下。簡直認不出你是英明的查理[11]的
　　　　孫子嘛。

查理：別再提先祖了。他英明得把全家五代智慧的份都用光了，只
　　　剩下我這個可憐的傻瓜，給你們一個個欺負、羞辱。

大主教：放規矩一點，先生。亂撒野可不像話呀。

查理：又說教！謝了。可惜啊，你雖然是大主教，聖人、天使卻不

---

[11] 即查理五世（Charles V）。曾打敗英軍，收復大片失地。

來見你！

大主教：這話怎麼講？

查理：啊哈！問這個暴徒吧（指着拉特雷木耶）。

拉特雷木耶：（震怒）閉嘴。聽到沒有？

查理：哦，聽到。用不着嚷嚷嘛。全城堡都聽得見。你幹麼不去跟
　　　英格蘭人嚷嚷，幫我揍他們一頓？

拉特雷木耶：（舉拳）你這小——

查理：（跑到大主教身後）別對我動手啊。這可是大逆不道。

拉義爾：冷靜點，公爵！冷靜點！

大主教：（堅決）喂，喂！不行。侍從長大人，好了！好了！總得
　　　守點規矩嘛。（向太子）還有你，先生：就算你管不了王
　　　國，起碼要管管自己吧。

查理：又說教！謝謝。

拉特雷木耶：（把那張紙遞給大主教）嘿，幫我念念這個混帳東
　　　西。他害我熱血沖昏了頭，字都認不得啦。

查理：（回來在拉特雷木耶左後方探頭張望）你要的話，我就念給
　　　你聽。我會念，你知道。

拉特雷木耶：（十分藐視，一點沒有給揶揄激怒）沒錯，你大概就
　　　只配念書而已。搞清楚沒有，大主教？

大主教：德博德里古怎麼那麼糊塗啊。打發個瘋瘋癲癲的村姑來
　　　——

查理：（插嘴）不，打發來的是個聖人，是個天使。而她來見我；
　　　見的是我呢，是國王，不是見你，大主教，雖然你神聖。就
　　　算你認不得王家的血統，她認得。（趾高氣揚地走到藍鬍子
　　　和拉義爾之間的幔子前）。

大主教：不准你見這個瘋蹄子。

查理：（轉身）我可是國王，我要見她。

拉特雷木耶：（粗魯地）那就不准她見你。哼！

查理：我就說我要。我就是抵死要見——

藍鬍子：（笑他）胡鬧！英明的令祖准嗎？

查理：這就可見你無知，藍鬍子。先祖有一位聖人，她祈禱時飄在半空，先祖想知道什麼就告訴他什麼。先父有兩位聖人，就是瑪麗・德馬耶和阿維尼翁的加斯克。我們家就有這個；不管你們怎麼說，我也要自己的聖人。

大主教：這崽子不是什麼聖人，連個檢點的女人也不是。她不穿女人的衣服；打扮成軍人，騎着馬同士兵在鄉下亂跑。這樣的人，你覺得可以准她進殿下你的宮廷嗎？

拉義爾：等一下。（走向大主教）你是說一個穿盔甲、像軍人一樣的姑娘？

大主教：德博德里古是這樣形容她的。

拉義爾：可是，全地獄的魔鬼在上——喔，求上帝赦免，說的什麼話？——聖母、諸聖在上，她準是因為狗嘴法蘭克罵髒話而弄死他的那位天使。

查理：（得意揚揚）瞧！奇迹呢！

拉義爾：我們要是跟她作對，興許把我們一夥都弄死。看上帝份上，大主教，一舉一動要小心點。

大主教：（厲聲）胡說八道！誰也沒有給弄死過。一個酒鬼歪剌貨，因為罵髒話挨罵挨了一百次，掉到井裡淹死了。巧合而已嘛。

拉義爾：我不曉得什麼叫巧合。我只曉得那個人死了，而那個姑娘告訴他要死。

大主教：我們個個都要死，指揮官。

拉義爾：（在身上畫十字）希望不要。（退回原處，不再交談）。

藍鬍子：要知道她是不是天使很容易。我們安排一下，等她來的時候，我當太子，看她能不能識破。

查理：對，我贊成。要是她認不出王家血統，我就不理她了。

大主教：封聖是教會的事，請德博德里古管管自己的事吧，不要斗

膽僭越神父的職權。我說不准那姑娘進來。

藍鬍子：可是，大主教——

大主教：（厲聲）我代表教會說話。（向太子）你敢准她來？

查理：（畏憚卻有慍色）哦，要是你當成絕罰[12]的事，我當然無話可說了。可是你還沒看信的結尾。德博德里古說她會幫我們解奧爾良的圍，打敗英格蘭人呢。

拉特雷木耶：放屁！

查理：好啊，你就儘量凶神惡煞，你能替我們解奧爾良的圍嗎？

拉特雷木耶：（暴怒）別在我面前再提這話，聽到沒有？我打過的仗比你這輩子曾打、會打的多得多。我只是沒辦法到處去。

太子：嗯，也說得過去。

藍鬍子：（走到大主教和查理之間）幫你在奧爾良帶兵的是雅克·迪努瓦：那個勇敢的迪努瓦、英俊的迪努瓦、神奇無敵的迪努瓦、所有女士的甜心、漂亮的庶子。難道他做不到的，那個村姑就做得到嗎？

查理：那他幹麼不解圍，嗄？

拉義爾：風跟他作對。

藍鬍子：他在奧爾良，風傷得到他嘛？又不是在英吉利海峽。

拉義爾：奧爾良在盧瓦爾河畔，而英格蘭人又占了橋頭堡。要是他要從後方進攻，就得逆流而上，把人渡過河。唉，這就沒辦法，他媽的的風都吹反的。他掏腰包請神父來祈求西風也掏厭了。他需要的是奇迹。你們說那位姑娘在狗嘴法蘭克身上做的事不叫奇迹。橫豎她料理了法蘭克啊。就算她幫迪努瓦改風向也不算奇迹，可興許就料理了英格蘭人啊。試試又何妨？

大主教：（把信的結尾讀完，深思起來）真的，她給德博德里古的

---

[12] 舊稱開除教籍、逐出教會等等。受絕罰者禁止舉行或接受聖事，在當時是很嚴重的事。

印象好像深得出奇。

拉義爾：德博德里古是該死的傻瓜，可他是個軍人；要是他認為那
　　　　姑娘打得過英格蘭人，全軍上下也會這樣認為。

拉特雷木耶：（向猶豫的大主教）哎唷，就依他們吧。要是沒人來
　　　　鼓起新鮮的勇氣，迪努瓦的人要棄城，他也奈何不得。

大主教：那個姑娘要怎麼處置，得要等教會審查後才定案[13]。不過，
　　　　既然殿下有意思，就准她進宮吧。

拉義爾：我去找她跟她說。（出去）。

查理：跟我來吧，藍鬍子；我們安排一下，叫她認不出我來。你就
　　　　裝我。（穿過幔子去）。

藍鬍子：裝這個家伙！天哪！（跟隨太子）。

拉特雷木耶：不知道她認得出認不出！

大主教：當然認得出。

拉特雷木耶：為什麼？她怎麼認呢？

大主教：在希農人人知道的，她準知道；宮裡樣子最寒酸、衣服最
　　　　難看的就是太子，而留着藍鬍子那個就是紀勒・德雷。

拉特雷木耶：這我怎麼想都想不到。

大主教：你不像我對奇迹那麼習以為常。這是幹我這一行的事。

拉特雷木耶：（困惑而有點詫異）可是這壓根兒就不是奇迹呀。

大主教：（平靜地）幹麼不是？

拉特雷木耶：那好，你說！什麼叫奇迹？

大主教：奇迹嘛，老兄，就是建立信仰的事。這就是奇迹的目的和
　　　　本質。目睹的人興許覺得非常奇妙，而施行的人卻覺得非常
　　　　簡單。這沒有關係：只要鞏固了信仰、建立了信仰，就是真
　　　　正的奇迹。

---

[13] 貞德後來經希農和普瓦蒂埃（Poitiers）的學者、神學家審查了三個禮拜，發覺
　　她十足的善良、謙卑、虔誠。二十幾年後為貞德平反，有一位當年的審查人還在
　　世，作證時回憶審查的經過，十分精采。見Pernoud（1962: ch. 3）。

拉特雷木耶：你是說，連耍詐也是？

大主教：耍詐是騙人的。建立信仰的事並不騙人；所以就不是耍詐，而是奇迹。

拉特雷木耶：（困惑，抓抓脖子）好吧，你是大主教，我想準沒錯的。我覺得有點兒蹊蹺。可我不是教士，搞不懂這些東西。

大主教：你不是教士，可你是外交家，又是軍人。萬一平民或軍隊知道事情的真相而不是假象，你還有辦法叫平民繳戰爭稅，叫軍隊拼命嗎？

拉特雷木耶：喔，聖丹尼斯在上；天沒黑就不可收拾了。

大主教：跟他們講實話不是很簡單嗎？

拉特雷木耶：哎呀，他們才不相信呢。

大主教：一樣的道理。說起來，教會得為了人的靈魂好而管他們，正如你得為了人的身體好而管他們。要這樣做，教會得做的就像你做的：拿詩歌來滋養他們的信仰。

拉特雷木耶：詩歌！該叫鬼話。

大主教：興許不對，老兄。比喻並不因為描述的事從來沒有過，就算是謊話。而奇迹並不因為常常是——不說從來是——神父用來鞏固信徒信仰而使用的非常單純、天真的手段，就算是耍詐。等這位姑娘在侍臣中認出殿下來，我不會說是奇迹；因為我知道是怎麼一回事，而我的信仰也不會堅定些。可是在其他人，要是他們感受到超自然的悚慄，一下子忘了自己是帶罪的塵土，領會到上帝的榮耀，那就是奇迹，而且是神聖的奇迹。還有，你會發現那個姑娘自己比誰都感動。她會忘了自己怎麼認出殿下來。興許，你也一樣會忘了。

拉特雷木耶：嗯，希望我聰明點，看得出你有幾分是上帝的大主教，又有幾分是全都蘭最狡猾的狐狸。來罷，不然就錯過好戲了；我很想瞧瞧，管它是奇迹不是奇迹。

大主教：（挽留他一會）不要以為我是愛耍詐的人。世上正興起新

思潮：我們就在一個偉大年代的黎明。我要是個普通的隱修
　　　士，不必治理信眾，那麼尋找心靈的平靜就靠亞里士多德和
　　　畢達哥拉斯，而不是那些聖人和奇迹。

拉特雷木耶：畢達哥拉斯又是哪個王八蛋？

大主教：是個賢哲，他認為大地是圓的，繞着太陽轉。

拉特雷木耶：笨死的家伙！他不長眼睛嗎？

　　　　他們一起穿過隨即拉開的幔子，走上全貌畢露、
廷臣雲集的金鑾殿。殿右有台階，上有兩寶座。藍鬍
子裝模作樣站在台上，冒充國王；跟侍臣一樣，顯然
樂在戲中。台後的牆上有一道有幔子的拱門；但大門
在殿的另一邊，由士兵把守；侍臣在兩邊魚貫而列，
排出一條分明的通道。查理在殿中央的通道上。右邊
是拉義爾。左邊是大主教，在台階旁就位；拉特雷木
耶在另一邊。大主教後面，德拉特雷木耶公爵夫人冒
充王后，坐在副座，被一群侍女簇擁着。

　　　　侍臣喋喋不休，吵得侍從來到門口也沒有人發覺。

侍從：旺多姆——（沒有人聽見）——旺多姆——（眾人瞎扯依
　　　舊。侍從喚不起眾人的耳朵，氣得一把抓過緊鄰士兵的戟，
　　　往地上使勁地戳。大家才住口，安靜地看着他）。聽着！
　　　（把戟還給士兵）。旺多姆公爵領處子貞德參見殿下。

查理：（手指放唇上）噓！（藏身緊鄰的侍臣後，探頭張望）。

藍鬍子：（神氣地）傳她陛見。

　　　　貞德身穿軍服，臉旁垂着一頭剪短的濃密頭髮，
由一個扭扭捏捏、講不出話的貴族領了進來；貞德沒
有緊隨，走走停停，急切地東張西望找太子。

　　　　公爵夫人：（向貼身的侍女）天啊！她的頭髮[14]！

---

[14] 邵夢蘭（2005: 58）提到1920年代念杭州女中時，全校只有兩個人剪髮，一個剪
　　短，一個根本是男生的髮型。「不過我們也不覺得她們怎麼特殊，都以平常心看

　　　　　所有女士放聲狂笑。

藍鬍子：（竭力忍住笑，搖手制止她們嬉鬧）噓——噓！淑女們！
　　　淑女們！！

貞德：（毫不尷尬）我把頭髮剪了，因為我是個兵。殿下呢？

　　　　　她向台階走時，宮廷上下吃吃竊笑。

藍鬍子：（屈尊地）太子就在你的面前。

　　　　　貞德疑惑地盯了他一會，上下打量，仔細斟酌。

　　　　　全場看着她，鴉雀無聲。她臉上露出了笑意。

貞德：哈，藍鬍子！你糊弄不了我的。殿下呢？

　　　　　哄堂大笑，紀勒作勢投降，也跟着笑，從台上跳
　　　了下來，站在拉特雷木耶旁邊。貞德也笑逐顏開，轉
　　　過身來，在侍臣列中找尋，隨退往前一探，抓着查理
　　　的手臂拉他出來。

貞德：（鬆手，向他打千）善良可愛的殿下，上帝派我來幫你，把
　　　英格蘭人趕出奧爾良，趕出法蘭西；還要去蘭斯大教堂為你
　　　加冕，那是每個真正的法蘭西王都要去的。

查理：（得意揚揚，向廷臣）瞧，大家瞧；她認得王室的血統。這
　　　會兒，誰敢說我不是父王的兒子？（向貞德）可是呀，你要
　　　是希望我去蘭斯加冕，就得跟大主教講，不是跟我。他就在
　　　這兒（大主教站在貞德背後）！

貞德：（連忙轉身，激動不已）噯呀，大人！（在他面前雙膝下
　　　跪，低着頭，不敢仰視）大人：我只是個可憐的鄉下女孩
　　　子，你卻有滿滿的上帝榮耀和真福；可是請你為我按手，為
　　　我祝福，好不好？

藍鬍子：（跟拉特雷木耶耳語）老狐狸臉紅呢。

拉特雷木耶：又一個奇迹！

　　待。」話雖如此，也可見女子短髮是「新潮」的事。

大主教：（感動，為她按手）孩子，你愛上了宗教。

貞德：（嚇了一跳，抬頭看他）我愛上了？我從沒想過呢。這有害嗎？

大主教：沒有害，孩子。可是這裡有危險。

貞德：（站起來，孟浪地高興，臉紅耳赤，容光煥發）除了在天上，哪裡都有危險。哦，大人，你給我的力量、勇氣可大了。當大主教準是件了不得的事。

　　　　廷臣都咧開了嘴笑，甚至吃吃的笑出點聲音來。

大主教：（敏感地昂首挺胸）各位大人，這位處子的虔誠是給你們輕浮行徑的責備。我嘛，上帝保佑，壓根兒不足道；可是你們的嬉笑卻是死罪。

　　　　眾人臉一沉，一片死寂。

藍鬍子：大人，我們是笑她，不是笑你。

大主教：什麼？不是笑我不足道，而是笑她的虔誠！紀勒・德雷，這處子預言，褻瀆神的人就會為罪孽而淹死——

貞德：（困窘）沒有！

大主教：（作勢要她噤聲）我這會兒預言，要是你們不學一學笑有時、禱有時，就要為罪孽而絞死。

藍鬍子：大人，我接受責備。對不起，我無話可說。可是，要是你預言我會被人絞死，我萬萬受不了誘惑；因為我老是告訴自己，不論偷的是老羊還是小羊羔，一樣的絞死[15]。

　　　　侍臣聽了都振作起來。吃吃的笑聲更多。

貞德：（憤慨）你無聊家伙，藍鬍子；竟然跟大主教回嘴，太肆無忌憚了。

---

[15] 譯者看過的版本，這一句都誤譯了。蕭伯納在《魔鬼的門徒》第三幕裡有一段話可以當這裡的注腳：「在你立定了主意要絞死一個人的時候，你對他就自處於不利的地位。我為什麼要對你客氣呢？不論我偷的是老羊或者小羊羔，我總是一樣的絞死。」（姚克譯）

拉義爾：（大聲嗤笑）說得好啊，村姑娘，說得好啊！

貞德：（連忙向大主教）哎喲，大人，請你叫這班蠢東西通通走
　　　開，讓我跟殿下獨個兒說話，好不好？

拉義爾：（和善地）我知趣的。（敬禮，踮腳跟轉身，出去）。

大主教：來吧，各位大人。處子帶着上帝的祝福來，大家得聽話。

　　　　　侍臣有的走拱門、有的走大門，都退下。大主教
　　　橫過大殿，快步向大門走，公爵夫人和拉特雷木耶隨
　　　後。大主教經過貞德身旁時，貞德跪下來，熱切地親
　　　吻聖袍的邊幅。大主教直覺地搖頭勸止，從貞德手上
　　　拉開聖袍，走了。貞德依舊跪着，正好擋了公爵夫人
　　　的路。

公爵夫人：（冷漠地）請讓我過去，好嗎？

貞德：（連忙起身，往後站）對不起，夫人，請。

　　　　　公爵夫人走過去。貞德盯着她的背影，低聲問
　　　太子。

貞德：是王后嗎？

查理：不是。她自以為是。

貞德：（又盯着公爵夫人的背影）哦——喲！（這位身穿錦繡、儀
　　　態萬千的女士叫她嘆為觀止，卻不全是讚賞）。

拉特雷木耶：（十分悻悻然）煩請殿下不要嘲笑內子。（出去。其
　　　他人已經不在）。

貞德：（向太子）這個粗聲粗氣的老家伙是誰？

查理：他是德拉特雷木耶公爵。

貞德：他幹麼的？

查理：他自居軍隊的統帥。而我每找到一個可以看重的朋友，他就
　　　把他殺掉。

貞德：幹麼由得他殺？

查理：（不耐煩地往寶座的那邊走，避開受貞德影響的範圍）我能

拿他怎樣？他欺負我。他們個個都欺負我。

貞德：怕嗎？

查理：怕，我怕。跟我講大道理也沒用。對於那些大塊頭，穿着重
　　　得我穿不起的盔甲、拿着我簡直提不動的劍，滿身橫肉，大
　　　嗓門，火性子；都好得很。他們喜歡打仗；而不打仗的時
　　　候，十個有九個老是胡鬧出醜；可我是個文靜的明白人；我
　　　不想殺人，只想獨個兒逍遙自在。壓根兒不是我要做國王，
　　　我身不由己呀。所以呢，要是你想說「聖路易[16]的子孫啊，佩
　　　上你列祖的劍，率領我們打勝仗」，就不必費口舌了；我做
　　　不到。我生來不是那塊料，還有什麼好說的？

貞德：（一針見血而老練）胡說！一開頭誰都這樣。我一定給你
　　　勇氣。

查理：可是我不要什麼勇氣。我只想睡在一張舒服的床上，而不是
　　　一天到晚提心吊膽有人要殺我、要傷害我。把勇氣給別人，
　　　讓他們去拼個夠；可是放過我吧。

貞德：不行啦，查理。你得面對上帝給你的擔子。要是你自己不做
　　　國王，就要做乞丐了；不然還配做什麼呢？來！坐上寶座讓
　　　我瞧瞧。我很期待呢。

查理：發號施令的是人家，坐上寶座又有什麼意思呢？好吧！（坐
　　　上寶座，一副可憐的模樣）這就是你的國王！這個可憐的家
　　　伙，你要瞧就瞧個夠吧。

貞德：還不算國王呢，小伙子；你不過是太子罷了。別讓身邊那些
　　　人牽着鼻子走啦。豬穿得再漂亮，還是豬。我才曉得民心，
　　　曉得為你做麵包的那些地地道道的老百姓；我跟你講喔，人
　　　要在蘭斯大教堂被聖油澆頭了，祝聖了，加冕了，他們才認
　　　他是法蘭西國王。你也要有些新衣服，查理。王后幹麼不好

---

[16] 聖路易指路易九世（Louis IX, 1214-1270），曾兩度率十字軍東征的。

好打點呢？

查理：我們太窮了。她希望省得下的每一分錢都花在她自己身上。再說，我也喜歡瞧她穿得漂漂亮亮的；我自己穿什麼都無所謂，橫豎也是醜。

貞德：你人倒好，查理；卻不是國王的好。

查理：等着瞧吧。我沒有看樣子那麼笨。我是個明眼人；我可以告訴你，一份好的條約勝過十場勝仗。那些好勇鬥狠的家伙一到訂條約，就把自己在戰場上贏的通通輸掉。只要我們訂一份條約，英格蘭人準要吃虧，因為他們會打仗，不會動腦筋。

貞德：要是英格蘭人打勝仗，條約就是由他們來訂；到時候，只求上帝保佑可憐的法蘭西了！願意也好，不願意也好，查理，你都得拼。我要先鼓勵你。我們得用雙手來鼓起勇氣，啊，也用雙手來祈求勇氣。

查理：（從寶座下來，又橫過大殿，以避免貞德咄咄逼人）唉，請不要再講什麼上帝啦、祈禱啦。我受不了那些老是禱告的人。時候到了就得祈禱，不就夠討厭了嗎？

貞德：（憐憫他）你這個可憐的孩子，一輩子都沒有好好禱告過。我得從頭教你。

查理：我又不是小孩子，我已經長大了，當父親了；我再也不要人家教我什麼。

貞德：啊，你有個小兒子。那你死了以後，他就是路易十一了。你不願意為他拼一拼嗎？

查理：不願意，那個臭小子。他恨我。他恨所有人，自私的小畜生！我不想給小孩子纏磨。我不想做父親；也不想做兒子，尤其做聖路易的子孫。你們個個滿腦子的理想，都不是我想要的；我只想做自己。你們的事歸你們，我的歸我，幹麼不行呢？

貞德：（又鄙視起來）你的事歸你，就像只顧着自己的身體，最容

易害病。我的事是什麼？在家裡幫媽媽的忙。你的呢？摸摸
叭兒狗，舔舔棒棒糖。我看是一塌糊塗。你聽我說，我們在
世上要做上帝的事，不是自己的事。上帝派我帶個消息給
你，就算你聽了嚇得心驚膽裂，也一定要聽。

查理：我不要聽什麼消息，可是你能告訴我什麼秘訣嗎？你能治病
嗎？能把鉛變成黃金，或者諸如此類的事嗎？

貞德：到蘭斯大教堂，我能把你變成真正的國王；這個奇迹，看來
要費點事。

查理：要是到蘭斯去加冕，安娜要多買幾件新衣服。我們買不起。
我現在這樣子也無所謂。

貞德：這樣子！你現在成什麼樣子？還比不上我爸手下最窮的牧羊
人。你不行過祝聖禮，就不是你自己這片法蘭西領土的堂堂
正正的主兒。

查理：可是我自己這片領土左不過都不是我的。我祝聖了，當掉的
東西就會贖回來嗎？我把每一畝地都抵押給了大主教跟那個
霸道的胖子。我還欠藍鬍子的錢呢。

貞德：（懇切地）查理，我來自這塊土地，也在這塊土地上幹活而
得到力量；你聽我說，這塊土地是你的，是要你公正地統
治，維護上帝所賜的平安，而不是要你拿去抵押，像女酒鬼
把兒女的衣服拿去當鋪典當掉一樣。我也來自上帝，來告
訴你到大教堂跪下來，虔誠地把你的王國永遠奉獻給祂，做
祂的帳房、祂的管家、祂的戰士、祂的僕人，成為世上最偉
大的國王。那麼，法蘭西的泥土就是聖地，法蘭西的兵就是
上帝的兵；反叛的貴族就是反叛上帝，英格蘭人會跪下來求
你，放他們平平安安回到自己正當的家鄉去。難道你要做可
憐的猶大，出賣我，出賣派我來的上帝嗎？

查理：（終於心動）哎喲，我哪敢！

貞德：奉上帝的名，我敢，我敢，我就敢！你要幫我，還是跟我

作對？

查理：（振奮）我願意冒險，不過話說在前頭，我一定撐不下去；
　　　可是我願意冒險。你等着瞧。（跑到大門去喊）喂！回來，
　　　通通回來。（跑回對面的拱門，向貞德）記得站在我旁邊，
　　　別讓人欺負我。（從拱門向外喊）過來，好嗎？大家都來。
　　　（他坐上寶座；大家連忙站回先前的位置，疑惑，喋喋不
　　　休）。這會兒可沒有退路了，不過管它的，幹就幹吧！（向
　　　侍從）叫他們靜一靜，兔崽子，好嗎？

侍從：（依舊抓起一把戟，往地上使勁地戳了又戳）為陛下肅靜。
　　　陛下要說話。（專橫地）你那邊住口好嗎？（肅靜）

查理：（起身）我已經把軍隊交給處子指揮。處子愛怎麼做就怎麼
　　　做。（走下台階）。

　　　　　全場愕然。高興的拉義爾，拿鐵手套拍打大腿上
　　的鐵甲。

拉特雷木耶：（咄咄逼人地轉向查理）搞什麼？我才是軍隊的統帥。

　　　　　查理不由得退縮，貞德連忙把手搭在他肩上。查
　　理詭異地費力，終於做了個放肆的舉動，在侍從長面
　　前打了個榧子。

處子：這就是給你的答覆，粗聲粗氣的老家伙。（她預感關鍵的時
　　　機到了，猛然拔劍）誰要跟從上帝和祂的處子？誰跟我去奧
　　　爾良？

拉義爾：（激動不已，也拔劍）跟從上帝和祂的處子！去奧爾良！

所有騎士：（起勁地響應）去奧爾良！

　　　　　容光煥發的貞德跪下來感謝上帝。除了大主教、
　　拉特雷木耶，眾人都跪下；大主教以手畫十字祝福，
　　倒下的拉特雷木耶咒罵。

第三幕

　　1429年4月29日，奧爾良。迪努瓦，二十六歲，在波光粼粼的盧瓦爾河南岸一塊地方，來回踱步，那裡可以遠眺河的上下游。他把長矛豎起，上掛着三角旗，隨着強勁的東風飄揚。旁邊地上是他的盾牌，上面有斜紋[17]。手握指揮官的節杖。身強體壯，穿着盔甲輕鬆自在。額廣而下巴尖，成了一張等邊三角形的臉；顯露出勤於事、敏於責的痕迹，表情和善而能幹，是個不矯揉造作、也不痴心妄想的人。侍童坐在地上，肘子在膝上，臉頰在拳上，懶懶地看着河水。這是黃昏時分，一大、一小都陶醉在盧瓦爾河的美景中。

迪努瓦：（駐足一會，抬頭看飄動的三角旗，厭煩地搖搖頭，又踱步起來）西風啊，西風啊，西風啊。你這個婊子，該變心的時候你又專一，該專一的時候你又變心。「西風吹落日，粼粼盧瓦爾」──「爾」跟什麼押韻？（又看着三角旗，揮了揮拳頭）變吧，他媽的，變吧，英格蘭人的婊子風，變吧。往西吹啊，往西吹啊，我叫你。（哼了一聲，又默然地踱步，但不久又開口）水上的西風，放蕩的風，任性的風，女人氣的風、不忠的風，難道永遠不再吹了嗎？

侍童：（跳起來）瞧！那邊！到那邊了！

迪努瓦：（從白日夢裡驚醒，熱切地）哪裡？誰？處子嗎？

侍童：不是，是翠鳥。像藍色的閃電。它鑽到那邊的灌木叢裡去了。

迪努瓦：（失望透頂）就這樣而已？你白痴的臭小子。真想把你扔到河裡去。

---

[17] 代表私生子。

侍童：（了解主人，不害怕）它好像快活得瘋了，那閃亮的藍。
　　　瞧！又一隻過去！

迪努瓦：（急切地跑到河邊）哪裡？哪裡？

侍童：（指着）過了蘆葦。

迪努瓦：（高興）瞧見了。

　　　　　兩人的目光跟着那隻飛鳥，直到它藏起來為止。

侍童：昨兒來不及叫你瞧，還給你臭罵了一頓。

迪努瓦：你知道你呱呱叫的時候，我在盼望着處子來嘛。下回有辦
　　　法讓你呱呱叫的。

侍童：翠鳥漂亮吧？抓得到就好了。

迪努瓦：你要想抓它們，我就抓你；把你關在鐵籠子裡一個月，教
　　　你嘗嘗籠子的滋味。可惡的臭小子[18]。

　　　　　侍童笑，依舊蹲下。

迪努瓦：（踱步）翠鳥，翠鳥，「惺惺惜翠鳥，西風為我吹」。不
　　　行，不押韻。「為我生紛擾」，押韻了。可意思不對。（發
　　　覺自己快撞到侍童）臭小子！（轉向走開）戴着翠鳥藍髮網
　　　的瑪利亞，你連一陣西風都捨不得給我嗎？

西面衛兵的聲音：站住！你是誰？

貞德的聲音：我是處子。

迪努瓦：讓她過來。這邊，處子！來我這邊！

　　　　　貞德一身精良的盔甲，氣沖沖地跑了過來。風停

---

[18] 這是夫子自道。甘地也吃素，還為了個奇怪的理由而發誓不喝（牛）奶。後來
得了痢疾，越病越重，好心的親友、醫生替他想到一招：喝「羊」奶不算破戒
（Lelyveld（2011: 156））。蕭伯納可沒那麼好對付。他是出了名的愛護動物，
經常為「朋友」打抱不平，除了反對打獵、反對活體解剖，二十幾歲起吃長齋。
有一回受了重傷，醫生警告不吃肉有性命之虞，家人捧着他不肯吃的保衛爾牛
肉汁（Bovril）、白蘭氏雞精在旁邊掉眼淚。他寫了篇明志的文章，戲言自己身
後，牛、羊、豬、雞、鴨、魚都披上白頭巾，為「要吃肉，毋寧死」的知己來送
行（Academy, 15 October 1898）。其實他還數漏了翠鳥。

了；矛上的三角旗軟軟地垂下來晃着；但是迪努瓦全

神貫注在貞德身上，沒有注意。

貞德：（貿貿然）你就是奧爾良庶子？

迪努瓦：（冷靜而嚴厲，指着盾牌）你看那斜紋。你是處子貞德？

貞德：沒錯。

迪努瓦：你的部隊呢？

貞德：在後面幾哩。我給他們矇了。把我帶到這邊岸來就不對了。

迪努瓦：我叫他們帶你來的。

貞德：幹嘛呢？英格蘭人在那邊啊！

迪努瓦：兩邊都有英格蘭人。

貞德：可是奧爾良在另一邊啊。我們得過去那邊打英格蘭人。怎樣

才可以過河？

迪努瓦：（陰沉地）有一座橋。

貞德：那麼，奉上帝的名，我們過橋去打他們吧。

迪努瓦：看來容易，可是做不到。

貞德：誰說的？

迪努瓦：我說的；比我大、比我聰明的人都這麼說。

貞德：（直率地）那麼那些比你大、比你聰明的人都是蠢豬；他們

糊弄了你，這會兒又想來糊弄我，把我帶到不對的這邊岸

來。你知道嗎？我給你帶來的幫助，比哪個將軍、哪座城得

過的都要大。

迪努瓦：（耐心地笑）就你自己的？

貞德：不止，還有天上的王為我們出力、出主意。過橋要怎麼走？

迪努瓦：你沒有耐性，處子。

貞德：這個節骨眼還講耐性嗎？敵人都找上門來啦，我們還站在這

裡閒混。唉，你幹麼不去拼？聽我說，我會給你壯膽，你就

不怕了。我——

迪努瓦：（開懷大笑，揮手拒絕）不，不，好姑娘；要是你叫我不

怕了，我就成了故事書裡英勇的騎士，卻是軍隊裡十分糟糕的指揮官。來吧，我來教你打仗吧。（帶她到河邊）。這邊橋頭有兩個堡壘，看見沒有？兩個大的？

貞德：看見了。是我們的還是天殺的的？

迪努瓦：先別問，聽我說。我要是占了隨便一座堡壘，帶着十個人，就擋得住千軍萬馬。而英格蘭有上百人在那兩個堡壘裡抵擋我們。

貞德：他們擋不住上帝。上帝沒有給他們兩個堡壘的土地，他們偷偷占了。上帝把土地給了我們。我準把堡壘搶回來。

迪努瓦：就憑你？

貞德：我們的人會搶回來。我會帶頭去。

迪努瓦：沒有人會跟你去的。

貞德：我不會回頭看有沒有人跟的。

迪努瓦：（欣賞她的勇氣，熱誠地拍拍她的肩膀）有種。你是當兵的料子。你愛上了戰爭。

貞德：（吃驚）嘰！大主教說我愛上了宗教呢。

迪努瓦：我自己，上帝寬恕，有點兒愛上了戰爭這個邪惡的魔鬼！就像個有兩個老婆的男人。那你想做有兩個老公的女人嗎？

貞德：（聽成字面上的意思）我永遠也不會嫁人。圖勒有個男人告我賴婚，可是我壓根兒沒有答應過他。我是個兵，我不想被人當成女人。我不要穿女人的衣服。女人在意的，我不在意。她們夢想有愛人，有錢。我夢想帶頭衝鋒陷陣，布置大炮。你們當兵的都不會用大炮，你們以為聲音大、煙硝多就可以打勝仗。

迪努瓦：（聳聳肩）沒錯。有大半的時候，大炮是麻煩比用處多。

貞德：對啊，小伙子；可是騎馬攻不破石牆，你得有炮，而且要很大的炮。

迪努瓦：（聽她說得親切，笑嘻嘻地附和）對啊，小村姑；可是有

膽子加上一架結實的梯子，再堅固的城牆也攻得破。

貞德：等我們打到堡壘，我要頭一個爬上梯子，庶子。你敢不敢跟
　　　着我爬？

迪努瓦：你可別問指揮官敢不敢，貞德，只有小軍官可以逞匹夫之
　　　勇。再說，你得知道，我歡迎你來當聖人，不是當兵。我手
　　　下蠻勇的人多的是，要是用得着，隨時可用。

貞德：我不是蠻勇的人，我是上帝的僕人。我這把是聖劍；是在聖
　　　卡特琳教堂的祭壇後面找到的，是上帝為我藏在那裡的；我
　　　不可以拿來砍殺。我心裡有的是勇氣，不是怒氣。我會帶
　　　頭，你的人跟着；這是我惟一能做的事。可也是不得不做的
　　　事，你不可以阻止我。

迪努瓦：別急。我們的人要攻下堡壘，不能過橋去突擊。他們得走
　　　水路，從這邊包抄英格蘭人。

貞德：（發揮她的軍事眼光）那就紮木筏，把大炮架上去；讓你的
　　　人渡過來我們這邊。

迪努瓦：木筏早就紮好了，人也上去了。可是還得等上帝。

貞德：什麼意思？上帝才等他們呢。

迪努瓦：那就求祂給我們一陣風吧。我們的船在下游，沒辦法逆着
　　　風逆着水流上來。我們得等到上帝改變風向才行。來，我帶
　　　你去教堂吧。

貞德：不。我愛教堂；可是光祈禱，英格蘭人不會投降；他們只認
　　　得痛打猛砍。我們不打敗他們，我就不上教堂。

迪努瓦：你非去不可，我有事要你到教堂去辦。

貞德：有什麼事？

迪努瓦：祈禱求一陣西風。我祈禱過了，也奉獻了一對銀燭台；禱
　　　告卻沒有應允。你來祈禱興許會，你又年輕又純潔。

貞德：哦，好，你說得對。我會祈禱，告訴聖卡特琳；她會請上帝
　　　賜給我一陣西風。快走，帶我去教堂。

侍童：（打了個大噴嚏）哈哧！！！

貞德：上帝保佑你，孩子！來，庶子。

　　　　　兩人下。侍童起身跟隨。拿了盾牌，再拿長矛
　　時，發覺三角旗正向東飄揚。

侍童：（丟下盾牌，興奮地向他們喊）老爺！老爺！小姐！

迪努瓦：（跑回來）怎麼了？有翠鳥嗎？（急切地往上游張望尋找）。

貞德：（湊過來）哦，有翠鳥！在哪裡？

侍童：不是翠鳥，是風，是風，是風（指着三角旗），所以我才打
　　　噴嚏。

迪努瓦：（望着三角旗）風向變了。（在身上畫十字）上帝已經吩
　　　咐了。（跪下，把節杖交給貞德）國王的軍隊由你指揮。部
　　　下聽令。

侍童：（往下游看）船都開了。瘋也似的上來呢。

迪努瓦：（起身）是時候攻堡壘了。你問我敢不敢跟隨你，那你敢
　　　帶頭嗎？

貞德：（哭了起來，抱着迪努瓦，吻他兩頰）迪努瓦，親愛的戰
　　　友，幫幫我。我眼淚汪汪，都看不見了。把我的腳放在梯子
　　　上，告訴我「上去吧，貞德。」

迪努瓦：（拉她下）別管眼淚，往大炮的火光衝吧。

貞德：（勇氣百倍）啊！

迪努瓦：（拉她走）為了上帝！為了聖丹尼斯！

侍童：（尖聲）處子！處子！上帝同處子！頂呱呱呀！（抓起盾
　　　牌、長矛，蹦蹦跳跳跟着他們，興奮無比）。

第四幕

　　　　　英格蘭軍一個帳篷裡。桌子前有一把板凳，坐着
　　個大脖子、五十歲的英格蘭隨軍司鐸，正振筆疾書。

桌子對面一把漂亮的椅子，坐著個四十六歲、神氣的
貴族，正看着一本裝飾華美的日課[19]。貴族自得其樂，
司鐸強忍着滿腔怒氣。貴族左邊有一張空着的皮板
凳。右邊是桌子。

貴族：我說啊，這真是絕藝。整齊的欄位、精美的黑字、華麗的飾
邊，還巧妙地插上金碧輝煌的圖畫；這樣一本靚麗的書，世
上沒有什麼更精緻的了。可是這年頭，大家不拿書來看，而
拿書來讀。那麼你畫拉的什麼鹹肉、麥麩的單子，也說得上
是書了。

隨軍司鐸：恕我直說，大人，你冷眼旁觀我們落到這步田地。敢情
太冷漠了。

貴族：（倨傲地）有什麼麻煩嗎？

隨軍司鐸：麻煩是，大人，我們英格蘭人打敗仗了。

貴族：這很平常，你知道。只有在歷史書同歌謠裡，才是敵人永遠
打敗仗。

隨軍司鐸：可是我們三番五次打敗仗。先是奧爾良——

貴族：（嗤之以鼻）哼，奧爾良！

隨軍司鐸：我知道你要說什麼，大人；你說那擺明是巫術和妖法。
可是我們還是一輸再輸了。雅爾若、默恩、博讓西，都跟奧
爾良一樣。這會兒在帕泰又被人家痛宰，約翰・塔爾博特伯
爵還給人俘虜了。（把筆一摔，幾乎掉下淚來）我痛啊，大
人，我有切膚之痛啊。眼睜睜看着自己的同胞給一群外人打
敗，我不忍心啊。

貴族：喔！你是祖籍英國人嗎？

隨軍司鐸：當然不是，大人，我是個紳士。不過，像閣下一樣，我
在英格蘭出生；這就不一樣了。

---

[19] 神職人員每日使用的祈禱手冊，裡面有詩歌、經文、禱文等；常有精美的彩繪。

貴族：你離不開這塊土地，嘎？

隨軍司鐸：大人喜歡挖苦我為樂，你地位崇高，不怕會怎樣。可是
　　　　　大人心知肚明，我不像農奴那樣，為了生計而離不開土地。
　　　　　可是我痛啊，（越發激動）這樣我也不害臊；（瘋狂地站起
　　　　　來）上帝在上，要是這樣下去，我準把道袍丟給魔鬼，自己
　　　　　拿起武器來，親手勒死那個可惡的女巫。

貴族：（和善地笑他）應該的，司鐸大人；應該的，要是我們沒什
　　　麼好辦法的話。不過還不是時候，還不是時候。

　　　　　隨軍司鐸悻悻然又坐下來。

貴族：（輕鬆地）我倒不那麼在乎那個女巫——你知道，我到聖地
　　　朝聖過；天上的大能天使為了各自的面子，決不會讓我被個
　　　鄉下巫婆打敗——可是奧爾良庶子就不好對付啦；而且他也
　　　到過聖地，我跟他誰勝誰敗就不用顧面子了。

隨軍司鐸：他不過是個法國人罷了，大人。

貴族：法國人！這名堂你打哪兒學來的？那些勃艮第人、布列塔尼
　　　人、皮卡第人、加斯科涅人都叫起自己做法國人來，就像我
　　　們的人都叫起自己做英國人來了嗎[20]？他們口口聲聲把法蘭
　　　西、英格蘭當成他們的國家。他們的，拜託！要是這樣的想
　　　法流行起來，你我怎麼辦呢？

隨軍司鐸：幹嗎，大人？對我們有害嗎？

貴族：民無二主。要是他們把為國家效力這種鬼話當真，封建領主
　　　的權威就完了，教會的權威也完了。就是說，你我都完了[21]。

隨軍司鐸：我希望自己是教會的忠僕，而我是征服者威廉封的思拓
　　　　　甘巴男爵第七順位的表親[22]。可是英格蘭人被一個法蘭西庶子

---

[20] 群體認同上的我他變化。

[21] 照Arendt（1959）的說法，宗教、權威、傳統是三合一體；宗教改革打掉了教會
　　的權威，覆巢之下，連宗教和傳統都難保完卵。

[22] 以當時的死亡率來看，仍然有繼承的機會。

同一個臭香檳來的女巫打敗，我憑什麼要袖手旁觀呢？

貴族：放輕鬆，老兄，放輕鬆；我們遲早燒死那個女巫，打敗那個庶子。不瞞你說，我這會兒等着博韋的主教[23]，來安排火刑的事。他被女巫的同黨趕出了教區來。

隨軍司鐸：你得先抓到她呀，大人。

貴族：懸賞買她也行。我會出抓國王的價錢。

隨軍司鐸：抓國王的價錢！為那個婊子！

貴族：價錢得多留點賺頭。有些查理的人會把她賣給勃艮第人，勃艮第人會把她賣給我們；中間大概有三四個人經手，都想賺點佣金嘛。

隨軍司鐸：太可怕了。都是那些猶太人的惡棍，每逢有錢轉手，他們就搶先嘗到甜頭。我要是有辦法，在基督教國就不留一個猶太人活口。

貴族：幹麼不留？猶太人通常會付代價。他們要你掏錢，可他們也交貨。依我的經驗，巴望着白吃的午餐的總是基督徒。

　　　　侍童上。

侍童：最可敬的博韋主教、辜詞大人到。

　　　　年約六十的辜詞走進來。侍童退下。兩位英格蘭
　　人起身。

貴族：（大獻殷勤）親愛的主教，大駕光臨，不勝榮幸！容我來自我介紹，我是理查‧德比徹姆，渥力克伯爵，多多指教。

辜詞：久仰大名。

渥力克：這位可敬的聖職人員是約翰‧德思拓甘巴司鐸。

隨軍司鐸：（油嘴滑舌地）在下神學士、卓越的溫切斯特樞機主教的私印掌理人約翰‧鮑耶‧斯賓塞‧內維爾‧德思拓甘巴[24]，

---

[23] 辜詞當了博韋的主教後，才為英方效力；指望溫切斯特樞機主教（Cardinal Winchester）的推薦，可以讓他當上魯昂（Rouen）的大主教。

[24] 當時在位的是幼主亨利六世（Henry VI, 1421-71）。溫切斯特樞機主教就是亨利

多多指教。

渥力克：（向辜詗）你稱呼他英格蘭樞機主教吧，我想。敝國國王的叔父。

辜詗：約翰・德思拓甘巴閣下，我跟樞機主教大人一向是很要好的朋友。（手伸過去，隨軍司鐸吻他的指環）。

渥力克：請賞光坐吧。（把自己的椅子挪到桌子的首席，請辜詗坐下）。

　　　　辜詗莊重地欠一欠身，坐上首席。渥力克隨手拿過皮板凳，坐在原處。隨軍司鐸回座。

　　　　渥力克雖然有心禮敬主教，坐在次席；卻認為自己帶頭開場是理所當然的事。他依然熱忱而豪爽，口氣卻有點不一樣，是要談正事的意思。

渥力克：唉，主教大人知道，我們這會兒在倒大霉呢。查理要去蘭斯加冕，其實就是洛林那個年輕女子為他加冕；而且——實不相瞞，也不叫你存奢望——我們無法阻止。我想，查理的地位會很不一樣。

辜詗：毫無疑問。這是處子的高招。

隨軍司鐸：（又激動起來）我們輸得不公道，大人。從來沒有英國人是輸得公道的。

　　　　辜詗的眉毛輕揚一下，一下子又神色自若。

渥力克：我們這位朋友認為，那個年輕女子是個女巫。我想，向宗教裁判所檢舉，以女巫的罪名處以火刑，大概是可敬的閣下的責任吧。

・博伏特（Henry Beaufort, c.1374-1447），是幼主的叔祖父。非常富有，借錢給政府去打對法蘭西的戰役；在1430年代，更是英格蘭的實際掌權者。借政訐貞德來打擊查理，就是他策動的。歷史上，他的私印掌理人是辜詗。德思拓甘巴是蕭伯納虛構的人物，反映了博伏特的政治立場。

辜詛：沒錯，要是在我的教區抓到的話[25]。

渥力克：（覺得大有進展）：就是說呀。那，我想，說她是個女巫，照理是沒有疑問的。

隨軍司鐸：毫無疑問。十足是個女巫。

渥力克：（委婉地怪他插嘴）我們在問主教的意見，約翰閣下。

辜詛：我們不要只考慮自己的意見，而得考慮法蘭西法庭的意見，興許可以說，偏見。

渥力克：（斟酌）是大公教會的法庭，大人。

辜詛：大公教會法庭的成員也是凡人，跟別的法庭一樣，不管他們的職掌和啟示多麼神聖。要是法庭的人，就像時下流行的叫法，是法國人；那麼，光憑英格蘭軍隊被法蘭西軍隊打敗這個不折不扣的事實，恐怕說服不了他們有人用了邪術。

隨軍司鐸：什麼？連大名鼎鼎的塔爾博特伯爵本人被那個洛林臭水溝上來的婊子打敗，甚至俘虜了，還不是邪術？

辜詛：約翰·塔爾博特伯爵嘛，大家都知道，是個勇猛可畏的軍人，閣下；可是我沒聽說他是個英明的將軍。而且，雖然你口口聲聲說他被那個姑娘打敗，我們有些人興許覺得迪努瓦也有點兒功勞。

隨軍司鐸：（藐視）那個奧爾良庶子！

辜詛：讓我提醒你——

渥力克：（插嘴）我知道你要說什麼，大人。迪努瓦在蒙塔日打敗的就是我。

辜詛：（打躬）由此可見迪努瓦領主敢情是個非常能幹的指揮官。

渥力克：大人太給臉了。我承認，在我方，塔爾博特這廝只會拼命，在帕泰給抓了，許是活該的。

隨軍司鐸：（生氣）大人啊，在奧爾良，這個女人被我們的箭射穿

---

[25]　貞德給抓的地方根本不在辜詛的教區。

了脖子[26]，有人見她痛得像個娃兒般哭了起來。這是要命的傷啊，可是她照樣打了一整天仗；而等我們的人都像真正的英格蘭人一樣，抵擋了她的百般攻擊後，她手持一面白旗，獨個兒走到我們堡壘的牆下；我們的人就動彈不得，既不能射箭，又不能還擊，任由法蘭西人進攻，還給人家逼上了橋；橋又登時起了大火，壓垮掉，把人掉到河裡，淹死了一大堆。請問這是你那位庶子的指揮嗎？還是說，那把火是地獄的火，是女巫施法弄出來的呢？

渥力克：約翰閣下激動了些，大人想必諒解；可是他表明了我們的立場。迪努瓦是個能幹的指揮官，我們承認；可是幹麼要等到女巫來了，他才施展得出來呢？

辜訶：我不是說她那邊沒有超自然的力量。可是那面白旗上的名字，不是撒但、別西卜[27]，而是天主同聖母的聖名。而你們淹死的那個指揮官——我想你們叫他克拉幾大——

渥力克：叫格拉斯戴爾。威廉・格拉斯戴爾爵士。

辜訶：叫格拉十打，謝謝。他可不是虔誠的人，而我們許多人認為他褻瀆處子才淹死的。

渥力克：（十分疑惑）那麼，我們從這一切推斷出什麼呢，大人？處子讓你改宗了嗎？

辜訶：她要是讓我改宗了，我就會乖覺一點，不會到這裡來自投羅網。

渥力克：（溫婉地抗議）嘿！嘿！大人！

辜訶：要是魔鬼在利用這個姑娘——我相信是的——

渥力克：（安了心）啊！聽到沒有，約翰閣下？我就知道大人不會叫我們失望的。抱歉打岔，請說下去。

---

[26] 中箭的是肩膀，不是脖子。

[27] 《聖經》：「人既罵家主是別西卜（別西卜：是鬼王的名），何況他的家人呢？」（太10:25下）

辜詞：這樣的話，魔鬼的眼光就比你們相信的更遠大。

渥力克：哦？怎麼個遠大法？仔細聽，約翰閣下。

辜詞：要是魔鬼想詛咒一個鄉下姑娘，你覺得那麼輕而易舉的事，會勞動他打贏六七場仗嗎？不，大人，要是那個姑娘命該沉淪，隨便派一個幺魔小鬼就綽綽有餘了。黑暗之王才不屑做這種賤工夫呢。他要是打擊，就打擊管轄整個屬靈世界的天主教會。他要是詛咒，就詛咒全人類的靈魂。為了對付這個可怕的陰謀，教會時時警醒。而我認為這位姑娘是這個陰謀的一個棋子。她得到啟示，卻是魔鬼的啟示。

隨軍司鐸：我就告訴過你她是個女巫。

辜詞：（厲聲）她不是女巫，她是異端。

隨軍司鐸：異端又有什麼不一樣？

辜詞：你這個司鐸，虧你問得出來！你們英格蘭人的腦筋真是遲鈍得出奇。所有你們叫做巫術的東西都可以用自然現象來解釋。那個女人的奇迹騙不了一隻兔子，她自己也沒有聲稱是奇迹。她打勝仗，只證明她脖子上的腦袋瓜兒比臭嘴格拉十打同狂牛塔爾博特要靈光；只證明信仰的勇氣，就算是冒牌的信仰，也總是勝過憤怒的勇氣。

隨軍司鐸：（難以置信所聽見的）大人，你把當過三次愛爾蘭總督的約翰・塔爾博特爵士跟一頭狂牛相提並論嗎？！！！

渥力克：要是你這樣比就不得體，約翰閣下，因為你要繼承男爵還差了六個人。可我是伯爵，塔爾博特只是爵士，我就可以斗膽贊成這樣的比較。（向主教）大人，巫術不巫術就不管它啦。但是，我們得燒死那個女人。

辜詞：我不能燒她。教會不能殺人。而且我的首要責任是拯救這個姑娘的靈魂。

渥力克：那當然。可是你們的確偶爾動用火刑。

辜詞：沒有。教會像砍下生命樹上的枯枝，開除冥頑不靈的異端

時，是把他們交給世俗的權柄。至於世俗的權柄認為該怎麼
辦，可跟教會無關了[28]。

渥力克：一點不錯。而這個案子，我就是世俗的權柄。那麼，大
人，就把你們的枯枝交給我吧；我準燒好一把火的。只要你
盡了教會的本分，我就會盡世俗權柄的本分。

辜詗：（七竅生煙）我什麼本分都盡不了。你們這些老爺動不動就
把教會當作政治工具而已。

渥力克：（笑着討好）在英格蘭不會這樣，你放心。

辜詗：在英格蘭更會這樣。不行，大人；在上帝的寶座前，這個鄉
下姑娘的靈魂跟你的、跟貴國國王的，一樣寶貴；而我的首
要責任就是拯救它。我不會勞煩大人跟我做笑臉，好像我老
是滿嘴有口無心的話，又好像你我串通好了，我會把那個姑
娘出賣給你。我不只是個政治的主教；信仰之於我，就如同
榮耀之於你；要是有什麼破洞，讓這個受過洗的上帝的孩子
可以爬出來得救，我會指引她[29]。

隨軍司鐸：（憤怒地站起來）你這個叛徒。

辜詗：（跳起來）你胡扯，司鐸。（氣得發抖）要是你膽敢像這個
女人那樣——把自己的國家置於聖而公教會之上——就得跟
她一起受火刑。

隨軍司鐸：大人，我——我太放肆了。我——（低首下心地坐下來）。

渥力克：（擔心地起身）大人，我為約翰·德思拓甘巴閣下失言向

---

[28] 《聖經》：「人若不常在我裏面，就像枝子被丟在外面，枯乾了，人撿起來，扔
進火裏燒了。」（約15:6）。這是火刑的依據。現代也有眼不見為淨、借刀殺人
即清白的伎倆。Murphy（2012:46）舉了個手法巧妙的例子：美國政府為了「維護
人權」，把某些牽涉恐怖活動的嫌犯送到敘利亞之類國家，請當地政府代為刑訊
逼供。

[29] 對照辜詗的言行，尤其跟英格蘭的利害關係，我們很難相信歷史上的辜詗會說
這種話，假設說了，也要懷疑是擺姿態的門面話。大主教是另類的高官厚祿，
Michelet（1853）把他描述成熱中功名的人，並不冤枉。

你陪罪。那個字在英格蘭的意思跟在法蘭西不一樣。在法蘭西話裡，叛徒跟逆賊的意思一樣：也就是奸詐、狡獪、不忠、不信的人。在英格蘭話裡，叛徒只是說不一味兒為了英格蘭的利益。

辜詞：抱歉，我剛才不懂。（神氣地坐下來）。

渥力克：（又坐下來，如釋重負）要是我好像把燒死那個可憐的姑娘看得太輕率，我得為自己致歉。人看見鄉下到處一燒再燒，成了打仗的例行公事，就得麻木起來。要不然會發瘋，我橫豎也該發瘋。我斗膽揣測，那麼多異端的火刑，大人一定時時看到，是否也不得不用——可否說專業的眼光，來看待這件本來非常可怕的事呢？

辜詞：是的，這是痛苦的差事；甚至像你說的，非常可怕。可是比起異端的恐怖，就不算什麼了。我在考慮的不是這位姑娘的肉體，而是她的靈魂；她的肉體受刑，痛苦是短暫的，而且肉體早晚得多少受點痛苦而死去，可是她的靈魂卻興許永遠沉淪。

渥力克：就是說呀；但願上帝拯救她的靈魂！可是現實的問題似乎在於，怎麼拯救她的靈魂而不拯救她的肉體。因為我們得面對現實，大人，要是崇拜處子狂熱下去，我們就大事不妙了。

隨軍司鐸：（聲音沙啞，像一直哭著的人一樣）我可以說話嗎，大人？

渥力克：真的，約翰閣下，我看還是不說的好，除非你捺得住性子。

隨軍司鐸：只說一件事。說得不對，還請指教。其實那處子是個老奸巨猾，裝出一副虔誠的樣子。一天到晚祈禱、告解。要是她謹守律法，像教會的信女，怎麼能控告她是異端呢？

辜詞：（火冒三丈）教會的信女！就連教皇本人最得意時，也不敢像這個女人那麼狂妄。她的所作所為，就好像自己就是教會。她替上帝給查理傳話，教會也得靠邊站。查理會到蘭斯

大教堂，由她來加冕；不是由教會，是由她啊！她代表上帝發信給英格蘭國王，命令他回自己的島上去，免得承受上帝報應的苦果，而施報人就是她[30]。我告訴你，寫這種信，是那個該死的穆罕默德、那個敵基督的技倆。她說了一大堆，曾提過教會一個字嗎！從來沒有。說來說去只有上帝同她自己。

渥力克：你還能期望什麼？實際歸實際嘛！她給人捧得翹尾巴了。

辜訶：誰弄壞的？是魔鬼。而且是為了一個遠大的目的。他在把異端邪說傳遍地上。像胡斯這個家伙，才十三年前在康斯坦茨受火刑而已，就把邪說傳遍了波希米亞[31]。又有一個家伙叫威克里夫，本身是個受膏的神父，在英格蘭散播邪說；虧你們還讓他壽終正寢[32]。我們法蘭西也有這種人，我認得出他們。異端流毒無窮；要不把它砍個淨盡，滅個了絕，燒個精光，決不會停止散播，直到世人惡貫滿盈、百弊叢生，遍地荒涼敗落為止。就因為這樣，那個趕駱駝的阿拉伯人把基督和教會都趕出了耶路撒冷，還像野獸般一路向西蹂躪，到比利牛斯山脈，上帝憐憫，才終於止住，法蘭西才不致沉淪[33]。可是，當初那個趕駱駝的所做的，跟這個放羊姑娘有什麼不一

---

[30] 參注S1.2。

[31] 胡斯（John Huss, 1369 ? -1415），捷克宗教改革家。受威克里夫影響；批評神職人員、教宗，反對贖罪券，認為《聖經》的地位高於教會。被教會定罪，火刑而死。其後追隨者以武力對抗神聖羅馬帝國、教廷、地主，打了十幾年。胡斯跟貞德一樣，死後成為民族象徵。1968年，布拉格之春（Prague Spring）期間，蘇聯大軍壓境，坦克開進布拉格；群眾就在胡斯像的廣場上聚集。

[32] 威克里夫（John Wyclif（Wycliffe），c.1328-1384），英國神學家，宗教改革的先驅。批評教會，被教會定為異端；以《聖經》為最高權威，也是第一本完整的英文《聖經》的主要譯者。死於中風。其後遺骨被教會的人挖出來焚燒、丟棄。

[33] 趕駱駝的，指穆罕默德（Muhammad, c. 570–632）。比利牛斯山脈，是西班牙同法國的天然國界。八世紀初，伍麥葉王朝（Umayyad）的穆斯林軍隊征服了整個比利牛斯半島，順勢進侵法蘭西；732年，被法蘭克王國的查理·馬特（Charles Martel）在普瓦蒂埃（Poitiers）打敗。

樣呢？趕駱駝的聽見天使加百列的聲音[34]，而放羊的呢，聽見聖卡特琳、聖瑪格麗特、聖彌格的聲音。趕駱駝的自稱是上帝的使者，以上帝的名義寫信給地上的國王。放羊的天天發信。我們要找人代禱，不是找聖母，而是得找處子貞德。萬一無知的工人同擠奶女工，一個個給魔鬼搞得可惡地不可一世，自以為親受天啟，就把教會所累積的智慧、知識、經驗，還有博學而虔誠可敬的人的大公會議，都丟到水溝裡去，這個世界還成個什麼樣子？那準是個一片血腥、怒火、寸草不留、人人弱肉強食的世界；到頭來，墮落倒退成野蠻世界。這會兒只有穆罕默德同上他當的人、處子同上她當的人；可萬一每一個姑娘都自以為是貞德，每一個男人都自以為是穆罕默德，那會怎樣？我一想到就毛骨悚然。我跟異端拼了一輩子，我要跟它拼到底。這個女人什麼罪孽都可以饒恕，只有身為異端，罪不可赦，因為這是褻瀆聖靈的罪；萬一她至死都不在眾人面前悔悟，把自己的靈魂完全順服教會，一旦落在我手裡，就得受火刑。

渥力克：（無動於中）你敢情有切膚之痛。

辜詗：你不痛嗎？

渥力克：我是軍人，不是教士。朝聖時見識過穆罕默德的信徒[35]。他們的教養不像我受灌輸的那樣差。有些地方，他們的品行還勝過我們呢。

辜詗：（不悅）這個我從前就發覺了。那些去東方勸化異教徒的人，反而被異教徒帶壞了。十字軍東征回來，已經是大半個

---

[34] 穆罕默德當初在希拉（Hira）山洞裡聽到的天啟，即《古蘭經》96章1-5節。加百列，天主教叫佳播天使，就是《聖經》裡向馬利亞報佳音，說她會生下救主耶穌的那位。

[35] 原文Mahometans，通常拼作Muhammadan, Mohammedan，即「穆罕默德的信徒」、「伊斯蘭教徒」。教徒喜歡的稱呼是「穆斯林」（Muslim）。

穆斯林。別說英格蘭人個個生下來是異端啦。

隨軍司鐸：英國人是異端！！！（跟渥力克申訴）大人，是可忍，
　　孰不可忍！主教大人神志失常了。英國人信的怎麼能是異端
　　呢？這個話就有語病嘛。

辜詗：我不怪你，德思拓甘巴閣下，你的無知是無可救藥的。貴國
　　的污濁空氣是培養不出神學家的。

渥力克：你要是聽見我們爭論宗教問題，就不會說這個話了，大
　　人！很遺憾，你覺得我要麼是異端，要麼是個死頭腦；因為
　　我見過世面，知道穆罕默德的信徒對主耶穌禮敬有加，他們
　　體諒身為漁夫的聖彼德，勝過大人體諒趕駱駝的穆罕默德。
　　可是起碼我們可以撇開偏見，就事論事。

辜詗：有人把基督教會的熱忱說成偏見，我就心裡有數了。

渥力克：那只是同一件事東西方不同看法而已。

辜詗：（憤慨地譏諷）東西方不同而已！而已！！

渥力克：喔，主教大人，我可不是反駁你。你要維護教會，可也得
　　維護貴族啊。依我看，有個反對處子的理由，比你剛才強調
　　的更有力。老實說，我不怕這個姑娘變成另一個穆罕默德，
　　以大邪大惡的異端來代替教會。我想你危言聳聽啦。可是她
　　在那些信裡頭跟歐洲所有國王倡議一個舉動，也已經把它灌
　　輸給查理了，這個舉動會摧毀整個基督教國的社會結構，你
　　注意到了嗎？

辜詗：摧毀教會。我就告訴你。

渥力克：（忍無可忍）大人，拜托你先把教會放一邊一下子；記得
　　這個世上除了屬靈的制度，還有屬世的制度。我同有爵位的
　　人代表封建貴族，就像你代表教會一樣。我們都是屬世的權
　　柄。好，你難道看不出這姑娘的觀念怎樣打擊我們嗎？

辜詗：她的觀念怎樣打擊你們？還不是以打擊教會來打擊所有人？

渥力克：依她的觀念，國王應該把領土奉獻給上帝，然後以上帝管

家的身分來統治。

辜詞：（不感興趣）神學上一點不錯，大人。其實國王只要在位，
　　　　不怎麼計較。那是個抽象的觀念，嘴巴說說而已。

渥力克：才不是。這是個狡猾的伎倆，要代替貴族政治，把國王變
　　　　成獨一無二的至尊貴族。國王不只是貴族裡的首位，而是變
　　　　成貴族的主人。這個我們可受不了，我們不認誰做主人。名
　　　　義上，我們由國王得到土地、爵位，因為人世的拱門總得有
　　　　一塊拱頂石；可是土地在自己手裡，也靠自己和佃戶的刀劍
　　　　來扞衛。這會兒照處子的說法，國王就搶了我們的土地——
　　　　是我們的土地！——來奉獻給上帝；然後上帝再把土地通通
　　　　授給國王。

辜詞：你們怕什麼？說到底，國王是你扶立的。在英格蘭，約克王
　　　　朝也好，蘭開斯特王朝也好，在法蘭西，蘭開斯特王朝也
　　　　好，瓦盧瓦王朝也好；誰統治都要看你們臉色啊。

渥力克：沒錯，可是條件是民眾聽從封建領主，只把國王當作來巡
　　　　迴表演的，而國王除了大家共用的公路，一無所有。萬一民
　　　　眾的想法、感情轉向國王，而領主在他們眼中，只成了國王
　　　　的僕人；國王就可以把我們一個一個打屁股，到時候除了當
　　　　穿制服的侍臣，還有什麼下場呢？

辜詞：還是不用怕呀，大人。有些人生來是國王的料子，有些人生
　　　　來是政治家的料子。兼而有之的人很少。國王又到哪裡找謀
　　　　臣，來為他盤算這樣的策略，實行出來呢？

渥力克：（不太友善地笑）興許到教會裡頭找，大人。

　　　　　　辜詞一樣酸溜溜一笑，聳聳肩，並不反駁。

渥力克：打敗了貴族，主教就可以為所欲為了。

辜詞：（和緩地，一改爭辯的口吻）大人，我們兩邊鬥來鬥去，是
　　　　對付不了處子的。我很明白，世上有權力慾望。也知道只要
　　　　權力慾望有一天在，皇帝就跟教皇鬥，公爵就跟政治主教

鬥，貴族就跟國王鬥。魔鬼分化我們，再來治我們。我知道你不是教會的朋友；你是個徹頭徹尾的伯爵，我是個徹頭徹尾的教士。難道這樣我們就不能存異求同，一起面對共同的敵人嗎？我明白，你這會兒在意的，不是這個姑娘從來不提教會，一味想着上帝同她自己；而是她從來不提貴族，一味想着國王同她自己。

渥力克：一點不錯。這兩個想法到頭來同出一轍。她可是老謀深算啊，大人。這是平民不滿教士或貴族干涉他跟上帝的關係，是個人靈魂的誓反。要是得找個叫法，就該叫做誓反教[36]。

辜訶：（凝視着他）你把它摸透了，大人。脫掉英國人的外衣，發現誓反教徒的真面目。

渥力克：（禮數周到）我想你對處子的屬世邪說，不是一點也不同情的，大人。就讓你給它一個名字吧。

辜訶：你誤會了，大人。我並不同情她的政治主張。可是身為神父，我了解老百姓的想法；而裡頭還有另一種頂危險的觀念。我只能這樣形容：就是法蘭西是法蘭西人的，英格蘭是英格蘭人的，意大利是意大利人的，西班牙是西班牙人的，如此類推。鄉巴佬有時候心地偏狹，又多牢騷；我料想不到，這個鄉下姑娘可以突破村子是村民的這個觀念。可是她能突破，她真個突破了。她撂下狠話要把英格蘭人趕出法蘭西的土地時，心裡面想的無疑是說法蘭西話的所有地方。她覺得說法蘭西話的人就是《聖經》裡所描述的一個民族。要是你高興，就把她這個邪說叫做民族立國；我找不出更好的叫法了。我只能說，這壓根兒是反公教，反基督的；因為天主教會只承認一片領土，那就是基督國度的領土。把這個國度分裂為一個個國家，就是罷免基督。罷免了基督，還有誰

---

[36] 誓反教（Protestantism）即基督新教。

在刀劍下保住我們的性命呢？到時候準打得天昏地暗，世界
就毀滅啦。

渥力克：好啊，要是你燒誓反教徒，我就燒民族立國者，雖然我不
　　　　一定得到約翰閣下的贊同。英格蘭是英格蘭人的，準合他的
　　　　胃口。

隨軍司鐸：那還用說，英格蘭當然是英格蘭人的；這是很簡單的自
　　　　然規律。可是，因為英格蘭特別勝任為了落後民族的好處而
　　　　統治他們，得到上帝的應許，正正當當地去征服他們[37]，這個
　　　　女人卻說不行。兩位大人說的誓反教徒、民族立國者，我都
　　　　不懂；我是個卑微的教士，你們的學問太深奧太玄妙了。可
　　　　是我知道這個女人是叛徒，我有這個簡單的常識就夠了。她
　　　　背叛自然，穿着男人的衣服，還打仗。她背叛教會，僭越教
　　　　皇的神聖權威。她背叛上帝，可惡地跟撒但同謀，跟邪靈聯
　　　　手對付我們的軍隊。種種不軌只是極力背叛英格蘭的藉口。
　　　　這欺人太甚了。毀滅她吧，燒死她吧，別讓她毒害整個羊
　　　　群。死一個女人來拯救老百姓，算是權宜之計。

渥力克：（起身）大人，看來我們談好了。

辜詞：（也起身，卻要抗議）我決不會危害自己的靈魂。我要主持
　　　教會的公義。我要盡死力來拯救這個女人。

渥力克：我為這個可憐的姑娘難過。我討厭那些嚴刑峻法。要是可
　　　　以的話，我願意放過她。

隨軍司鐸：（毫不寬容地）我要親手燒死她。

辜詞：（祝福他）神聖的天真啊！

---

[37] 這是十九世紀末，支持帝國主義到處侵略的重要論據，即所謂「白人的責任」。

第五幕

　　　　蘭斯大教堂的迴廊，近法衣室的門口。一根柱
子，上有耶穌的苦路像。加冕大典後，眾人在管風琴
聲中從中央走道離去。貞德跪在苦路像前祈禱。一身
漂亮的衣服，卻依舊是男裝。管風琴聲終止，一樣盛
裝的迪努瓦從法衣室來到迴廊。

迪努瓦：起來吧，貞德！禱告夠了。你大哭了一場，還待在這裡的
　　　　話，準要着涼。典禮都完了；教堂裡空蕩蕩，街上都是人。
　　　　他們喊着要見處子。我們說你獨個兒在教堂裡祈禱，可是他
　　　　們想再看見你。

貞德：不要。讓國王一個人風光吧。

迪努瓦：他只會壞了場面，可憐的王八蛋。不行，貞德，你為他加
　　　　冕了，就得做到底。

　　　　貞德不情願地搖頭。

迪努瓦：（扶她起來）來來！再幾個鐘頭就好了。總比在奧爾良橋
　　　　上好吧，嘎？

貞德：唉，親愛的迪努瓦，回到奧爾良橋上就好啦！我們是在橋上
　　　　活過來的呀。

迪努瓦：是啊，的確是；也死了，有些人。

貞德：這不是很奇怪嘛，雅克？我是個膽小鬼，打仗時慌得要死；
　　　　可是過後沒有危險了，就覺得太無聊了；唉，太無聊！太無
　　　　聊！太無聊了！

迪努瓦：你得學會節制打仗，就好像你節制飲食一樣，我的小聖人。

貞德：親愛的雅克，我想你喜歡我，就像士兵喜歡同袍一樣。

迪努瓦：你需要有人喜歡，你這個上帝的天真可憐的孩子。你在宮
　　　　廷裡沒幾個朋友。

貞德：為什麼那些侍臣、貴族、教士個個都討厭我呢？我沒對他們
　　　怎樣啊？我自己一無所求，只請求我的村子可以免稅而已，
　　　因為我們交不起戰爭稅。我叫他們轉運、打勝仗；他們做種
　　　種蠢事的時候，我糾正了他們。我為查理加冕，給他們一個
　　　名正言順的國王；國王賜的封號也都給了他們。那他們幹嘛
　　　不喜歡我呢？

迪努瓦：（打趣她）大－傻－瓜！你以為讓笨蛋難堪，他們會喜歡
　　　你嗎？那些踉踉蹌蹌再服現役的老將領，喜歡接班打勝仗的
　　　年輕指揮官嗎？那些野心勃勃的政客喜歡力爭上游、搶了他
　　　們前面位子的人嗎？你在大主教的聖壇上當大主教，當得比
　　　他們好，就算你是聖人，他們又喜歡你嗎？哼，我自己要是
　　　野心大一點，也會妒忌你呢。

貞德：你是這些人裡的尖子，雅克；是我在所有貴族裡惟一的朋
　　　友。我敢打賭你媽媽從前是鄉下人。等我拿下巴黎後，我就
　　　回鄉下農場去。

迪努瓦：我說不準他們肯不肯讓你拿下巴黎。

貞德：（吃驚）什麼！

迪努瓦：要是他們都靠得住，我自己早就拿下了。有些人還寧願巴
　　　黎拿下你，我想。所以呢，小心點。

貞德：雅克，我覺得這個世界太壞了。就算天殺的同勃艮第人都沒
　　　把我幹掉，法蘭西人準會。要不是有那些異聲，我就失去所
　　　有勇氣了。所以加冕完了，我才得獨個兒偷偷來這裡祈禱。
　　　我有些事要跟你講，雅克。我是在鐘聲裡聽見異聲的。不是
　　　今天，今天鐘全響了，只有噹央央而已。可是在這個角落，
　　　有天上傳來的鐘聲，餘響不絕，或者在田間，鐘聲遠遠的穿
　　　過寧靜的鄉下傳來，裡頭就有異聲。（大教堂的鐘敲一刻）
　　　聽！（癡迷起來）聽見嗎？「親愛的上帝的孩子」，就像你
　　　剛才說的。到半點鐘就說「勇──往──直──前」。到

三刻就說「我是你的膀臂」。可是到整點的時候，說完「上帝會拯救法蘭西」，大鐘就響起，然後聖瑪格麗特、聖卡特琳，有時候甚至是聖彌格，就會說一些我料不到的事。然後，哦然後——

迪努瓦：（善意卻沒有同感地打斷她）然後，貞德，我們就在轟轟的鐘聲裡聽見自己想像的話。你一提起異聲，我就不自在。雖然你口口聲聲跟別人說只是聽從聖卡特琳的話，我發覺你所做的事都說得出明智的理由；要不是這樣，我就覺得你有點瘋瘋顛顛了。

貞德：（發脾氣）唉，你不相信我聽見異聲，我才得找理由跟你說啊。可是聽見異聲在先，找理由在後；信不信由你。

迪努瓦：生氣了，貞德？

貞德：氣啊。（笑）不，不是氣你。我希望你是村裡的小毛頭。

迪努瓦：幹麼？

貞德：那我就可以照看你一會兒。

迪努瓦：你到底還是有點兒像女人。

貞德：沒有，一點兒也沒有；我是個兵，別的什麼都不是。當兵的有機會，總會照看小孩子。

迪努瓦：說的是。（笑）。

　　　　國王查理脫下王袍，跟藍鬍子在左、拉義爾在右，從法衣室走過來。貞德退縮到柱後。留下迪努瓦，站在查理與拉義爾之間。

迪努瓦：好啦，陛下終於受膏為王了。覺得怎麼樣？

查理：下回就算當太陽、月亮的皇帝，我也不要再來一遍。好重啊那些袍子！他們把王冠給我壓到頭上的時候，我以為自己就要倒下去了。還有他們大談特談、鼎鼎大名的神聖油膏，酸咕曀的，呸！大主教準半死了，他的袍子少可有一噸重，還在法衣室一件件的脫下來。

迪努瓦：（冷淡地）陛下應該多穿幾回盔甲。那就習慣穿重衣服了。

查理：哈，又來挖苦我！算了吧，我才不要穿盔甲；打仗不是我的
　　　事。處子呢？

貞德：（上前，到查理與藍鬍子之間，單膝下跪）王上，我幫你登
　　　基了，我的事也完啦。我要回我爸的農場去了。

查理：（意外，卻鬆一口氣）哦，真的？嗯，那就好了。

　　　　　貞德起來，十分洩氣。

查理：（沒有注意，說下去）很健康的生活，你知道。

迪努瓦：可是很無聊。

藍鬍子：你那麼久沒穿裙子準給裙子絆倒。

拉義爾：你準想念打仗。打仗是壞習慣，卻是壯舉；也是最難戒得
　　　掉的。

查理：（巴不得地）可是，要是你真個想回家，我們就不留你啦。

貞德：（憤恨地）我心知肚明，你們沒有人捨不得我走。（側轉
　　　身，走過查理身邊，跟意氣相投的迪努瓦與拉義爾站在一
　　　塊）。

拉義爾：好啦，以後我可以愛罵髒話就罵了。可是我會偶爾想念
　　　你的。

貞德：拉義爾，雖然你有種種罪惡，又罵髒話，我們會在天堂相見
　　　的；我喜歡你，就好像喜歡皮圖一樣，皮圖是我家的老牧羊
　　　犬。皮圖可以殺死一頭狼。你準把英格蘭狼殺回去自己的土
　　　地，當上帝的忠犬；不行嗎？

拉義爾：你我一塊兒，行。

貞德：不，我從頭到尾只有一年。

眾人：什麼！

貞德：總之我曉得。

迪努瓦：胡說！

貞德：雅克，你覺得你有辦法把他們趕出去嗎？

迪努瓦：（沉着地自信）有，我會把他們趕出去的。從前我們把打
　　　　仗當成比武大會同贖金交易，才輸給他們。我們幹傻事，他
　　　　們打仗卻是拼命。可是我學了乖，也摸清了他們的底。他們
　　　　在法蘭西沒有根。我從前打敗過他們，也會再打敗他們。

貞德：你不會對他們下毒手吧，雅克？

迪努瓦：手軟的話，那些天殺的決不認輸。又不是我們惹的事。

貞德：（突然）雅克，我回家之前，我們把巴黎拿下來吧。

查理：（恐慌）嘎，不行，不行。我們會把贏的通通輸回去。喔，
　　　　我們就別再打仗了吧。我們可以跟勃艮第公爵訂一份頂呱呱
　　　　的條約。

貞德：訂什麼條約！（忍不住頓足）。

查理：哼，幹麼不訂？我這會兒不是加冕了，受膏了嗎？哎，那個
　　　　聖油！

　　　　　　大主教出了法衣室，湊過來，站在查理和藍鬍子
　　　之間。

查理：大主教，處子又想要開打呢。

大主教：那我們停過戰嗎？這會兒和平了嗎？

查理：沒有，我想還沒有；可是已經有這些成績，該知足了。我們
　　　　就訂個條約吧。好運不常，這會兒就趁轉運前收手吧。

貞德：好運！上帝幫我們打仗，你居然說是好運！這會兒還有英格
　　　　蘭人在寶貴的法蘭西神聖土地上，你就要收手！

大主教：（嚴峻）處子，國王是跟我說話，不是跟你。你抖起來
　　　　了。你動不動就抖起來。

貞德：（坦然無愧，很粗魯地）那就說啊，你；告訴他手丟下犁不
　　　　是上帝的旨意。[38]

大主教：我可不像你開口閉口都是上帝的聖名，因為我憑着教會和

---

[38] 《聖經》：「耶穌說：手扶着犁向後看的，不配進神的國。」（路9:62）

聖職的權威來解釋祂的旨意。你剛來的時候還尊重這個權威，不敢像你這會兒用這種口氣說話。你披着謙卑美德的外衣而來；只因為上帝因而祝福你的事業，你就自甘被驕傲的罪惡玷污。古希臘的悲劇正要在這裡上演啦。這是傲睨神明的懲罰。

查理：就是呀，自以為比別人懂。

貞德：（難過，卻天真地看不出自己所挑起的反應）可是我懂的，着實比你們好像懂的多。我也不驕傲；要不是知道自己對，壓根兒就不開口。

藍鬍子：⎫　　　　　　⎧哈哈！

　　　　⎬（齊聲高喊）⎨

查理：⎭　　　　　　⎩就是這樣。

大主教：你怎麼知道自己對？

貞德：我準知道。我的異聲——

查理：喔，你的異聲，你的異聲。幹麼那些異聲不傳給我？國王是我，不是你呢。

貞德：那些聲音真個傳給你了，可是你不聽。你沒有坐在黃昏的田裡聽。三鐘經響的時候[39]，你畫畫十字就算了；可是，要是你誠心祈禱，聽聽鐘聲後那飄蕩在空中的動人餘響，就會像我一樣聽到異聲。（突然轉身走開）可是，連打鐵匠都會告訴你們：打鐵得趁熱；你還要聽什麼異聲呢？我告訴你，我們得直搗貢比涅，拿下它，就像我們拿下奧爾良一樣。這樣一來，巴黎就會打開大門給我們，要不我們就打進去。沒有首都，你的王冠算什麼呢？

拉義爾：我也是這麼說來着。我們要打進去，就像火紅的炮彈打穿一磅奶油一樣。你怎麼說，庶子？

---

[39] 教堂早、午、晚鳴鐘，提醒教徒紀念耶穌降生救世的事迹，念禱詞、頌經時共鳴鐘三次，所以叫三鐘經。

迪努瓦：要是我們的炮彈都像你的腦袋那麼熱，數量也足夠，那我們該會征服全世界，毫無疑問。打仗的時候，大膽同衝動是好僕人，卻是壞主人；每當我們信靠他們，就落到英格蘭人手上。我們從來不知道什麼時候會打輸，這是我們最大的錯誤。

貞德：你們從來不知道什麼時候會打贏，這是更糟的錯誤。以後我得叫你們帶着鏡子上戰場，你們才相信自己的鼻子沒有都給英格蘭人割掉。要不是我逼你進攻，你同那群軍師還給困在奧爾良呢。你們應該不斷進攻；只要你堅持得夠久，敵人就會先罷手。你們不曉得打仗要怎麼着手，也不曉得大炮要怎麼用。可是我曉得[40]。

　　　　蹲下，盤腿坐在旗子上，咕嘟着嘴。

迪努瓦：我知道你怎麼看我們，貞德將軍。

貞德：別管那個，雅克。告訴他們，你怎麼看我。

迪努瓦：我想以前上帝是在你那邊的；當初你來的時候，風向怎麼變了，我們的士氣怎麼變了，我一直沒有忘記；而我們是跟着你的旗幟打勝仗的，千真萬確，我決不會否認。可是身為軍人，我告訴你，上帝不是給誰天天做苦工的、也不是給處子的。要是你值得，祂有時候就救你出虎口，幫你站住腳；可是就這樣而已，你一旦站住腳，就得使盡力氣、使盡本領來打仗。因為祂也得對敵人公平，別忘了。好了，在奧爾良，祂派你幫我們站住腳；而解圍的榮耀鼓舞我們打了連場勝仗，才來到這裡加冕。可是，要是我們得寸進尺，把自己該做的事都交給上帝，我們就會打輸；而且輸得活該！

貞德：可是——

迪努瓦：噓！我還沒有講完。你們誰也好，不要以為沒有人運籌帷幄，我們就打得贏這幾場仗。查理陛下，你在文告裡隻字不

---

[40] 不止一個軍人作證，說貞德作戰時指揮有方，好像是一輩子縱橫沙場的老將。Huizinga（1925）認為，以當時的戰爭形式，普通人有軍事才能並不稀奇。

提我在這些戰役裡的功勞，我不怪你；因為老百姓都崇拜行奇迹的處子，而不是崇拜為她募兵發糧而苦幹的庶子。可是上帝藉着處子為我們做了多少，又留下多少讓我自己想辦法，我心裡有數；我也告訴你，你行奇迹的鐘點過了，以後誰打仗打得好才會贏——要是他走運的話。

貞德：唉！要是，要是，要是，要是！要是要是能當鍋碗瓢盤用，就不用補鍋匠了。（衝動地站起來）你啊，庶子，聽我說，你的戰術沒用的，因為你的騎士不是廝殺拼命的料。他們把打仗當成遊戲，就像庭園網球同各式各樣的遊戲一樣，訂好了怎樣就可以，怎樣就犯規；給自己同可憐的馬穿上一大堆盔甲來擋箭；一倒下就爬不起來，只得等廝從過來扶起來，再跟捅他們下馬的人談贖金。難道你看不出諸如此類的這一套已經過時了、沒有了嗎？盔甲對上火藥有什麼用呢？就算有用，你覺得那些為法蘭西、為上帝而戰的人，會像你半數的騎士討生活那樣，停下來為贖金討價還價嗎？不，他們要打勝仗；他們一上戰場，就跟我一樣，會親手把自己的命交給上帝。老百姓都懂這個道理。他們買不起盔甲，付不起贖金；可是他們光着半身跟我跳進護城河、爬上梯子、翻過城牆。他們覺得，不是你死，就是我活；而上帝保佑好人！你可以搖頭，雅克；藍鬍子也可以捻他的山羊鬍子，對我翹鼻子；可是記得那天在奧爾良，你們那些騎士、指揮官都不肯跟我去打英格蘭人！你們把城門鎖了，不讓我出去；結果是市民、老百姓跟從我，撞破城門，熱切地給你們看看怎樣才叫打仗。

藍鬍子：（見怪）當了教皇貞德還不滿意，硬是要當凱撒、亞歷山大。

大主教：驕傲必跌倒[41]，貞德。

41　《聖經》：「驕傲在敗壞以先；狂心在跌倒之前。」（箴16:18）

貞德：喔，管他驕傲不驕傲，話說得對不對？合不合常識？

拉義爾：說得對。我們有一半的人害怕漂亮的鼻子給人割掉，另一半出戰是為了還債。依她的意思吧，迪努瓦。她不是無所不知，可是她懂訣竅。這會兒打仗跟從前不一樣了；知道得最少的常常打得最好。

迪努瓦：這些我都知道。我打仗不用老方法了；我從阿金庫爾、普瓦蒂埃、克雷西幾個戰役學到教訓[42]。我知道自己每一步牽涉多少條人命，只要划得來，我就走那一步，付那個代價。可是貞德壓根兒不計代價，她一馬當先，信靠上帝；她覺得上帝會替她買單。到目前為止，她得到多數人支持，也打了勝仗。可是我了解貞德；我想有朝一日，哪怕手下只有十個人做一百個人的事，她也會一馬當先。到時候，她就發覺上帝站在兵多的那邊。她就會給敵人俘虜；而抓到她的幸運兒就可以從瓦利克伯爵[43]手上拿到一萬六千磅。

貞德：（受寵若驚）一萬六千磅！嘿，老弟，他們出這麼多抓我嗎？世上哪有那麼多錢呢？

迪努瓦：有，英格蘭有。好，大家說，萬一英格蘭人把貞德抓了，你們誰肯伸一個小指頭去救她？我先說，代表軍隊。有朝一日她給一個天殺的或勃艮第人拖下馬來，這個人卻沒有暴斃；有朝一日她給關在牢裡，卻沒有聖彼德的天使來摸一下把鐵柵、門閂彈開；有朝一日敵人發覺她跟我一樣，不是銅皮鐵骨、天下無敵，那她對我們來說，就抵不上一個士兵的生命；而我也不會叫一個士兵為她冒險，儘管我愛惜她這個戰友。

貞德：我不怪你，雅克；你說得對。要是上帝讓我被人打敗，我就

---

[42] 幾場法蘭西失利的戰役。其中1346年的克雷西戰役（Battle of Crécy），英格蘭以少勝多，大敗法蘭西；是百年戰爭的重要戰役。

[43] 瓦利克是渥力克的音訛。

比不上士兵的一條命。可是上帝藉我的手做了那些事後，法
蘭西興許覺得我值那個贖金。

查理：我告訴你我沒錢；都是你害的，這個加冕典禮花光了我借的
錢，一毛錢也沒了。

貞德：教會比你有錢。我信得過教會。

大主教：女人，他們會拖着你遊街，當女巫燒死。

貞德：（跑向他）哎喲，大人，別這麼說。哪有這種事？我是女巫！

大主教：彼得·辜訥知道他該做什麼。巴黎大學就燒死了一個女
人，因為她說你所做的做得很好，而且是遵行上帝的旨意。

貞德：（困惑）可是為什麼？有什麼道理？我做的本來就是遵行上
帝的旨意呀。他們不可以為了人家說真話就燒死她。

大主教：他們燒了。

貞德：可是你知道她說的是真話呀。你不會讓他們燒我的。

大主教：我哪有辦法阻止？

貞德：你就以教會的名義說話。你是教會裡的大人物。我有你的祝
福來保佑，就可以到處去。

大主教：要是你還是又驕傲又不服從，我就不給你祝福。

貞德：唉，你幹麼老是這樣說？我不驕傲，又服從。我是個可憐的
女孩子，什麼都不懂，連大字都不識一個。我怎麼會驕傲
呢？你又怎麼可以說我不服從呢？我一直服從我的異聲，因
為那是從上帝來的。

大主教：作戰的教會[44]的聲音才是上帝在世上的聲音；而你聽見的異
聲，都是你心裡自以為是的和應。

貞德：這不對。

大主教：（氣得滿臉通紅）你當着大主教的面，在他的大教堂裡說
他撒謊；還說自己不驕傲、又服從。

---

[44] 作戰的教會跟魔鬼、世俗、情慾作戰，即生活在現世的教會，而對應得勝的教
會，即天堂。

貞德：我哪有說你撒謊？倒是你剛才等於說我的異聲撒謊。我的異聲什麼時候撒過謊？就算你不肯相信我的聲音，也就算那都是我自己的常識的和應，難道不是一直說得對嗎？而你世上的主意不是一直錯嗎？

大主教：（憤慨）勸你也是白勸。

查理：說來說去就是一句話。她對，別人都錯。

大主教：聽着，我最後一次警告你。要是你把自己的個人見解蓋過屬靈導師的教訓而沉淪，教會就不認你，由得你自食自以為是的惡果。庶子告訴過你，要是你執意把軍事上的私見蓋過指揮官的計謀——

迪努瓦：（插嘴）說得準確一點，要是你企圖解救貢比涅的駐軍，卻沒有解救奧爾良時那麼人多勢眾——

大主教：軍隊就不認你，也不會救你。而國王陛下已經說了，他沒錢贖你。

查理：一毛錢也沒有。

大主教：你是孤單的，壓根兒的孤單，只信靠自己的私見、自己的無知、自己倔強的自以為是、自己裝出一副信靠上帝的模樣來掩飾這種種罪惡的假虔誠。等你穿過這幾道門，走到露天的地方；群眾會為你喝采；他們會把小孩子、等着醫治的病人帶來見你；他們會吻你的手、吻你的腳；那些可憐又單純的人會各盡所能，捧得你高人一等，讓你自信得喪心病狂，走向滅亡。可是你還是孤單的，他們救不了你。我們，只有我們，才可以為你擋住敵人在巴黎燒死那個可憐女人的火刑柱。

貞德：（眼望上蒼）我有比你忠實的朋友、比你高明的主意。

大主教：原來我是跟鐵石心腸白費唇舌。你不要我們的保護，硬是要我們都跟你作對。以後，那麼，你就好自為之；萬一栽了跟頭，願上帝憐憫你的靈魂。

迪努瓦：這是實情，貞德。要放在心上。

貞德：要是我當初把這種實情放在心上，你們這會兒都在哪裡？你
　　　們一個個都不幫忙，不出主意。沒有錯，我在世上真個孤
　　　單，由始至終都孤單。法蘭西在淌血，快死的當兒，我爸跟
　　　我哥說，要是我不留下來看羊就把我淹死；可要是我家的
　　　羊兒沒事，法蘭西興許就已經亡了。我本來以為，在法蘭西
　　　國王的宮廷裡會有法蘭西的朋友，卻只發現一群搶食可憐的
　　　法蘭西殘骸的豺狼。我本來以為上帝到處都有朋友，因為祂
　　　是人人的朋友。我本來又天真得相信，這會兒把我踢開的你
　　　們，會像堅固的碉堡般保護我。可是這會兒我學乖了；而誰
　　　學了乖，起碼不會更倒霉。你們別以為說我孤單，我就怕
　　　了。法蘭西孤單，上帝也孤單；比起國家的孤單、上帝的孤
　　　單，我的孤單又算什麼呢？我這會兒也明白，上帝的孤單就
　　　是祂的力量；要是祂聽從你們眼紅又心窄的主意，祂還成什
　　　麼呢？那麼，我的孤單也準是我的力量；我應該跟上帝一起
　　　孤單；祂的友誼、祂的主意、祂的愛，準不辜負我。有祂的
　　　力量，我就不怕，我不怕，我不怕，有一口氣在就不怕。你
　　　們眼裡是對我的恨意，我這會兒要出去見老百姓，讓他們眼
　　　裡的愛來安慰我。你們個個都高興看到我給人家燒死，可
　　　是，要是我被火燒死了，準永遠燒進老百姓的心裡。那麼，
　　　願上帝與我同在！

　　　　她走了。他們瞪着她離開，悶悶地沉默了一會。

　　　然後紀勒・德雷又玩弄鬍子。

藍鬍子：你知道，這個女人真要命。我不討厭她，老實說；可是這
　　　種性子，你能拿她怎樣？

迪努瓦：上帝作證，要是她掉到盧瓦爾河，我就穿着全副盔甲也要
　　　跳下去撈她起來。可是，萬一她到貢比涅做蠢事，被人抓
　　　了，我就得由得她自食其果了。

拉義爾：那你最好把我關起來；因為像她剛才那樣的鬥志昂揚，我
　　　　興許會跟她跟到地獄去。

大主教：她也擾亂了我的判斷，她發起脾氣來，有一股凶險的力
　　　　量。可是地獄的深淵已經裂開在她腳邊，我們不論好歹，都
　　　　拉不開她。

查理：要是她可以閉嘴或者回家就好了！

　　　　他們沒精打采地跟着她出去。

第六幕

　　　　1431年5月30日，魯昂。一座城堡裡的一個寬敞的
石砌大堂，布置成依法審案的法庭，但非陪審法庭，
而是主教法庭，並由宗教裁判官參審。於是有並列的
兩個高座，是主教和宗教裁判官的主審席。對着幾列
弧形的椅子，坐的是當主審助理的主教座堂的議員、
法律博士、神學博士，道明會修士。角落裡有一張桌
子、幾張板凳給書記。有一張粗笨木板凳給犯人。這
些全位於大堂靠裡的一邊。另一邊穿過一列拱門，通到
院子去。法庭用屏風和簾子遮蔽，看不見外面的天氣。

　　　　從靠裡一邊的中間展望大堂，右方是審理人員
席、書記的桌子，左方是犯人的板凳。左右都有拱
門。這是五月早晨，晴天，陽光燦爛。

　　　　渥力克從主審席旁的拱門進來，後面跟着侍童。

侍童：（無禮地）我想老爺知道，這裡沒有我們的事。這是教會法
　　　庭，我們只是世俗的權柄。

渥力克：這個我知道。你這個無禮的家伙去幫我找一找博韋的主
　　　　教，給他個提示，要是他願意，可以在開庭前來跟我說幾
　　　　句；好嗎？

侍童：（起步）好，老爺。

渥力克：還有規矩一點。別叫他道貌彼得。

侍童：是，老爺。我準好好待他，因為等處子帶進來，道貌彼得不吃葡萄不吐葡萄皮。

　　　　　　韋訶由同一拱門進來，同行還有一個道明會修
　　士、一個手拿訴訟摘要的議員。

侍童：最可敬的博韋主教大人。兩位可敬的先生。

渥力克：出去，別讓人來打擾。

侍童：好的，老爺（輕快地走了）。

韋訶：大人早安。

渥力克：大人早安。大人兩位貴友，我有幸會過嗎？好像沒有。

韋訶：（介紹右邊的修士）大人，這位是約翰・勒邁特修士，道明會的。他代表宗教裁判長，審理法蘭西異端的罪行。約翰修士，這位是渥力克伯爵。

渥力克：非常歡迎你，可敬的閣下。真可惜，我們英格蘭沒有宗教裁判官，雖然我們非常想要一個，尤其在這會兒這種案子。

　　　　　　宗教裁判官耐心地一笑，鞠躬。他是個溫和年長
　　的紳士，卻是有權威而不擺架子，剛毅而不嚴厲。

韋訶：（介紹左邊的議員）這位是約翰・德斯蒂韋議員，是巴約教區參議會的。他當檢察官。

渥力克：檢察官？

韋訶：就是起訴人，民法這樣叫他。

渥力克：哦！起訴人，正是這樣，正是這樣。幸會，德斯蒂韋議員。

　　　　　　德斯蒂韋鞠躬。（甫及中年，禮數周到，卻是披
　　着羊皮的狐狸）。

渥力克：請問審判審到哪裡？自從處子在貢比涅被勃艮第人抓了，到這會兒不止九個月了。自從我花了好大一筆錢把她從勃艮第人手上買過來，一心叫她得以正法，也足足四個月了。而

自從我把有異端嫌疑的她交給你，主教大人，也將近三個月了。罪證那麼確鑿，你們到這會兒還斷不了案，請問算不算曠日廢時？要無了期地拖下去嗎？

宗教裁判官：（笑着）還沒有開審呢，大人。

渥力克：還沒開審！為什麼，你們弄了十一個禮拜哩！

辜訥：我們沒有閒着，大人。我們訊問了處子十五次：六次公開，九次不公開。

宗教裁判官：（總是耐心地笑着）你明白，大人，這些訊問我只參加了兩回。都是主教的法庭，不是聖職部的[45]。我剛剛才決定，我本人——就是說神聖的宗教裁判所——要跟主教聯合開庭。我當初覺得這壓根兒不是異端的案子。以為是政治案子，而處子是個戰俘。可是這會兒參加了兩次訊問，我不得不承認，這是我遇過最罪大惡極的異端案[46]。所以呢，這會兒一切就緒，今天早上就要開審了。（走向主審席）。

辜訥：就這會兒開庭，要是大人方便的話。

渥力克：（和善地）得，這是好消息，先生。實不相瞞，我們也快耐不住了。

辜訥：我也是這麼猜想，因為你們的士兵警告我們的人，誰偏袒處子就淹死他。

渥力克：嗳呀！不管怎樣，他們對你，大人，是善意的。

辜訥：（嚴峻地）希望不要。我立定主意，要公正地聽這個女人申辯。教會的公義可不是兒戲，大人。

宗教裁判官：（回來）據個人的經驗，從沒有更公正的訊問了，大

45　聖職部（the Holy Office）是十六世紀才有的名稱，其實就是宗教裁判所。
46　歷史上的勒邁特（Jean Lemaître）大概不會說這個話。他既代表宗教裁判長，又受英格蘭恐嚇，不得不審貞德；卻經常故意缺席，即使出席也很少過問審判過程。看來是個有良心卻軟弱的人（參注P19.78）。蕭伯納雖然採用了一些訊問的真實口供，但大部分是創作，人物形象也不一定與歷史相符；請讀者注意。

人。處子不需要律師為她辯護，審問她的人就是她最忠實的朋友，個個滿懷熱心，要拯救她的靈魂免於滅亡。

德斯蒂韋：先生，我是檢察官；控告這個姑娘是我痛苦的責任；可是相信我，要不是知道那些學問、虔誠、辯才、說理都遠勝於我的人，曾奉命向她曉以大義，跟她解釋她正自投險地，又可怎樣輕易脫險；我今天就丟下案子，趕忙為她辯護了。（突然高談闊論起來。辜詞、宗教裁判官聽他說話，原先是屈尊俯就地讚許，這時候就討厭起來）有人膽敢說我們所做的是出於憎恨，可是上帝為證，他們說謊。我們虐待過她嗎？沒有。我們住口不勸導她，不懇求她愛惜自己，不懇求她這個犯了錯卻親愛的孩子回到教會的懷抱了嗎？我們──

辜詞：（冷冰冰地打岔）小心點，議員。你說的都是實話；可是，要是你叫伯爵大人聽了進去，我可不管保你有命，簡直也管保不了自己有命啊。

渥力克：（抗議，卻沒有絲毫否認）噢，大人，你對我們可憐的英格蘭人太苛了。可是我們着實不像你們那樣，虔誠地渴望拯救處子；其實呢，我這會兒跟你們說白了，她的死是政治上需要的，我很遺憾，卻也沒辦法。要是教會放過她──

辜詞：（帶着凶悍嚇人的傲慢）要是教會放過她，有人，就算是皇帝本尊，敢動她一根寒毛，他就大難臨頭了。教會不會屈從政治上的需要的，大人。

宗教裁判官：（圓滑地插嘴）你不必擔心審判的結果，大人。這件事，你有一個死硬的盟友，比你更鐵了心要把她燒死。

渥力克：請問這位這麼中用的幫手是誰？

宗教裁判官：就是處子自己。除非塞住她的嘴巴，不然她每次一開口就自己招認十次，攔都攔不住。

德斯蒂韋：千真萬確，大人。那麼嫩的崽子開口褻瀆神明，我每次都聽到毛骨悚然。

渥力克：好吧，要是你斷定幫她沒用，就儘管盡力幫她吧。（盯住辜詞）我要是沒有教會的祝福而不得不動手，會很遺憾的。

辜詞：（憤世嫉俗地既佩服又藐視）虧人家還說英國人是偽君子！你為了自己的國家，大人，不惜危及自己的靈魂。你這樣鞠躬盡瘁，我不得不佩服；可是我不敢這麼賣力。我怕天譴。

渥力克：我們要是畏首畏尾，壓根兒就統治不了英格蘭，大人。我請你們的人進來好嗎？

辜詞：好的；大人也最好回避一下，讓我們就位開庭。

> 渥力克轉身就走，從院子出去。辜詞在主審席就座；德斯蒂韋在書記的桌子前坐下，細讀訴訟摘要。

辜詞：（坐好，隨口說）這些英格蘭貴族真是混蛋！

宗教裁判官：（在辜詞左邊的主審席就座）凡是世俗的權柄都叫人變成混蛋。他們沒有受訓做那種事，也沒有使徒傳承。我們法蘭西的貴族也一樣糟糕。

> 主教的助理慌忙進場，為首的是隨軍司鐸德思拓甘巴，一位三十歲的年輕神父、即議員德庫塞爾。幾位書記在桌前就座，讓德斯蒂韋對面的一把椅子空著。助理有些就座，有些站著交談，等待正式開庭。德思拓甘巴憤憤不平而固執，不肯坐下；站在他右邊的議員也不肯坐下。

宗教裁判官：早安，德思拓甘巴司鐸。（向宗教裁判官）這位是英格蘭樞機主教的隨軍司鐸。

隨軍司鐸：（糾正他）是溫切斯特，大人。有一件事，我得抗議，大人。

辜詞：你抗議的事可多呢。

隨軍司鐸：我可是有人聲援的，大人。這位德庫塞爾神父是巴黎教區的議員，就跟我一起抗議。

辜詞：哦，怎麼回事？

隨軍司鐸：（有慍色）你說吧，德庫塞爾神父，我好像得不到大人
　　　　的信任。（生氣地在緊鄰辜訕的右邊坐下）。

庫塞爾：大人，我們費了許多心血，擬了控告處子的六十四條罪
　　　　狀。這會兒卻告訴我們，那些罪狀刪減了，卻沒有先跟我們
　　　　商量。

宗教裁判官：德庫塞爾神父，是我的主意。你們擬那六十四條罪狀
　　　　所表現出的熱忱，叫我佩服得五體投地；可是控告異端，就
　　　　像別的事一樣，要適可而止。再說，你們得記得，庭上的人
　　　　不是人人都像你們那麼細膩深刻；你們有些大學問，他們興
　　　　許覺得是大放屁。所以我認為，最好把那六十四條刪成十二
　　　　條──

庫塞爾：（大吃一驚）十二條！！！

宗教裁判官：放心，要達到你們的目的，十二條就很夠了。

隨軍司鐸：可是有些頂要緊的地方就差點兒刪到不見了。比方說，
　　　　處子竟然宣稱，真福聖人卡特琳、瑪格麗特，還有神聖的總
　　　　領天使彌格，都跟她講法蘭西話。這可是個關鍵。

宗教裁判官：你準覺得，他們該講拉丁文才對吧？

辜訕：不是，他覺得聖人該說英格蘭話。

隨軍司鐸：那當然，大人。

宗教裁判官：這個嘛，我想，這裡人人都同意，處子的異聲就是邪
　　　　靈引誘她墮落的聲音，而假定英格蘭話是魔鬼的家鄉話，對
　　　　你、德思拓甘巴司鐸，或者對英格蘭國王，恐怕都不太恭
　　　　敬。那麼就到此為止吧。十二條裡也沒有完全遺漏這件事。
　　　　請各就各位，先生；我們辦正事吧。

　　　　　還沒入座的就入座。

隨軍司鐸：嗯，我抗議。完了。

庫塞爾：我想到我們的心血通通化為烏有，就很難受。這個女人搞
　　　　鬼，法庭中了邪，這只是一個例子而已。（在司鐸右邊就

座）。

辜詗：你暗示我中了邪嗎？

庫塞爾：我沒暗示什麼，大人。可是我覺得這裡頭有陰謀，要揞蓋處子偷了桑利斯主教的馬的實情。

辜詗：（勉強按捺怒氣）這可不是治安法庭。難道我們要為這些垃圾浪費時間嗎？

庫塞爾：（震驚，起身）大人，你說主教的馬是垃圾嗎？

宗教裁判官：（溫和地）德庫塞爾神父，處子宣稱她花了好大一筆錢買主教的馬，要是主教拿不到錢，不能怪她。這話興許屬實，這件事處子就大可免責了。

庫塞爾：沒錯，要是那是普通的馬的話。可那是主教的馬呀！她怎麼可以免責呢？（又坐下，既疑惑又洩氣）。

宗教裁判官：要是我們死咬處子那些花哨的芝麻綠豆事，興許就得宣告她無罪，而她好像到這會兒還矢口招認的異端大罪，興許就逃過我們的法網了；恭請三思啊。所以呢，等處子上庭，什麼偷馬啦，跟村裡孩子圍着仙人樹跳舞啦，在精靈井邊上祈禱啦，還有一堆我來以前你們孜孜不倦地鑽研的事，就請你們別提了；在法蘭西，沒有一個鄉下姑娘找不出這些事：她們個個圍着精靈樹跳舞，到魔法井邊上祈禱。有些也會偷教皇的馬，要是有機會的話。異端啊，先生，異端才是我們得審的罪。偵查異端、遏制異端，我責無旁貸；我來這裡是當宗教裁判官，而不是普通的地方法官。扣緊異端，先生；別的事不管。

辜詗：我可以說，我們派過人到這個姑娘的村子裡去調查，着實沒什麼要緊的罪行。

隨軍司鐸：　｝（起身，齊聲大喊）｛　沒什麼要緊，大人——

庫塞爾：　　　　　　　　　　　　　什麼！那仙人樹不——

辜詞：（按捺不住）住嘴，先生；要麼一個一個說。

　　　　庫塞爾嚇壞了，癱在椅子上。

隨軍司鐸：（悻悻然坐下）這就是處子上個禮拜五跟我們說的。

辜詞：希望你了解過她的答辯，先生。我說沒什麼要緊，意思是說，
　　　沒有什麼是心胸夠寬廣的人來審理這樣的案子覺得要緊的。我
　　　贊成同僚宗教裁判官說的，我們得審理的是異端的罪狀。

拉德韋尼：（坐在緊鄰庫塞爾的右邊，是個年輕而苦行得骨瘦如柴
　　　的道明會修士）可是這姑娘的異端有什麼大害嗎？她不是太
　　　單純而已嗎？好多聖人說的也跟貞德說的差不多啊。

宗教裁判官：（突然正色，凝重地說）馬丁修士，要是你像我一樣
　　　見識過異端，遇到即使是表面上毫無害處，甚至是可愛、虔
　　　誠的起源，就不會把它當成小事了。異端的始祖，怎麼看都
　　　是比鄰居出色的人。一個溫柔、虔誠的姑娘；一個聽從主
　　　的誡命、散盡家財去濟貧、而衣衫襤褸、過苦行的生活、
　　　為人謙卑、仁愛的年輕人；興許就是異端的始祖，而這個異
　　　端，要不及時狠着心把它消滅，就會把教會同帝國都搞垮。
　　　神聖的宗教裁判所的檔案裡，有一大堆我們不敢公諸於世的
　　　歷史，因為那是純樸的男人、天真的女人都難以置信；可是
　　　肇事的通通是聖人似的傻瓜。這種事我看了一次又一次。記
　　　住我的話：一個女人跟自己的衣服作對，要穿男裝，就像男
　　　人脫掉毛皮長袍，打扮成施洗約翰一樣；有了這些人，就像
　　　白天後準跟着黑夜一樣，準有成群的野男人、野女人跟着仿
　　　效，壓根兒連衣服都不穿了。要是少女不肯嫁人，又不肯進
　　　修道院，而男人又拒婚，把性慾捧成神聖的啟示；那麼，就
　　　像春天後準跟着夏天一樣，他們先是搞多妻多夫，最後就亂
　　　倫[47]。異端乍看好像天真無邪，甚至可嘉；可是到頭來卻變

---

[47] 這是所謂滑坡推論（Slippery slope）。台灣解除髮禁，有人不以為然，因為「頭
　　髮隨便的話，其他也可以隨便；……所以現在的學生都不像學生了，不守交通規

成畸形恐怖、滅絕人性的罪惡；就是你們心腸最軟的人，只要像我那樣看見異端的所作所為，都會大聲抗議教會的手段太仁慈了。因為神聖的宗教裁判所跟邪惡瘋狂的異端搏鬥了兩百年了；我們知道，異端總是起於虛妄無知的人，他們堅持己見，違抗教會，自命是上帝的解話人。你們千萬別像一般人那樣，誤以為這些傻瓜是騙子、偽君子。他們由衷地、真心地相信那些邪惡的啟示是神聖的。所以你們得提防自己出乎本性的同情心。你們各位，我希望，都有惻隱之心；要不然，怎麼會奉獻一生，為榮耀的救主效力呢？你們將會看見一個虔誠、貞潔的小姑娘；因為我得說，各位先生，英格蘭朋友形容她的話，都是無稽之談；而證據確鑿的卻是，她過頭的不是世俗和惡意，而是信仰和仁愛。這位姑娘不是那種面目冷酷、可見是鐵石心腸，又神情無恥、舉止邪蕩，未挨告就已定罪的人。邪惡的驕傲把她帶到這會兒的險地，卻沒有在她臉上留下痕迹。你們興許覺得奇怪，除了有些特別的事自豪，她的性格也沒有邪惡的痕迹；所以你們會看見，邪惡的驕傲和天性的謙卑同時並存在同一個人的靈魂裡。所以你們要警惕。上帝不容我叫你們硬着心腸；因為我們把她定罪的話，懲罰會十分殘酷，要是我們心裡對她有一絲一毫的惡意，我們就斷送了蒙上帝憐憫的希望了。可是，要是你們厭惡殘酷——而這裡有誰不厭惡的話，為了救贖自己的靈魂，我命令他離開這個神聖的法庭——我說，要是你們厭惡

則、沒有守法的精神，……學生打老師、家長到學校揍打老師」（邵夢蘭（2005：195））。蕭伯納這些杜撰的例子，綜合了某些人（尤其教會）反對避孕、同性戀等的理由。滑坡推論不一定謬誤，但衡諸往例，尤其所謂道德爭議，卻大都是危言聳聽，等於恐嚇。到了今天，許多不相信黑白聯姻會導致人獸結合的人，卻認為墮胎一旦合法，大家就不尊重生命，有朝一旦就會隨便殺人（德蕾莎修女（Mother Teresa）在1979年得諾貝爾獎時就這麼說）。教會對性問題的態度，詳見附錄第3節。

殘酷，請記住：沒有什麼比姑息異端的後果更殘酷的了。也記住：老百姓對待他們懷疑的異端，比什麼依法審理的法庭都要殘酷。異端落在聖職部的手裡，不怕有人動粗，審判準公平，而就算有罪，只要犯罪後悔改，就免於一死。聖職部從老百姓手上帶走千千萬萬的異端，救了他們的命；因為老百姓知道聖職部會處理他們，就把他們交出來。從前還沒有神聖的宗教裁判所，甚至這會兒沒有裁判官的地方，那些不幸又可憐的異端嫌犯，興許就十足無知地、冤枉地，給人拿石頭打死，撕成碎片，給人淹死，跟無辜的孩子一起在家裡給燒死；沒有審判，沒有司鐸聽他懺悔認罪，只像狗一般埋起來、不得安葬。這種種勾當，上帝覺得可憎，世人覺得殘酷極了。各位先生，我生來有同情心，也因為職責有同情心；雖然有些人覺得，我得做的事很殘酷，他們卻不知道放任不做還要殘酷得多；我要不是知道所做的是公義的、必要的、本質是仁慈的，自己就寧願上火刑柱，也不肯做的。我請各位抱着這樣的信念上庭。怒氣是糟糕的顧問，把怒氣丟掉。憐憫有時候更糟糕，把憐憫丟掉。可是別丟掉仁慈。只是要記得公義至上。開庭前，大人，你有什麼要說嗎？

辜訶：你都替我說了，而且說得比我還好。我想你說的一字一句，沒有任何頭腦清楚的人會不同意的。不過我還是補充一下。你提到的那些粗疏的異端都很可怕，可是他們的可怕是像黑死病那樣的。肆虐一陣子，然後就沒落了；因為頭腦清楚、明白事理的人，任憑百般唆使，也決不甘心跟着裸體、亂倫、多夫多妻，諸如此類的。可是今天，我們正面對一種蔓延全歐的異端，這異端所波及的不是頭腦不清或神志失常的人，而是有腦筋好的人；而且腦筋越好，對異端越固執。他們既沒有因為荒唐地走極端而受人懷疑，也沒有因為凡人肉體的慾望而墮落；可是他們也標舉一偏、犯錯的凡人的個人

見解，來對抗教會深思熟慮的智慧和經驗。天主教會的國度的宏偉結構，決不會被不穿衣服的瘋子，摩押人、亞捫人的罪惡所動搖。可是教會興許有心腹之患，結果是滅絕人性的崩潰，一片淒涼；這個肇禍的超級異端就是英格蘭指揮官所說的誓反教。

眾助理：（耳語）誓反教！什麼東西？主教是什麼意思？新異端嗎？他說英格蘭指揮官。你啊，聽過誓反教嗎？諸如此類。

辜詞：（說下去）這也提醒了我。萬一處子竟然剛愎自用，老百姓又被她感動而同情她，渥力克伯爵有什麼後着來捍衛世俗的權柄呢？

隨軍司鐸：這個倒不怕，大人。尊貴的伯爵派了八百個重騎兵，守住城門。就算全城的人都幫她，她也準逃不出我們英格蘭的手掌心。

辜詞：（反感）你不多說一句：「願上帝應許她，悔改就赦免她的罪」嗎？

隨軍司鐸：這話我覺得不相干；可是呢，我當然同意大人的說法。

辜詞：（藐視地聳聳肩，不再理他）開庭。

宗教裁判官：傳被告進來。

拉德韋尼：（呼喚）傳被告，押她進來吧。

　　　　一隊英格蘭士兵押着腳踝上了腳鐐的貞德，從犯人板凳後方的拱門進來。同行還有行刑人和他的助手。他們把貞德帶到犯人的板凳那裡，解開了腳鐐，然後站在她後方。貞德穿着一套侍從的黑衣。長期監禁，加上開審前累心的訊問，叫她形容憔悴；可是她的活力依舊；坦然無愧地面對法庭，沒有絲毫的畏懼；而法庭一本正經的規矩要叫人畏懼，才有十足懾人的氣勢。

宗教裁判官：（和氣地）坐下，貞德。（她在犯人的板凳上坐下）。

你今天的臉色蒼白得很，不舒服嗎？

貞德：真謝謝你，我還好。可是主教送了些鯉魚給我，吃了不
　　　受用。

辜詞：抱歉。我吩咐過他們魚要新鮮。

貞德：你是好意，我知道；可是這種魚我吃了不對勁。英格蘭人還
　　　以為你想毒死我——

辜詞：　　　　　　　　　　　　什麼！
　　　　　｝（齊聲）｛
隨軍司鐸：　　　　　　　　　　不，大人。

貞德：（說下去）他們打定主意要把我當做女巫燒死；就找了個醫
　　　生來給我看病，可是又不准醫生給我放血，因為那些傻瓜以
　　　為，女巫放血就沒有魔力了，於是那醫生只好臭罵了我一
　　　頓。你們幹麼由得我落在英格蘭人手裡呢？我應該落在教會
　　　的手裡才對。我又幹麼得戴上連着一根大木頭的腳鐐？你們
　　　怕我飛走嗎？

德斯蒂韋：（厲聲）你這個女人，應該是我們來審問你，不是你來
　　　審問法庭。

庫塞爾：你之前沒上腳鐐，不是從六十呎的城堡跳下去想逃嗎？你
　　　要不是像女巫一樣會飛，怎麼這會兒還活着？

貞德：我猜是因為那時候城堡沒那麼高。自從你們質問我這件事，
　　　就越問越高了。

德斯蒂韋：那你幹麼要從城堡跳下去？

貞德：你怎麼知道我跳了？

德斯蒂韋：因為有人發現你躺在城壕裡。你幹麼離開城堡？

貞德：任何犯人只要有機會逃獄，準逃；為什麼？

德斯蒂韋：你想逃？

貞德：我當然想，也不是頭一次了。要是籠子的門沒有關，鳥兒準
　　　飛走。

德斯蒂韋：（起身）她招認是異端了。請法庭注意。

貞德：異端，他叫這個異端！難道我想法子逃獄就叫做異端嗎？

德斯蒂韋：的的確確；要是你在教會手裡，還故意逃走，就是背叛教會，就是異端。

貞德：狗屁不通。哪裡有人蠢到這麼想？

德斯蒂韋：你聽，大人，我履行職責怎樣給這個女人辱罵。（憤慨地坐下）

辜詞：我警告過你，貞德，這樣頂嘴對你自己沒有好處。

貞德：可是你們不肯跟我講道理呀。你們通點兒商量，我也通點兒商量。

宗教裁判官：（插嘴）程序還沒有到。你忘了，檢察官大人，我們還沒有正式開庭。她要手按《福音》，宣誓會說出所有實情後，我們才審問她。

貞德：你們每次都跟我講這一套。我已經說了又說，我準告訴你們所有跟案子有關的事。可是沒辦法告訴你們所有實情，上帝不許我通通說出來。就算跟你們講，你們也不懂。有句老話說：實話說太多，難免絞死禍。我很厭煩這樣爭論，我們已經來回九遍啦。我願意發的誓都發了，才不要再發誓。

庫塞爾：大人，應該給她用刑。

宗教裁判官：聽到沒有，貞德？這就是剛愎自用的後果。想清楚才回答。刑具給她看過嗎？

行刑人：刑具都準備好了，大人。她也看過。

貞德：除了我告訴過你們的，你們再也逼不出什麼口供，就算把我碎屍萬段，叫我魂飛魄散也一樣。我還可以說什麼是你們聽得懂的呢？再說，我受不了痛，要是你們虐待我，你們要我說什麼我就說什麼，好叫你們停手。可是過後我準通通不認帳。那麼，用刑有什麼用呢？

拉德韋尼：很有道理。我們審案應該慈悲些。

庫塞爾：可是用刑是慣例[48]。

宗教裁判官：這斷不可濫用。要是被告肯主動招供，用刑就說不過去了。

庫塞爾：可是不用刑是異常的，也不合規矩。她又不肯宣誓。

拉德韋尼：（厭惡）你只當用刑是娛樂才想虐待她嗎？

庫塞爾：（困惑）可是這不是娛樂；這是法律，是慣例。一向都用的。

宗教裁判官：不是的，大人，只有不懂法律事務的人審問時才用。

庫塞爾：可是這女人是異端。我不騙你，這種人一向都用刑的。

辜詞：（堅決地）要是不需要，今天決不用刑。就此打住吧。我不要給人家說我們屈打成招。我們派過最好的傳道員、神學家，苦勸這女人，懇求她從火裡救救自己的靈魂和肉體；這會兒決不會打發行刑人把她硬推進去。

庫塞爾：大人敢情慈悲，可是違反常規，要負的責任可大了。

貞德：你是少見的蠢豬，大人。上回怎麼做就是你的規矩，嘎？

庫塞爾：（站起）你這婊子，膽敢叫我蠢豬？

宗教裁判官：忍耐，大人，忍耐；你的仇很快就會報，恐怕還報得太可怕了。

庫塞爾：（唧咕）敢情是蠢豬！（坐下，很不滿）。

宗教裁判官：正式開庭前，大家就別為放羊娃兒一張粗魯的嘴巴生氣吧。

貞德：才不是呢，我不是放羊娃兒，雖然也像任何人一樣幫過忙放羊。我會做家裡女人的活──會紡會織──比得上魯昂任何女人[49]。

宗教裁判官：這不是賣弄的時候，貞德。你大禍臨頭啊。

貞德：我曉得；我不就是賣弄才受懲罰？我要不是像個笨蛋那樣，

48　當初也有教皇反對，到英諾森四世（1200？-1254）就准了。
49　如果貞德像蕭伯納所說的一心要做男人，會在人前誇口針黹工夫嗎？

穿上那件金縷罩袍上戰場，那個勃艮第士兵休想把我往後拉下馬來，我壓根兒就不會在這裡了。

隨軍司鐸：既然你做女人的活做得那麼巧，幹麼不留在家裡做？

貞德：做活的女人多的是；可是做我的事，一個也沒有。

辜詞：得啦！我們斟酌這些雞毛蒜皮是浪費時間。貞德，我要問你一個頂嚴肅的問題。回答前要三思，因為這關係着你的性命、你的救贖。不管你說過的話、做過的事是好是壞，你願意不願意聽從上帝在地上的教會的論斷？尤其這裡的檢察官審訊時歸罪於你的言行，你願意聽從作戰教會對你的案子的天啟見解嗎？

貞德：我是教會的虔誠的孩子。我願意服從教會——

辜詞：（抱着希望，身體前探）你願意？

貞德：只要不強人所難。

　　　　　辜詞頹然坐下，一聲長嘆。宗教裁判官抿嘴，皺
眉頭。拉德韋尼惋惜地搖頭。

德斯蒂韋：她歸咎教會強人所難，錯誤、愚蠢。

貞德：要是你們命令我，聲明我做過的事、說過的話，還有見過的所有異象、聽過的所有啟示，都不是從上帝來的，那就是強人所難。不管怎樣，我決不承認。上帝叫我做的事，我決不會不認帳；而祂從前的命令、未來的命令，不管世上有誰阻止，我準去做。這就是強人所難的意思。萬一教會吩咐我做什麼，是違背上帝給我的命令的，我都不依，不管是什麼事。

眾助理：（震驚、憤慨）嘎！教會違背上帝！你還有什麼話說？道道地地的異端。太過分了，諸如此類。

德斯蒂韋：（丟下訴訟摘要）大人，夠了，還需要什麼證據呢？

辜詞：你這女人，你說的話足夠燒死十個異端。難道你就是不聽警告？難道你還不懂嗎？

宗教裁判官：要是作戰的教會告訴你，你的啟示和異象都來自魔

鬼，要引誘你墮落，難道你不相信教會比你明智嗎？

貞德：我相信上帝比我明智，我要奉行的就是祂的命令。所有你們
　　　怪罪我的事，都出自上帝給我的命令。我說我做那些事是奉
　　　上帝的命，要我說別的就是強人所難。要是某某教士說相反
　　　的話，我不會在意；我只在意上帝，祂的命令，我準照辦。

拉德韋尼：（急切地相勸）你不懂自己在說什麼，孩子。你想自殺
　　　嗎？聽着，你是隸屬上帝在地上的教會的，你相信不相信？

貞德：相信呀。我多會兒說不相信來着？

拉德韋尼：好。這一來，不就是說：你隸屬教皇閣下、隸屬在這裡
　　　代表各位樞機主教、各位大主教、各位主教的樞機主教大
　　　人嗎？

貞德：首先得服事上帝。

德斯蒂韋：於是你的異聲就叫你不要順服作戰的教會？

貞德：異聲沒有叫我不要服從教會，只不過首先得服事上帝。

辜詞：而判斷的是你，不是教會？

貞德：不是自己判斷，我還能判斷什麼？

眾助理：（震驚）嗬！（無話可說）

辜詞：你親口說的話定了自己的罪。我們為了拯救你而拼命，拼得
　　　差點兒犯了罪。我們為了你，三番五次把門打開；你卻當着
　　　我們的面、當着上帝的面，把門關上。你說出這些話，難道
　　　敢自居得蒙上帝的恩典嗎[50]？

貞德：要是沒得到，願上帝賜給我；要是得到了，願上帝讓我守
　　　住[51]！

---

[50]　恩典指上帝賜人的聖寵，不但死後得永生，在世也活得更好。

[51]　貞德答過許多刁難甚至有詐的問題，有時候巧妙得叫發問的神學家瞠目結舌。這
　　　一題是有文章的。如果答否，等於自認不配受上帝差遣，那些聲音一定是魔鬼
　　　的；答是，對方就可以指責她說僭妄的話（Michelet（1853: 76-7））。金庸《俠
　　　客行》裡，狗雜種練謝煙客亂序教他的高深內功；因為渾渾噩噩、心無雜念，練
　　　到功力深厚，都還沒走火入魔。莫札特的音樂沒什麼大不了的思想內容，表達的

拉德韋尼：答得好極了，大人。

庫塞爾：那時候你偷走主教的馬，就已得蒙恩典嗎？

辜詞：（大怒站起）唉，願魔鬼偷主教的馬，附你的身！我們在這
　　　裡審理一宗異端的案子；剛剛審到事情的節骨眼，就給什麼
　　　都不懂、只懂馬的白癡扔回原地。（氣得發抖，勉強坐下來）。

宗教裁判官：先生啊先生，你們死咬這些雞毛蒜皮，就是處子最好
　　　的辯護人。大人按捺不住，我並不意外。檢查官怎麼說呢？
　　　他起訴這些花哨瑣事嗎？

德斯蒂韋：我職責所在，什麼都要起訴。可是，要是這女人招認是
　　　異端，得受絕罰的劫難；那她也因別的過犯定罪而要遭受小
　　　懲，又算得了什麼呢？我對這些偷雞摸狗罪，跟樞機主教大
　　　人一樣不耐煩。只不過，我得鄭重地強調兩項她不否認、而
　　　且可怕的、褻瀆上帝的滔天大罪。第一，她跟邪靈相交，所
　　　以是女巫。第二，她穿男人的衣服，下流、沒人性、可惡；
　　　即使我們苦苦地告誡、懇求，卻連領受聖禮時也不肯換掉。

貞德：真福聖人卡特琳是邪靈嗎？聖瑪格麗特呢？總領天使彌格呢？

庫塞爾：你怎麼知道現身的靈是總領天使？他跟你現身不是赤身露
　　　體嗎？

貞德：難道你以為上帝拿不出一套衣服給他穿嗎？

　　　　　眾助理忍不住微笑，尤其打趣的是庫塞爾。

拉德韋尼：答得好，貞德。

宗教裁判官：答得着實好。可是，既然邪靈存心要一個小姑娘誤認
　　　自己是至高者的天使，就不會蠢到現出來的化身會叫她驚駭
　　　反感。貞德，教會教導你，這些顯現是魔鬼，要叫你的靈魂
　　　滅亡。你聽從教會的教導嗎？

貞德：我聽從上帝的使者。教會裡哪有虔誠的信徒可以不聽他呢？

情感卻真摯得非常深刻。貞德跟他們類似，她破解敵人的招數，憑的不是機心、
知識、神學，而是單純得無比深刻的信仰。

辜詞：可憐的女人；我再問你一次，你知道自己在說什麼嗎？

宗教裁判官：你為了拯救她的靈魂，跟魔鬼搏鬥，是白費工夫的，大人。她不要人救。好，針對男人衣服的問題，最後一次問你，你願意不願意脫掉這不要臉的裝束，穿上適合性別的衣服[52]？

貞德：不願意。

德斯蒂韋：（跳起來）這是悖逆的罪，大人。

貞德：（苦惱）可是異聲叫我得打扮成士兵啊。

拉德韋尼：貞德啊貞德，這不就可見你那些異聲是邪靈嗎？上帝的天使為什麼竟然給你這樣無恥的建議，你說得出一個好理由嗎？

貞德：哦，說得出，簡單不過的常識嘛？我之前是個士兵，跟士兵生活在一起。這會兒是個犯人，給士兵看守。我要是打扮成女人，他們就當我是女人；那我怎麼辦？要是打扮成個兵，他們就當我是個兵，我就可以跟他們一起生活，就像在家裡跟兄弟一起一樣。所以聖卡特琳叫我切不要打扮成女人，直到她准了才可以。

庫塞爾：她多會兒才准你？

貞德：要等你們把我從英格蘭士兵手上帶走才准。我就告訴過你們，我應該在教會的手裡，而不是丟在這裡，日日夜夜給渥力克伯爵的四個士兵守着。你們希望我穿裙子跟他們在一起嗎？

拉德韋尼：大人，她說的話，上帝知道，大錯特錯，叫人震驚；可是，裡頭也有一點點世俗的道理，興許騙得了一個愚蠢的村姑。

貞德：萬一我們在村裡像你們在法庭上、王宮裡那麼愚蠢，很快就

---

[52] 《聖經》：「婦女不可穿戴男子所穿戴的，男子也不可穿婦女的衣服，因為這樣行都是耶和華—你神所憎惡的。」（申22:5）

　　沒麥子做麵包給你們吃了。

辜詞：這就是你設法救她的回報，馬丁修士。

拉德韋尼：貞德，大家都在設法救你。主教大人也在設法救你。宗
　　　　教裁判官對你再公正不過，簡直把你視如己出。可是你給可
　　　　怕的驕傲和自負蒙蔽了。

貞德：幹麼這麼說？我沒有說錯什麼呀。我不懂。

宗教裁判官：真福聖師達修在《信經》裡寫着：不懂的人要沉淪[53]。
　　　　單純是不夠的。連單純的人所謂的良善也是不夠的。黑暗心
　　　　靈的單純沒有比禽獸的單純好。

貞德：禽獸的單純有大智慧，我告訴你；而有時候，讀書人的智慧
　　　　卻有大愚蠢。

拉德韋尼：這個我們知道，貞德；我們沒有你以為的那麼蠢。想要
　　　　跟我們頂嘴的時候，忍耐一下吧。你看到站在你背後的人嗎
　　　　（指着行刑人）？

貞德：（轉頭看着那人）是你們的拷問人嗎？可是主教說我不用
　　　　受刑。

拉德韋尼：你不用受刑，因為你招認的一切就足夠定罪了。這個人
　　　　不只是拷問人，也是行刑人。行刑人，我問你，你答給處子
　　　　聽。你準備好今天給異端執行火刑嗎？

行刑人：準備好了，大人。

拉德韋尼：火刑柱呢？

行刑人：好了。在市場那邊。英格蘭人把它堆得很高，高到我沒辦
　　　　法靠近她，讓她死得快一些。她會死得很慘。

貞德：（恐慌）可是你們不是這會兒就要燒我吧？

宗教裁判官：你終於明白啦。

---

[53] 達修信經又譯亞他那修信經（Athanasian Creed）。一開頭就說：「凡人欲得
　　救，首先當持守大公教會信仰。此信仰，凡守之不全不正者，必永遠沉淪。」
　　（Copyright by China Ministries International）

拉德韋尼：有八百個英格蘭兵等着，幾位判官一開口宣判絕罰，他
　　　　　們就把你押到市場去。你一下子就要大難臨頭了。

貞德：（慌張地環顧四周求救）上帝啊！

拉德韋尼：不要絕望，貞德。教會是慈悲的。你可以救你自己。

貞德：（滿懷希望）對呀，我的異聲答應我，我決不會被火燒的。
　　　聖卡特琳吩咐我要勇敢。

辜詗：女人，你是瘋透了嗎？你還不明白那些異聲騙了你嗎？

貞德：哦不，哪裡會。

辜詗：哪裡會！他們帶你一頭栽到絕罰去，徑直帶到那邊等着你的
　　　火刑柱去。

拉德韋尼：（緊咬這一點）自從你在貢比涅給抓了，他們守過一個
　　　　　諾言沒有？魔鬼出賣了你。教會卻向你伸出雙手。

貞德：（絕望）哦，真的；真的，我的異聲騙了我。我給魔鬼耍
　　　了，我背棄了上帝。我一直敢衝敢拼，可只有笨蛋才會自己
　　　走到火裡去；上帝給了我判斷的能力，決不會叫我這麼做。

拉德韋尼：這會兒要讚美上帝，祂在生死存亡的關頭救了你！（連忙
　　　　　走到書記桌子前的空位坐下，抓過一張紙，振筆疾書起來）。

辜詗：阿門！

貞德：我得怎麼做？

辜詗：你得在鄭重的放棄異端的聲明上簽名。

貞德：簽名？就是說寫自己的名字。我不會寫字。

辜詗：你之前簽過很多信件。

貞德：簽是簽過，卻是別人握着我的手動筆的。我會做些記號。

隨軍司鐸：（越聽越警惕，越聽越憤慨）大人，你的意思是，我們
　　　　　要放過這個女人嗎？

宗教裁判官：法律總得依循，德思拓甘巴司鐸。你也懂法律嘛。

隨軍司鐸：（站起，氣得臉紫脹）我就知道，法國人沒有信用。
　　　　　（一陣騷動，被他喊止）。等溫切斯特樞機主教大人聽見這

件事，我知道他會怎麼說；等渥力克伯爵知道你打算出賣他，我知道他會怎麼做。城門外有八百個兵，要確保把這個可惡的女巫燒死，不管你們怎麼反對。

眾助理：（同時說）幹什麼？他說什麼來着？他指責我們奸詐！欺人太甚了。法國人沒有信用！你聽到沒有？真是個討人厭的家伙。他算老幾？英格蘭教士都是這副德性嗎？他準瘋了，要麼吃醉了，諸如此類。

宗教裁判官：（站起）安靜，請安靜！各位先生，請安靜！司鐸大人，想一下你神聖的職責，你是什麼身分，在什麼場合。我命令你坐下來。

隨軍司鐸：（硬是交叉着雙臂，臉上肌肉抽動）我就是不坐。

辜詞：宗教裁判官大人，這個人之前就當面叫過我叛徒了。

隨軍司鐸：你敢情是個叛徒。你們通通是叛徒。你們審來審去，不外低聲下氣地懇求這個可惡的女巫放棄異端。

宗教裁判官：（鎮靜地坐下來）要是你不肯坐，就得站着，簡單得很。

隨軍司鐸：我就是不站（一屁股坐下）。

拉德韋尼：（拿着那張紙站起來）大人，這是給處子簽名的放棄異端的聲明。

辜詞：念給她聽。

貞德：別費事啦。我會簽的。

宗教裁判官：女人，你得知道自己簽的是什麼。念給她聽，馬丁修士。請大家安靜。

拉德韋尼：（平和地念出來）「我，貞德，習稱處子，乃卑劣之罪人，坦承所犯滔天大罪，如下：我自居蒙上帝、眾天使、眾真福聖人啟示；雖經教會警告，此乃魔鬼之誘惑，仍乖張不聽。我衣着邪淫，悖逆《聖經》與教會之法典，可惡地褻瀆神明。我又修剪頭髮，如男人之樣式，尤其不守女人得容天

國之種種本分，我提起刀劍，甚至傷人流血，煽動人自相殘殺，呼喚邪靈加以惑弄，又一意把種種罪行歸咎全能之上帝，褻瀆神明，無以復加。我承認作亂之罪、拜偶像之罪、悖逆之罪，驕傲之罪，異端之罪。種種罪過，如今一一摒棄、戒除、遠離；拜謝諸博士、師傅領我回歸真理，重沐主恩。我決不重蹈覆轍，而必長與神聖之教會共融，服從羅馬教皇聖父。茲以全能上帝與《聖經》之名起誓，聲明放棄罪行，簽字為證。」

宗教裁判官：聽懂嗎，貞德？

貞德：（無精打采）講得很清楚，大人。

宗教裁判官：是實情嗎？

貞德：興許是實情。要不是，市場也不會燒好一把火等我。

拉德韋尼：（連忙拿起一枝筆、一本書走過去，惟恐她反口而危害　　　　　自己）簽吧，孩子；我握着你的手。拿筆。（她照做，兩人　　　　　拿書墊着簽了起來）貞．德。好。這會兒自己畫個押。

貞德：（畫押，把筆還他，為靈魂不服頭腦、身體而煎熬）好啦！

拉德韋尼：（把筆放回桌上，恭敬地把聲明呈給辜詞）讚美歸於上　　　　　帝，眾弟兄，羔羊重返羊群；牧羊人為她歡喜，較比為九十　　　　　九個義人歡喜更大[54]。（回座）

宗教裁判官：（從辜詞手上拿過聲明書）我們宣布，你既然放棄異　　　　　端，身陷絕罰之虞就此免除。（把聲明丟在桌上）。

貞德：謝謝你。

宗教裁判官：可是，因為你冒犯上帝和神聖教會，罪大惡極，為了　　　　　讓你可以獨處而內省思過，為了防範你因種種誘惑而故態復

---

[54] 《聖經》：「若是找着了，我實在告訴你們，他為這一隻羊歡喜，比為那沒有迷　　路的九十九隻歡喜還大呢！」（太18:13）「我告訴你們，一個罪人悔改，在天　　上也要這樣為他歡喜，較比為九十九個不用悔改的義人歡喜更大。」（路15:7）

萌，我們，為你的靈魂着想，為了讓你補贖[55]而得以洗滌罪
過，最後清潔無玷來到上帝的恩座前；鄭重宣判：你在世的
日子要以憂傷當餅，以困苦當水[56]，終身監禁。

貞德：（勃然大怒，驚愕地站起來）終身監禁！我不是自由了嗎？

拉德韋尼：（有點詫異）自由？孩子，你作了那麼多惡！你做什麼
夢啊？

貞德：那張紙給我。（衝向桌子，抓過那張紙，撕成碎片）點火
吧；你們以為我怕火，比得上怕過洞裡老鼠的日子嗎？我的
異聲是對的。

拉德韋尼：貞德！貞德！

貞德：對呀，他們告訴我你們是笨蛋（這個字眼叫大家非常反
感），又叫我別聽你們的好話，別相信你們的慈悲。你們答
應留我一條命，竟然騙人（憤慨地呼喊）。你們以為只要死
不透就叫生命了嗎？我怕的不是餅和水；我可以吃餅過活，
我多會兒要求更多來着？只要水乾淨，喝水就不是苦事。我
覺得吃餅不憂傷，喝水也不困苦。可是啊，把我關起來，
瞧不見天空的日光，瞧不見田野、花朵的景色；把我的腳
鎖起來，叫我永遠不能同士兵一起騎馬，不能爬山；叫我在
黑暗中呼吸發霉的臭氣；而得不到任何叫我重回上帝的愛的
事物，卻用邪惡、愚蠢來誘惑我恨祂；這一切比《聖經》裡
燒熱七倍的窰可怕多了[57]。我可以沒有戰馬，我可以穿着裙
子慢慢走，我可以由得旗子、號角、騎士、士兵經過，把我

---

[55] 補贖是違反教會法的處分，包括禱、苦行、善行。

[56] 暗用《聖經》的說法，餅和水有兩種意思：一、實指，即「吃不飽喝不足」（王
上22:27節錄）。二、比喻。如「主雖以艱難給你當餅，以困苦給你當水，你的教
師卻不再隱藏；你眼必看見你的教師。」（賽30:20）蕭伯納這裡是比喻，但是貞
德聽成實指。

[57] 《聖經》裡的故事，尼布甲尼撒吩咐人把窰燒熱，比尋常更加七倍，將沙德拉、
米煞、亞伯尼歌捆起來，扔在烈火的窰中（但3:14-29）。

留下，就像把其他女人留下一樣；我只要聽得見樹林中的風
聲、陽光下的雲雀歌唱、應時降霜下羊羔兒的芊芊叫、真福
神聖的教堂鐘聲裡隨風送來的天使話語。瞧不見、聽不到這
些，我活不下去；而因為你們想要從我、從任何人，拿走這
些東西，我就知道你們的主意是魔鬼的，我的主意是上帝的。

眾助理：（一片騷動）褻瀆上帝！褻瀆上帝！她被鬼附身了。她說
我們的主意是魔鬼的。而她的是上帝的。太可怕了！魔鬼就
混在我們裡頭等等。

德斯蒂韋：（喊聲高過喧鬧的眾聲）她是個再犯的異端，剛愎自用、
不可救藥，壓根兒不值得我們的憐憫。我請求處以絕罰。

隨軍司鐸：（向行刑人）去點火，老兄。押她到火刑柱去。

　　　　行刑人和幾位助手連忙從院子走出去。

拉德韋尼：你這個邪惡的丫頭，要是你的主意是上帝的，祂怎麼不
救你？

貞德：祂的道不同你們的道。祂要我從火裡投到祂的懷抱；因為
我是祂的孩子，不應該跟你們同流合污。這是我給你們的
遺言。

　　　　士兵抓住她。

韋詞：（起身）還沒。

　　　　他們停下來。一片死寂。韋詞轉向宗教裁判官，
　　　　一臉探詢的神情。宗教裁判官點頭同意。兩人嚴肅地
　　　　站起，啟應地、平緩地宣判。

韋詞：我們判決，你是再犯的異端。

宗教裁判官：逐出合一的教會。

韋詞：與教會的身體分離。

宗教裁判官：身染異端的痲瘋。

韋詞：撒但的黨羽。

宗教裁判官：我們宣判，你必須處以絕罰。

辜詗：如今把你逐出教會、與教會分開，離棄給世俗的權柄。

宗教裁判官：奉勸此一世俗的權柄，你的處死、截肢，要適可地判決。（坐下）。

辜詗：而只要你有任何懺悔的迹象，就准許馬丁修士為你行告解聖事。

隨軍司鐸：把女巫送到火裡去（衝向她，幫着士兵推她出去）。

　　　　貞德被人從院子帶走。眾助理亂哄哄地站起來，

　　跟着士兵走；只有拉德韋尼留下，雙手掩面。

辜詗：（正坐下時又站起來）不對，不對，規矩不是這樣的。世俗權柄的代表應該來我們這裡把她接走。

宗教裁判官：（也再站起來）那家伙真是不可救藥的笨蛋。

辜詗：馬丁修士，去監督一下，凡事都要照規矩。

拉德韋尼：我的職責是在她的旁邊，大人。你得行使自己的權力。
　　（連忙出去）

辜詗：這些英格蘭人真要命，他們準把她一頭丟到火裡去。瞧！

　　　　他向院子裡一指，看得見現在裡面熊熊閃閃的火

　　光，照紅了五月的日光。只有主教和宗教裁判官留在

　　庭上。

辜詗：（轉身要走）我們得制止他們。

宗教裁判官：（平靜地）對，可是別太急，大人。

辜詗：（止步）這可是一刻也不能耽誤啊。

宗教裁判官：我們審判都照足規矩。要是英格蘭人自己亂來，我們犯不着糾正他們。程序有點兒瑕疵，興許日後有用處——很難說。而事情越快過去，對那個可憐的姑娘越好。

辜詗：（鬆一口氣）有道理。可是我想，我們得看着這件可怕的事了結。

宗教裁判官：人會習慣的。習慣了就好了。火刑我看習慣了，一下子就完了。可是看着一個年輕無辜的家伙被教會、法律這些

強大的力量壓迫，卻很可怕。

辜詗：你說她無辜啊！

宗教裁判官：哦，十足無辜。她哪裡懂得教會同法律呢？我們說的
　　　話，她沒有一個字聽得懂。吃虧的總是無知的人嘛。走吧，
　　　要不然就來不及看收尾了。

辜詗：（隨他走）來不及的話，我也不會遺憾；我可不像你看得那
　　　麼習慣。

　　　　　兩人正往外走，與走進來的渥力克相遇。

渥力克：哦，打擾了。我以為都結束了。（裝作要退出）。

辜詗：留步，大人。都結束了。

宗教裁判官：執法不是我們經手的，大人；可是我們應該看着事情了
　　　結，這樣最好。那麼，失陪了──（鞠躬，從院子出去）。

辜詗：你的人有沒有依法來辦事，有點疑問，大人。

渥力克：我倒聽說，你的權力是否管得着這個城市，有點疑問，大
　　　人。這不是你的教區。不過，那方面你願意負責，其餘的我
　　　也願意負責。

辜詗：我們兩個都得對上帝負責。再見，大人。

渥力克：大人，再見。

　　　　　兩人帶着明顯的敵意，你瞪着我、我瞪着你一
　　　會。接着，辜詗跟着宗教裁判官出去。渥力克左顧右
　　　盼。發覺只有自己一個，就呼喚隨從。

渥力克：嘿，來人啊！（寂靜）。嘿，這裡啊！（寂靜）。嘿！布
　　　雷恩，你這歪剌貨臭小子，跑到哪裡去吶？（寂靜）。衛
　　　兵！（寂靜）。通通都看火刑去了，連那個小子也去了。

　　　　　突然一陣淒厲的號叫聲、啜泣聲打破了寂靜。

渥力克：搞什麼鬼──？

　　　　　隨軍司鐸踉踉蹌蹌從院子走進來，像個狂人，滿
　　　臉淚水，口發悲鳴，即渥力克所聽見的。跌跌撞撞走

到犯人的板凳那裡，一屁股坐下，哀傷地啜泣[58]。

渥力克：（走過去，拍拍他的肩膀）怎麼啦，約翰大人？出了什麼事？

隨軍司鐸：（抓住他的手）大人，大人；衝着基督的份上，請為我可憐有罪的靈魂禱告吧。

渥力克：（安慰他）好的，好的，我準會的。鎮靜點，輕鬆點——

隨軍司鐸：（抽抽噎噎，哭得淒慘）我不是個壞人，大人。

渥力克：不是，不是，一點也不壞。

隨軍司鐸：我不是故意要害人的。我不知道會這樣子的。

渥力克：（硬起心腸）哦！你看到了，嗄？

隨軍司鐸：我之前不知道自己在做什麼。我是個魯莽的笨蛋，準會因此永遠下地獄。

渥力克：胡說！非常悲慘，毫無疑問；可不是你動的手。

隨軍司鐸：（悲痛地）我讓他們動手的。早知道，我就把她從他們手上搶過來。你不知道，你沒有看見；不知道的話，說來多輕鬆。你拿話激自己發神經；你咒詛自己，因為覺得壯觀而在自己怒氣的地獄裡火上加油。可是等你嘗到了滋味，等你看見了自己做的事，等你瞎了眼睛，塞了鼻孔，碎了心，然後——然後——（跪下來）上帝啊，請不要讓我看見這一幕啊！基督啊，救我脫離這把我燒成灰的火啊！她在火裡呼喚你：耶穌啊！耶穌啊！耶穌啊！這會兒她在你的懷裡，而我要永遠下地獄了。

渥力克：（直截了當拉他起來）得啦，得啦，老兄！你得振作一下。我們會成了全城的話柄的。（不太輕柔地把他一把推到桌前的椅子上）你要是沒膽子看這些東西，幹麼不像我一樣走開點？

---

[58] 貞德受刑的情形，不但叫人動容，有些還後悔起來。不止一個教士大哭，行刑人自覺燒錯了人，甚至原先勢不兩立的人也自覺罪孽深重。誰該坐犯人的板凳呢？

隨軍司鐸：（驚疑而順從）她想要一個十字架。一個士兵拿兩根柴
　　　　枝綁一綁給她。感謝上帝，他是個英國人[59]！我本來可以給
　　　　她的，可是我沒有；我是懦夫、瘋狗、笨蛋。不過他也是英
　　　　國人。

渥力克：那個笨蛋！要是給神父抓到，連他也一起燒。

隨軍司鐸：（身體抽搐，抖了一下）有人嗤笑她。他們也會嗤笑基
　　　　督的。他們是法蘭西人，大人；我知道他們是法蘭西人。

渥力克：別聲張！有人來。自制一下。

　　　　　　拉德韋尼從院子進來，走到渥力克右邊，手裡拿着
　　　一個取自教堂的主教十字架[60]。神色非常凝重而鎮定。

渥力克：聽說一切都結束了，馬丁修士。

拉德韋尼：（語帶玄機）天曉得，大人。興許才剛剛開始呢。

渥力克：什麼意思，講明白一點？

拉德韋尼：我從教堂拿這個十字架過去，好讓她看着斷氣；她只有
　　　　兩根柴枝放在懷裡。後來她看見火燒到我們周圍了，要是我
　　　　還拿着十架在她面前，就會燒到自己，她就警告我下去逃
　　　　命。大人，一個姑娘在這種當口兒還能顧慮別人的安危，
　　　　就不是魔鬼所感召的。我抓走十架，她看不到了，就抬頭看
　　　　天。我不相信天上是空蕩蕩的。我深信，那時候，救主在無
　　　　比溫柔的榮光裡向她顯現。她呼喚主，就死了[61]。這不是她的
　　　　結局，而是開端。

渥力克：這恐怕會教壞老百姓。

拉德韋尼：已經教壞了一些人了，大人。我聽到笑聲。恕我直言，
　　　　我希望、也相信這笑聲是英格蘭人的。

---

[59] Michelet（1853:106）引用美洲印第安人的說法，十分有趣：「基督是個法國人，
　　在倫敦被英國人釘死在十架上；彼拉多是個英國官。」

[60] 通常是主教戴在胸前的。

[61] 貞德喊了六次「耶穌」，包括死前大喊一聲。

隨軍司鐸：（發狂似的站起來）不是，不是英格蘭人的。在場只有
　　　　一個英國人辱沒了國家，就是那條瘋狗，德思拓甘巴。（尖
　　　　叫，激動地衝了出去）給他用刑吧。燒死他吧。我要去她的
　　　　骨灰裡禱告。我簡直是猶大，我要吊死自己。

渥力克：快去，馬丁修士，跟着他；他會做傻事。跟着他，快去。

　　　　　　渥力克催促着，拉德韋尼慌忙出去。行刑人從主
　　　　審席後的門進來；渥力克回來，跟他打個照面。

渥力克：喂，小伙子，幹什麼的？

行刑人：（自重地）我不是給人喊小伙子的，大人。我是魯昂的行刑
　　　　官，這是神乎其技的一行。我來稟告大人，已經遵命行刑了。

渥力克：請見諒，行刑官。我會想辦法，叫你沒有遺物好出賣也不
　　　　會損失的。我聽你說，是不是聽你說，什麼都沒有剩下來，
　　　　連一塊骨頭、一片指甲、一根頭髮都沒有？

行刑人：她的心燒不掉[62]，大人；不過剩下來的通通丟到河底去
　　　　了[63]。你聽說了她臨終的事。

渥力克：（苦笑，想起拉德韋尼的話）她臨終的事？哼！不曉得！

尾聲

　　　　1456年6月裡不平靜的一夜，吹着斷斷續續的風，
　　　頻頻打着經日酷暑後的夏雷。法蘭西的查理七世，就

---

[62] 不止一個證人轉述劊子手的話。例如：德拉皮埃爾修士（Isambart de la Pierre）
說，刑後，他跟拉德韋尼一起，劊子手過來找他們，非常不安，再三的說貞德的
內臟和心都燒不掉云云。有些人認為蕭伯納既要為貞德去浪漫化，就不該用這條
二手資料。不過，貞德的中國前輩竇娥認為：「委實的冤情不淺；若沒些兒靈聖
與世人傳，也不見得湛湛青天。」（顧學頡（1998: 31））我想讀者大多贊成的。

[63] 貞德的殘骸丟入了經巴黎而至盧昂的塞納河（Seine），最後出海，流入分隔英法
的英吉利海峽；彷彿象徵了兩國正式分道揚鑣的命運。而貞德的精神逆流而上，
征服全法。

是從前貞德的太子，現在稱為勝利的查理，五十一歲，坐在王室城堡裡的床上。床在兩級的台階上，朝向讓開了房間居中挑高尖頭窗的地方。華蓋上繡了王室徽章。除了有華蓋和羽絨大枕頭之外，這張床跟有床單被褥、短帷幔的長靠椅差不多。所以從床尾可以把床上的人看得一清二楚。

查理沒有睡覺；曲膝當桌，在床上看書，或者說看薄伽丘的書裡富凱畫的插圖。床的左邊有一張小桌，桌上點了彩繪蠟燭，照亮了至聖童貞的畫像。牆上從天花板掛着落地的彩繪帷幔，不時隨風搖曳。上面高懸的圖案以紅、黃為主色，隨風晃動時，乍看有點像火光。

查理左前方，離他最遠的角落旁邊有一道門。床上有一個設計精美、色彩繽紛的大警柝，放在手邊。

查理翻了一頁。遠處傳來隱約的半點鐘響。查理啪一聲合上書，丟在一旁；抓起警柝，使勁地轉，嘎噠噠地震耳欲聾。老了二十五歲的拉德韋尼走進來，舉止怪異僵硬，依舊拿着盧昂的十字架。查理顯然想不到來的是他，從床上跳了下來，跳到離門較遠的一邊。

查理：什麼人？我寢室的侍從哪裡去了？你要怎樣？

拉德韋尼：（鄭重地）我報給你大喜的信息。國王呀，應當歡喜快樂[64]；因為你血脈的塵垢已經清除，王冠的污點已經洗淨。公義姍姍來遲，終於伸張。

查理：你在說什麼呀？你是誰？

拉德韋尼：我是馬丁修士。

---

[64] 蕭伯納模仿《聖經》裡的天使報佳音等（路2:10，太5:12）。

查理：恕我失言，馬丁修士又會是誰？

拉德韋尼：我就是處子燒死時拿着這個十字架的那位。二十五年過去了，差不多一萬天了。而我每一天都向上帝禱告，求上帝叫祂的女兒在世上稱義，如同在天上稱義。

查理：（安了心，在床尾坐下來）哦，記起來啦。我聽過你的名字。你對處子倒是死心眼。你上過重審庭嗎？

拉德韋尼：我作了證了。

查理：重審完了嗎？

拉德韋尼：完了。

查理：結果滿意嗎？

拉德韋尼：上帝的道很奇妙。

查理：怎麼個奇妙法？

拉德韋尼：當初把聖人當成異端、女巫送上火刑柱的審判，說出了實情，依循了法律，格外開恩；除了不實的判決和無情的烈火是終極而可怕的錯誤，沒有別的錯誤。可是我剛上完的重審庭，有人無恥地作偽證，有人為奉承而舞弊，有人誹謗有守、盡責的死者，有人懦弱地支吾其詞，有人的證詞是胡說八道，連種田小廝也騙不了。偏偏這樣屈公枉法，誣衊教會，放肆地說謊話、做蠢事，卻叫真相昭然大白；無辜的白袍上柴燒的污垢潔淨了，屬神的生命成聖了，歷火長存的真心離俗歸神了；一個彌天大謊永遠噤聲，一個滔天大錯得以在世人面前改正。

查理：朋友，只要他們不能再說我是女巫、異端加冕的，我就不會計較把戲是怎麼玩的。只要結局妥當，貞德也不會計較；她不是那種人，我了解她。她的平反好了嗎？我已經清楚表明過，這件事不要胡鬧。

拉德韋尼：已經鄭重宣告，當初審她的人有種種貪污、欺騙、作弊、惡意的事。四大謬誤。

查理：別管什麼謬誤，審她的人都死了。

拉德韋尼：她的判決已經證明為不實了，宣告無效了，廢除了，撤銷而不復存在，毫無價值、毫無影響了。

查理：好啦，這會兒誰也不能質疑我的祝聖了吧？

拉德韋尼：查理曼和大衛王加冕也沒有更神聖的了。

查理：（站起來）好極了。想想看，這對我多麼重要！

拉德韋尼：我倒想，這對她多麼重要！

查理：不能這麼講。從來沒有人知道什麼對她重要。她跟誰也不一樣，不管到哪裡，都得好自為之；我嘛，可顧不了她，你也顧不了，不管你怎麼想，你還不夠分量。可是我可以跟你講她一件事。就算你叫她復活了，那些這會兒崇拜她的人，不到半年就會把她再燒一次。到時候你也要高舉十字架，跟從前一模一樣。所以呢，（在身上畫十字），讓她安息吧；你我都少管閒事，也別管她的。

拉德韋尼：上帝不許我不為她出力，也不許她不為我出力！（轉身，一邊大踏步走開，如同來的時候，一邊說）從今不走宮廷路，不與帝王談。

查理：（跟着他走向門口，在後面喊說）但願你這樣大有好處，聖潔的人！（回到寢室中間，停下腳步，帶着嘲弄自言自語）有趣的家伙。他怎麼進來的？我的人哪裡去了？（急忙回到床邊，搖一搖警柝。打開的門刮來一陣急風，四面牆亂騰騰地搖晃。蠟燭熄了。他在黑暗中呼喚）喂！誰來把窗子關掉，東西都吹得到處飛啦。（夏雷一閃，照亮了尖頭窗。赫然照見窗前有一身影）誰在那裡？什麼人？救命呀！殺人呀！（打電。他跳上床去，躲在被褥底下）。

貞德的聲音：放輕鬆，查理，放輕鬆啦。吵翻天幹什麼呢？誰也聽不見你的。你在睡覺。（她在水綠光中隱約地現身床邊）

查理：（偷看）貞德！你是鬼嗎，貞德？

貞德：簡直連鬼都不是，小伙子。一個可憐的村姑燒了，還成得了鬼嗎？我不過是你夢到的一個夢而已。（光漸亮，查理坐起來時，兩人都看得清楚對方）你樣子老了，小伙子。

查理：我敢情老了。我真個在睡覺嗎？

貞德：你看那本幼稚的書看到睡着了。

查理：那很有趣。

貞德：沒有我死有趣吧？

查理：你真個死了？

貞德：死得跟向來任何人一樣，老弟。我靈魂離開了身體啦。

查理：不可思議！很痛嗎？

貞德：什麼很痛？

查理：我說火燒。

貞德：哦，那個嘛！我記不大清楚了。我想開頭很痛，可是後來就糊糊塗塗了；直到離開了身體，頭腦才又清楚過來。你可別去玩火，以為沒事。我死了以後你過得怎麼樣？

查理：喔，還不賴。你知道麼，我親自帶兵打了幾場勝仗呢？下到戰壕去，下半身都在血和泥裡。迎着下雨般的石頭和熱柏油爬梯攻城。就像你一樣。

貞德：不會吧！我到頭來讓你振作起來了嗎，查理？

查理：我已經是勝利的查理了。我得勇敢，因為你勇敢。阿涅絲也給我添了一點勇氣。

貞德：阿涅絲！阿涅絲是誰？

查理：阿涅絲・索雷爾。我愛上的一個女人。我常常夢到她。我之前從來沒有夢過你。

貞德：她死了，像我一樣？

查理：死了。不過她不像你。她非常漂亮。

貞德：（開懷大笑）哈哈！我不漂亮；我向來粗魯，是個尋常的士兵。我簡直也可以當個男人。可惜我不是；要不然就不會給

你們惹那麼多麻煩了。可是我的生命在天上，上帝的榮光照耀着我；再說，是男人也好，是女人也好，只要你們不思進取，我就會麻煩你們的。好了，告訴我吧，當初你們這些聰明人想不出更好的辦法，把我燒成一堆灰燼，後來怎麼了？

查理：你媽同你哥請求教會法庭重審你的案子。而法庭宣告，當初審你的人有種種貪污、欺騙、作弊、惡意的事。

貞德：他們沒有這樣。他們就像向來那一大堆可憐的笨蛋，一樣燒了比自己出色的人，一樣誠實[65]。

查理：你的判決已經證明為不實了，廢除了，宣告無效了，撤銷而不復存在，毫無價值、毫無影響了。

貞德：燒都燒了，還不是一樣？他們有辦法把我燒活嗎？

查理：要是有，他們也會三思才動手。不過，他們頒布法令，為了永遠紀念你，為了你的救贖，要在火刑柱那裡豎立一個漂亮的十字架。

貞德：是紀念和救贖叫十字架成聖，而不是十字架叫紀念和救贖成聖。（轉頭，忘了他）我會比十字架命長。世人就算忘了魯昂在哪裡，還會記得我。

查理：你又自大起來了，還是老樣子！我想，終於還你個公道，你該謝謝我吧。

辜訶：（在兩人中間的窗子現身）騙子！

查理：哪裡。

貞德：嗨，這不是彼得・辜訶嗎！你好嗎，彼得？你燒了我以後走的什麼運呀？

辜訶：走霉運。我譴責人的公義。那不是上帝的公義。

---

[65] 行刑那天，辜訶到監裡見貞德，貞德說：「主教，我是因你而死的。」（Pernoud（1962: ch. 8））貞德做了鬼，會不會說辜訶等是「誠實」的「笨蛋」呢？這一幕完全擺脫了歷史的牽絆，蕭伯納可以任意把自己的意見硬塞到貞德、辜訶等的口裡，請讀者注意。

貞德：還夢想着公義啊，彼得？看看我得到哪門子的公義！可是你
　　　怎麼了？你死了嗎，還是還活着？

辜詞：死了。名譽也掃地了。我進了墳墓，他們還不放過我。我這
　　　個死人也要受絕罰；還把我從墓裡挖出來，丟到公共水溝裡
　　　去[66]。

貞德：你死了也吃不到鏈子、水溝的苦頭，不像我活活被火燒死。

辜詞：可是他們這樣對付我，傷害了公義，破壞了信仰，消磨了教
　　　會的根基。要是無辜的人被人以法律的名義殺害，而要詆毀
　　　清白的良心來雪冤；那麼人鬼腳下的穩固大地，也會像變化
　　　莫測的大海般動搖起來[67]。

貞德：算啦，算啦，彼得，我希望大家會記得我而變好一些；要是
　　　你沒有把我燒死，大家就不會記得我啦。

辜詞：他們會記得我而變壞；因為他們在我身上看見邪惡勝過善
　　　良，謊言勝過真理，殘忍勝過仁慈，地獄勝過天堂。他們想
　　　起你就膽壯，想起我卻只會膽怯。可是上帝明鑒：我公正，
　　　我仁慈，我憑着良心處事；除了所做過的，別無他法。

查理：（鑽出被窩，安坐在床邊）沒錯，大壞事總是你們好人幹
　　　的。看我！我不是好人查理，不是智者查理，也不是勇夫查
　　　理。崇拜貞德的人甚至可以叫我懦夫查理，因為我沒有把她
　　　從火裡救出來。可是我為害比你們哪個都少。你們這些人滿
　　　腦子想着天上，一天到晚想辦法把世界搞得天翻地覆；可是
　　　我如實地面對世界，我說頂端在上面，就是對的在上面；我

---

[66] 德斯蒂韋也淹死在水溝裡（Pernoud（1962: ch. 9））。

[67] 歷史上的確有好人好心做壞事的例子，也的確值得大家反省。然而，蕭伯納對
辜詞等一相情願的偏袒，近乎漂白，卻是十足的矯枉過正。Arendt（1963）說
得對，大奸大惡的事，不一定大奸大惡的人才做得出來。沒有艾希曼（Adolf
Eichmann, 1906-62），猶太人依舊劫數難逃；沒有辜詞，貞德難免一死；兩個人
都是棋子，而棋手有棋子的責任。把辜詞說成大奸大惡、罪魁禍首，就像把複雜
的歷史簡化成童話故事，未免幼稚；然而硬要把辜詞說成公正清白，一樣失實。

一直嗅着人間煙火。而我問你們，什麼樣的法蘭西國王做得更好，或者私底下是個更好的家伙？

貞德：你真個當了法蘭西國王，查理？英格蘭人都趕跑了嗎？

迪努瓦：（穿過貞德左邊的帷幔而來，同時蠟燭重新點着，把他的盔甲、罩袍照得閃亮）我說話算話，英格蘭人都趕跑了。

貞德：讚美上帝！這會兒漂亮的法蘭西就是天國的領土了。把打仗的事通通告訴我，雅克。是不是你帶的兵？你到死都是上帝的指揮官嗎？

迪努瓦：我還未死。我的身體舒舒服服躺在沙托丹的床上，靈魂卻被你召喚到這裡來。

貞德：你打他們用的是我的方法嗎，雅克，嗄？不是為贖金討價還價的老方法；而是處子的方法，就是拼個你死我活，抱着既高尚又謙卑的心，沒有惡意，在上帝面前什麼都不要緊，只為了法蘭西的自由，只為了法蘭西人。是不是我的方法，雅克？

迪努瓦：老實說，什麼方法能贏都用。可是贏的方法總是你的方法。我服你，小村姑。重審的時候，我仔細寫了封信為你平反。興許我壓根兒不該讓那些教士燒死你，可是我打仗打得不可開交；再說，那是教會的事，我管不着。我們兩個都給燒了也無補於事，不是嗎？

辜詞：哼！都怪教士。可是，不計毀譽的我告訴你們，世界得救靠的不是教士和軍隊，而是上帝和聖人。作戰的教會把這個女人送到火裡去，可是即使在燒的時候，烈火就升華為得勝教會的光芒了。

> 三刻鐘響。聽見一副男人的倒嗓輕快地信口哼唱。
>
> 嘩吧嘩哩吧，
>
> 肥豬肉醃贜，
>
> 聖人老搭拉，

　　　　　拉拉豬尾巴，

　　　　　哎喲瑪──利亞！

　　　　　一個流氓似的英格蘭士兵穿過帷幔而來，走到迪

　　努瓦和貞德之間。

迪努瓦：哪個惡毒的吟游歌手教你唱這歪歌？

士兵：不是吟游歌手教的。我們一邊行軍，自己就一邊謅幾句。我
　　　們可不是紳士先生、吟游歌手。是打從老百姓心底裡唱出來
　　　的歌，你也可以這麼說。嘩吧嘩哩吧，肥豬肉腌臢，聖人老
　　　搭拉，拉拉豬尾巴；沒什麼意思，你知道；可是唱着歌，路
　　　才走得下去。有什麼指教，先生、小姐，哪位找聖人來着？

貞德：你是聖人嗎？

士兵：好說，小姐，打從地獄上來的。

迪努瓦：聖人，從地獄上來！

士兵：是的，尊貴的指揮官。我有一天的假期。每年都有，你知
　　　道。我做了一件好事，才有這個優待。

辜詡：壞蛋！你一輩子就只過一件好事嗎？

士兵：我壓根兒沒放在心上，順手就做了。他們卻記了我的功。

查理：做了什麼呢？

士兵：喔，真是可笑得出奇。我──

貞德：（緩步走到房間另一邊，到床邊挨着查理坐下，打斷他的話）
　　　他拿兩根柴枝綁一綁，給了個就要被火燒死的可憐村姑。

士兵：對啊。誰告訴你的？

貞德：別管這個。要是再見面，你認得出她來嗎？

士兵：認不出。世上的姑娘多的是！個個都指望你記得她們，好像
　　　全世界只有她一個女人而已。這村姑準是一等一的人物，多
　　　虧她我才每年放一天假；所以說，十二點整之前，我是個聖
　　　人，多多指教，高貴的大人、可愛的小姐。

查理：那十二點之後呢？

士兵：過了十二點，就回到惟一適合我這種人的地方去。

貞德：（站起）回去那裡！你！給了村姑十字架的人！

士兵：（為不像軍人的舉動找藉口）嗨，她開口要嘛，而人家就要
　　　燒她了。她跟人家一樣配得個十字架，而人家的十字架一大
　　　堆。這是她的葬禮，不是人家的。給她又何妨呢？

貞德：老兄，我不是怪你。我只是想到你受折磨，不忍心。

士兵：（快活地）也沒多大的折磨，小姐。你曉得，從前折磨得
　　　多，我都慣了。

查理：什麼！比地獄折磨得多？

士兵：我在法蘭西當兵，打了十五年的仗。打完，下地獄就是款
　　　待啦。

　　　　　貞德對人性失望，高舉雙手，到至聖童貞的畫像
　　前求慰藉。

士兵：（繼續說）橫豎適合我。開頭放假很無聊，像下雨的禮拜
　　　天。這會兒就不那麼在意了。他們說，只要我高興，想放幾
　　　天就放幾天。

查理：地獄是怎樣的？

士兵：你不會覺得太糟糕的，先生。快快活活。就好像老是醉醺醺
　　　的，卻沒有喝酒的煩惱，也不用買單。跟你廝混的也都是頂
　　　兒尖兒：皇帝啦、教皇啦、國王啦，什麼人都有。他們譏笑
　　　我拿十字架給那個小姐，我不在乎；我抬頭挺胸跟他們講，
　　　要是她不比他們配拿十字架，就該跟他們一樣下地獄來了。
　　　他們登時愣住，真個愣住啦。他們也只能一味咬牙切齒——
　　　這是地獄的作風；我只是笑笑，唱着我的老調兒走開：嘩吧
　　　嘩哩吧——嗨！誰在敲門？

　　　　　大家側耳，聽見輕而長的敲門聲。

查理：請進。

　　　　　門開了，進來一位白髮、佝僂的老神父，臉上帶

着傻氣而仁慈的笑容，快步向貞德走過去。

新來的人：抱歉，善良的大人小姐。別打擾到各位才好。我不過是
　　　個可憐而不礙事的英格蘭教區牧師。從前是溫切斯特樞機主
　　　教大人的隨軍司鐸。約翰・德思拓甘巴，多多指教。（疑惑
　　　地看着他們）你們剛才說什麼嗎？偏生我有點兒耳背。也有
　　　點兒──嗯，腦袋瓜興許不是常常靈光；不過呢──小村子
　　　人不多，都是老實人。我很滿意，我很滿意，那裡的人都愛
　　　我；我也做得到一點好事。我家世不壞的，你們知道；他們
　　　也體諒我。

貞德：可憐的老約翰！你怎麼弄到這個地步呢？

德思拓甘巴：我告訴村民，千萬得非常小心。我跟他們說，「你只
　　　要看過想做的事，想法就截然不同了。你會嚇一大跳。哦，
　　　嚇一大跳。」大家都說，「是啊，牧師，我們都知道你是個
　　　好人，連一隻蒼蠅都不願意傷害。」我聽了心裡很受用。因
　　　為我本性不是殘忍的人，你們知道。

士兵：誰說你殘忍？

德思拓甘巴：唉，你明白，因為我不知道什麼叫殘忍，做過一件非
　　　常殘忍的事。我還沒見識過，你知道。這一點最最要緊：你
　　　千萬要看過。看過了，你就得贖了，得救了。

辜訥：難道我們的主受的難還不夠叫你得救嗎？

德思拓甘巴：不夠。喔，不夠，壓根兒不夠。我看過主受難的畫
　　　像，讀過書上的記載，也以為大受感動過。可是沒有用。救
　　　贖我的不是我們的主，而是一個我親眼看着她燒死的年輕女
　　　子。好可怕，哦，太可怕了。可是這救了我。我從此變了一
　　　個人，儘管有時候腦袋瓜有點兒不靈光。

辜訥：那麼，難道每個年代都得有一位基督受難犧牲，來拯救那些
　　　沒有想像力的人嗎？

貞德：好呀，要是他對我下毒手，我就救了所有本來會遭毒手的

人，那我就沒有白燒一場了，嗄？

德思拓甘巴：噢，不是吧；你不是她。我眼睛不好，看不清楚你的
　　　　五官；可是你不是她。噢，不是，她已經燒成灰了；死了，
　　　　走了；死了，走了。

行刑人：（從查理右邊床後的帷幔走出來，床在兩人之間）她活得
　　　　比你有生氣得多啦，老頭子。她的心燒不掉，淹不沒。我是
　　　　這一行的高手，勝過巴黎的老師傅，勝過圖盧茲的老師傅；
　　　　可是我殺不死處子。她站起來，活在每一個地方。

渥力克伯爵：（突然從另一邊的床幔冒出來，來到貞德左邊）小
　　　　姐，恭喜你得到平反。我想我該向你陪不是。

貞德：哦，哪裡的話。

渥力克：（高興地）那火刑純粹為了政治。我個人不討厭你，老
　　　　實說。

貞德：我沒有記仇，大人。

渥力克：就是說呀。你這樣對我，太厚道了，真正教養好的風範。
　　　　可是我還是得向你致上十二萬分的歉意。其實啊，這些政治
　　　　上的需要，有時候到頭來變成了政治上的錯誤；這一件就是
　　　　可笑地大錯特錯；因為你的精神不怕柴燒，小姐，你的精神
　　　　打敗了我們。因為你的緣故，我會留名歷史，雖然牽涉的事
　　　　情興許有一點兒不幸。

貞德：嗯，興許只有一點兒不幸，你這人有意思。

渥力克：不過呢，要是他們把你封聖，你頭上的圓光可多虧了我，
　　　　就像走運的國王，頭上的王冠也多虧了你一樣。

貞德：（轉過身去）我沒有一件事多虧了誰，我凡事都多虧了與我
　　　　同在的上帝聖靈。可是想想看，我是個聖人！一個種田姑娘
　　　　抖起來，跟聖卡特琳、聖瑪格麗特平起平坐，她們會怎麼
　　　　說啊！

　　　一個神職人員模樣的紳士突然出現在眾人右邊的

角落，穿着黑常禮服、長褲，頭戴高帽，一身1920年的裝束。大家盯着他看。突然放聲狂笑。

紳士：幹麼這麼高興，各位先生？

渥力克：恭喜你發明了一套無比滑稽的衣服。

紳士：我不懂。你們個個穿的才古怪呢，我穿的才平常[68]。

迪努瓦：除了光溜溜的身子，什麼衣服都是古怪的，不是嗎？

紳士：抱歉，我來這裡辦正事，沒辦法跟你們閒扯淡。（拿出一張紙，擺出一副繃着臉的官架子）。我奉命來向你們宣布：案主貞德，從前人稱處子，由奧爾良主教提案調查——

貞德：（插嘴）啊！他們奧爾良的人還記得我。

紳士：（對貞德插嘴，怒氣溢於言表）——由奧爾良主教提案調查，要求將上述貞德列入聖品——

貞德：（又插嘴）可是我壓根兒沒有這樣要求過？

紳氣：（一樣的怒氣）——教會依例詳細審查該案，確認上述貞德先後列為可敬、真福之聖品——

貞德：（咯咯地笑）我可敬的！

紳士：——最終宣布，她蒙上帝賦予英雄美德，蒙恩而有獨得之啟示，此與得勝教會共融、可敬、真福之貞德號為聖女貞德。

貞德：（欣喜若狂）聖女貞德！

紳士：每年5月30日，為上述最神聖之上帝女兒之忌日，一概天主教會應舉行特別之日課以為紀念，直到永遠；專門供奉之小聖堂得以合法建立，各小聖堂之祭壇亦得懸掛其聖像。信眾向其跪拜、禱告以轉達施恩座[69]，其事獲准、可嘉。

貞德：喔不行。聖人才可以受人跪拜。（跪下，依舊欣喜若狂）。

紳士：（收起文件，退到行刑人旁邊）1920年5月16日，於梵蒂岡大教堂。

---

[68] 衣服是比喻，見序文（P32, P33）。

[69] 施恩座是約櫃的上邊，代表上帝的所在。參《聖經‧出埃及記》第25章。

迪努瓦：（扶起貞德）半個鐘頭燒死了你，親愛的聖女，四百年才
　　真相大白！

德思拓甘巴：先生，我當過溫切斯特樞機主教的司鐸。人家老是叫
　　他英格蘭樞機主教。要是溫切斯特大教堂有一座漂亮的處子
　　像，我同樞機主教大人都會大感欣慰。他們會不會放一座在
　　那裡呢，嗄？

紳士：因為該教堂暫時落入安立甘教會手裡，我無法回答。

　　　　窗外顯現溫切斯特大教堂裡的處子像。

德思拓甘巴：嗨看！看！那是溫切斯特大教堂。

貞德：那座人像是我嗎？我從前要站得直挺些。

　　　　影像漸漸消失。

紳士：我應法蘭西屬世政府的要求而指出：公眾一再雕塑處子像，
　　有妨礙交通之虞。我奉托為上述政府傳話，可是必須代教會
　　聲明，處子的馬沒有比其他的馬更妨礙交通。

貞德：啊！真好，他們沒有忘了我的馬。

　　　　蘭斯大教堂前的處子像顯現。

貞德：那個有趣的小東西也是我嗎？

查理：那是蘭斯大教堂，你在那裡為我加冕。準是你。

貞德：誰打斷了我的劍？我的劍從來沒有斷過。這是法蘭西的劍。

迪努瓦：別管它。劍斷可以修。你的靈魂不滅，你是法蘭西之魂。

　　　　影像漸消。此時宗教裁判官和大主教出現在辜訶
　　身旁，一左一右。

貞德：我的劍，那把從來沒有砍殺過的劍，終究會勝出。人毀壞了
　　我的身體，我的靈魂卻看見上帝。

辜訶：（向她跪下）田間的女孩讚美你，因為你叫她們舉目，看見
　　地上的自己與天上原無阻礙[70]。

---

[70] 蕭伯納模仿《聖經》的風格，來寫各人向貞德讚美。

迪努瓦：（向她跪下）臨死的兵丁讚美你，因為你是他們面對審判的榮耀的盾牌。

大主教：（向她跪下）教會的首領讚美你，因為你拯救了因他們的世俗的情慾而陷入淤泥中的信仰。

渥力克：（向她跪下）詭詐的謀士讚美你，因為你割開了他們自己捆綁靈魂的死結。

德思拓甘巴：（向她跪下）愚昧的老人在臨終的床上讚美你，因為你把他們對你所犯的罪孽變成祝福。

宗教裁判官：（向她跪下）因律法而眼瞎、為奴的審判官讚美你，因為你為有靈的活人的異象和自由作證。

士兵：（向她跪下）地獄來的惡人讚美你，因為你向他們顯明，聖潔的火，總不息滅。

行刑人：（向她跪下）行刑人和劊子手讚美你，因為你顯明靈魂不死，他們的手無罪。

查理：（向她跪下）不裝模作樣的人讚美你，因為你挑起他們挑不起的偉大重擔。

貞德：人都讚美我，我就有禍了[71]！請大家記得，我是個聖人，而聖人能行奇迹。好，告訴我：我從死裡復活，變成一個活着的女人回來找你們，好不好？

　　　　他們驚愕得跳了起來，房間四壁驀地一黑，只看得見床和人影。

貞德：什麼！我得再燒一次[72]？你們沒有一個願意接納我？

---

[71] 《聖經》：「人都說你們好的時候，你們就有禍了！因為他們的祖宗待假先知也是這樣。」（路6:26）

[72] 陀思妥也夫斯基在《卡拉馬佐夫兄弟》裡探討良心的自由，非常深刻。那個宗教大法官指責重回人間的耶穌，要把祂燒死；因為祂賦予世人的自由只叫少數強者得益，卻成了大多數承受不起的人的痛苦重擔。倒不如他藉耶穌之名，以魔鬼的方法，叫他們自甘捨棄良心，順服教會，反而覺得自由（Dostoevsky（1880: Part 2, Book 5, 5. The Grand Inquisitor））。這些話，似乎憤世疾俗，其實悲天憫人；

辜詞：異端總是死掉好。屬世的眼睛分不出聖人和異端。饒了他們
　　　吧。（像來的那樣走了）。

迪努瓦：原諒我們，貞德；我們還配不上你。我該回去睡覺了。
　　　（他也走了）。

渥力克：我們誠心後悔所犯的小小過錯；可是政治上的需要，儘管
　　　偶爾出亂子，還是必要的。所以，要是你好心饒了我——
　　　（小心翼翼悄悄離開）。

大主教：你復活回來，我就不會是你從前認識的我。我頂多只能
　　　說，雖然不敢祝福你，我希望有朝一日可以得到你的福分。
　　　不過，在那之前——（走了）。

宗教裁判官：我是個死人，當日曾為你的無辜作證。可是礙於現
　　　實，我想不出可能廢得掉宗教裁判所的辦法。所以——（走
　　　了）。

德思拓甘巴：哎呀，別回來，千萬別回來。我得死得安安樂樂。讓
　　　我們在屬於我們的時代裡安安樂樂吧，上帝啊！（走了）。

紳士：最近的封聖審查沒有考慮過你復活的可能。我得回去羅馬聽
　　　新的指示。（莊重地鞠躬，退下）。

行刑人：我是這一行的高手，我得考慮這一行的利益。說到底，我
　　　首先要對得起妻子、兒女。我得花點時間合計一下。（走
　　　了）。

查理：可憐的小貞德！個個都丟下你跑了，只剩這個十二點要回地
　　　獄去的歪刺貨。我能怎麼辦？也只好像雅克・迪努瓦一樣，
　　　回去睡覺吧？（回去睡覺）。

貞德：（悲哀地）晚安，查理。

查理：（在枕上咕嚕）哇阿。（睡着了。床的四周一片漆黑）。

貞德：（向士兵）而你，是惟一忠於我的人？你怎麼安慰聖女貞

而針砭教會，更是入木三分。

德呢？

士兵：哼，他們通通算什麼呢？國王啦、指揮官啦、主教啦、法官
　　　啦，諸如此類，算什麼呢？就丟下你在戰壕流血流到死；還
　　　有就是，你會到下面那裡會他們，儘管他們一味裝腔作勢。
　　　我說的是，你很配有自己的想法，就像他們一樣，興許更
　　　配。（一副準備侃侃而談的樣子）你曉得，是這樣子的。要
　　　是──（遠處的鐘隱約敲來十二點鐘的第一聲）。抱歉，真
　　　是催命的約定──（踮起腳走了）。

　　　　剩下的餘輝聚集成一道白光，落在貞德身上。鐘
　　繼續敲。

貞德：唉，創造這美麗大地的上帝啊，世人什麼時候才願意接納你
　　　的聖人呢？要多久呢，主啊，還要多久呢？

 序

1. 貞德的先覺與專橫

　　貞德，1412年出生，是一個來自孚日山脈的鄉村姑娘；1431年因異端、巫術、邪術而受火刑；1456年勉強平反；1904年加尊號為可敬；1908年列品真福；最後在1920年封聖。她是基督教曆書上最著名的戰士聖人，也是中世紀奇奇怪怪的英雄好漢裡最莫名其妙的家伙。雖然是已立誓又虔誠不過的天主信徒，又計畫過討伐胡斯派[1]的十字軍，她其實是為新教殉道的先驅。她也率先擁抱民族主義[2]；率先在法國戰場上採用拿破侖式的殊死戰，而不是當時賭贖金的騎士遊戲。她是女性的合理穿着的先鋒；她就像兩百年後瑞典的克里斯蒂娜王后，別說埃勞索和無數喬裝成男人去從軍、航海的女人，決不甘於女人注定的命運，而要像男人那樣穿衣服、上戰場、過生活[3]。

---

[1]　見注S4.31。

[2]　也許貞德不自覺地反映了渴望民族立國的社會趨勢，卻不算民族主義者。起碼她口口聲聲以上帝為尊，宗教在她心裡決不只是保衛法蘭西的工具。照伯林的說法，十八世紀才有所謂民族主義；定義詳見Berlin（1979: III）。

[3]　蕭伯納如果知道花本蘭，大概會多添一例。克里斯蒂娜（Christina, 1626-1689）從小被當成男子來教育，會擊劍騎射。因為瑞典是新教國家，她改奉天主教而遜位；死後葬於羅馬聖彼德大教堂，際遇比貞德好多了。埃勞索（Catalina de Erauso, 1592-1650）是個傳奇人物，出身巴斯克望族，四歲入會院，十五歲時被修女打了一頓，一晚偷跑出來；從此隱姓埋名，不但從軍，還殺過人（參Valesco（2000））。其實，貞德和兩位「不女」是否如他所說一心要做男人，值得商

她在這幾方面堅持己見，千方百計，拼死拼活，以致才十幾歲就名聞西歐（其實她根本活不到二十歲）；她被人公正明斷地處以火刑，表面上是為了許多我們不再那樣懲罰的大罪，基本上卻是為了所謂女不像女和逼人的專橫，就沒什麼好奇怪的了。十八歲的貞德，就比最傲慢的教皇、最不可一世的皇帝還要狂妄。她聲稱是上帝的使者和全權代表，也等於說，在仍然是屬世肉體時，自命是得勝教會的一員。她扶助自己的國王，呼籲英格蘭國王悔改，服從她的命令。她教訓政治家、教長，駁倒他們的意見，推翻他們的決策。她輕視將軍的兵法，用自己的戰術，領他們的軍隊克敵致勝。她對官僚的意見、判斷、權威，對軍政部的將略，一點也看不上眼，而且公然不諱地藐視。她就像狂妄的愷撒之於卡西烏⁴，就算身為聖哲、君主，把無上尊崇的體制和極其顯赫的王朝集於一身，她的狂妄和所作所為，官僚的頭腦還是難以禁受。因為她實在是個十足傲慢無禮的新貴，大家只有兩種意見：一、她是個奇迹，二、她叫人吃不消。

2. 貞德與蘇格拉底

如果貞德有惡意、自私、懦弱、愚蠢，就會是歷史上數一數二的可憎而不是動人的家伙。假如她大一點，知道以人錯她對來羞辱人家會有的後果，又學會奉承他們，加以駕馭；也許會跟伊麗莎白女王一樣長命⁵。可惜她太僻陋、太少不更事，不會這些手腕。萬一給心目中的笨蛋阻難，不是直言不諱地批評，就是為他們的愚蠢不

權。貞德的穿著、戰鬥、生活，的確有像男人的地方，但是這幾件事對貞德似乎都沒有獨立的意義，而只是趕走英格蘭侵略者的手段。參注P13.47、54。

4　卡西烏（Caius Cassius Longinus, d. 42 BC）後來與布魯圖（Marcus Junius Brutus, 85-42 BC）合謀行刺愷撒（Gaius Julius Caesar, 100-44 BC），可能是為了恢復羅馬的共和，而非出於私心。

5　伊麗莎白女王（Elizabeth I, 1533-1603）。蕭伯納（1856–1950）自己沒有用這一套，卻活到九十幾歲。

耐煩，溢於言表；而她還天真得指望，自己糾正了他們，免得他們闖禍，人家會感謝她。於是才智過人的人總是想不通，他們彰顯了相對的蠢才的愚笨，就惹怒了他們。就連蘇格拉底，憑他的年紀和世故，審判時為自己辯護，也好像不懂人家爆發出來、鼓譟要他死的長期積怨。假如控告他的人晚生2300年，大概可以從郊區到倫敦搭乘早晚班鐵路匆匆往返的頭等車廂乘客裡挑出來；因為他要說的實在沒有別的，只有一句話：每逢蘇格拉底一開口，他跟他那種人就變成難堪的白癡，他們受不了。蘇格拉底對此不知不覺，他給自己的感覺麻痺了，不知怎的搞錯了人家攻擊的要害[6]。他說自己是個老兵，一輩子堂堂正正，而控告他的是個愚蠢的勢利人，強調完這些實情後，就漸漸無話了。他一心為人着想，為人效勞，從沒有懷疑自己的過人才智在那些人的心底裡激起了多少恐懼與憎恨[7]。

3. 貞德與拿破侖的不同

　　如果七十歲的蘇格拉底也這樣子無辜，十七歲的貞德有多無辜就可以想見了。由於蘇格拉底是理論先生，緩慢平和地運動人的腦袋；貞德卻是行動小姐，急躁猛烈地運動人的身體；這無疑就是時人忍受蘇格拉底這麼久、而貞德還沒有成年就斃命的原因。但是兩人都有驚人的才能，同時又坦誠、謙遜、仁愛，叫他們蒙受的冒火恨意顯得毫無道理，因而叫他們難以理解。拿破侖也有驚人的才能，卻既不坦誠也不無私；他沒有一相情願地誤會自己為什麼受歡迎。有人問他，世人會怎樣看他的死，他說大家會鬆一口氣。然而，同胞反而恨惡心智巨人，想要毀滅他們；不但因為相形見絀、

---

[6]　蘇格拉底辯白時自比為虻，自知討人厭（Apology, 413-4）。人家為什麼攻擊他，也心知肚明。與其說他料不到後果，不如說不計後果。

[7]　蕭伯納不是誤解了蘇格拉底的死因，就是故意曲解，來遷就他的「恐慌理論」。雅典人怕的不是蘇格拉底的智慧，而是對斯巴達的戰事失利後，對霸權地位、民主信心的動搖；蘇格拉底陰差陽錯成了代罪羔羊而已。參Hughes（2011）。

傷了虛榮心，而帶着妒意想；而且因為受了驚嚇，而卑微地、由中地想；而既不怨恨同胞也無意加害的心智巨人，要明白這件事就很不容易。恐懼總叫人無所不用其極，而強人激起的恐懼是理智無法消除的奧秘。如果不能保證強人的善意和道德責任，也不能假定，換言之，如果沒有名正言順的身分；那麼強人的看不透，就叫人無法忍受了。希律、彼拉多，還有亞那、該亞法[8]，都是法律上、習俗上的強人，都叫人恐懼；不過，這是可預期、可避免的結果所引起的合理恐懼，似乎有益而保護人，所以就可以忍受。而基督是古怪的強人，所激發的恐懼，叫看不出他的善意的人尖叫：把他釘十字架！於是蘇格拉底不得不喝毒芹的藥，基督釘十字架，貞德受火刑；而拿破崙雖然死在聖赫勒拿島上，起碼在那裡壽終正寢；還有許多可怕卻完全可以理解的官方壞蛋，得到世上王國的種種榮耀而善終，可見當聖人比當征服者危險得多了。而兼具這兩種身分的人，像穆罕默德和貞德，就發覺是征服者必須拯救聖人，而征服者被人打敗、捕獲，聖人就要殉難。貞德受火刑，沒有一個自己人出手相救。她率軍得勝的同袍、羞辱、打敗的敵人、加冕的法蘭西國王、王冠被她踢到盧瓦爾河裡的英格蘭國王，都一樣樂得擺脫她。[9]

4. 貞德有沒有罪？

　　因為縱酒的弱者跟傑出的強人都可以得到這個結果，到底是有罪還是無罪的認定左右了貞德的案子，是我們一定要面對的問題。時人經過非常小心謹慎的審理，判定她有罪；而二十五年後翻案，為貞德平反，其實只為了確認查理七世的加冕是名正言順的[10]。而後人撤銷了原來的程序，審判審她的人，遠比審貞德更不公正，這

---

[8]　四人都是耶穌那個時代的人物，亞那和女婿該亞法都是大祭司。

[9]　這一節可謂怪論，即使把劇本當成歷史事實，蕭伯納的論點還是非常牽強。

[10]　如果平反有政治目的，就不公正；當初判罪何嘗沒有政治目的呢？為什麼蕭伯納就認為公正呢？

樣無異議的翻案，終於為她封聖，就越發蔚為奇觀了。無論如何，1456年的平反儘管是有弊端，也的確提出了充分的證據，平息了所有理性的批評，證明貞德不是潑婦、不是妓女、不是女巫、不是褻瀆神明的人，不比教皇崇拜偶像；除了從軍、穿着男裝、大膽，行止沒有什麼不端；相反，她為人和善，是個冰清玉潔的處女，非常虔誠，非常溫和，（她該稱為浸淫在法蘭西苦修士日常喝的劣酒裡的餅餐），非常厚道，而且儘管是個勇敢強壯的士兵，卻受不了粗言穢行。除了過分的專橫，即時人所謂驕傲自大，因而受火刑，她以清白無玷的品格就義。所以，伊麗莎白時代的歷史劇《亨利六世》（大概經莎士比亞修改過），順應好戰的愛國論，在第一部的最後一幕裡含血噴人，誹謗貞德；現在已經用不着花時間去證明了。扔在她身上的污泥早已掉得一乾二淨，任何現代的作家都不用再洗刷。倒是扔在貞德判官身上的污泥、叫貞德面目全非的粉刷，清理要難得多。一方面，好戰派的毀謗，是使盡了毒招對付她；另一方面，教派的毀謗（這裡是新教的毀謗）拿她的火刑柱來打擊羅馬天主教會和宗教裁判所。要把這些體制變成鬧劇裡的壞蛋，最簡單的辦法是把處子變成英雄。那種鬧劇大可當垃圾丟掉[11]。貞德受教會和宗教裁判所的審判，比起類似情況的類似犯人在今天任何屬世的官方法庭上得到的待遇，公平得多；而判決也嚴守法律[12]。她不是長相漂亮、失戀而癡纏着英俊男主角的鬧劇女主角，而是天才兼聖人，世上跟鬧劇女主角再沒有更截然不同的人了。我們先釐清天

---

[11] 要把貞德案變成理想的悲劇，最簡單的辦法是把所有人都變成好人，審判都公正。這樣的悲劇是發人深省的文學作品，卻把歷史變得莫名其妙。

[12] 蕭伯納的策略是一味往下比，只要勝過另一個爛蘋果，就是好蘋果；貞德初審就公正。其次，初審其實沒有嚴守法律，參注P19.85。退一步說，即使守了，就沒問題嗎？守的是惡法還是良法呢？再退一步，即使是良法，法律不過是最低標準，程序正義不見得是正義；遑論守法文、違法意的事了。Murphy（2012:20）認為金斯利（M. Kinsley）評論華盈頓的話，正好用來評論宗教裁判：「真正的醜聞不在於什麼非法，而在於什麼合法。」去年史諾登（Edward Snowden）接受英國廣播公司（BBC）Panorama節目訪問，也說過類似的話。

才和聖人的意思吧。天才看得比別人遠，探究得比別人深，有一套異於常人的倫理價值觀，也有魄力，盡量適才地把遠見和價值觀實踐出來。聖人有英雄的操守，享有教會術語稱為超自然的品位的啟示或權能，有列入聖品的資格。如果一個歷史學家反對女權主義，不相信女人能夠在傳統上的男性專長上是天才，就永遠無法理解貞德，轉而把貞德的天才務實地從軍事、政治等來解釋。如果他十足是個理性至上的人，否認世上有聖人，認為新觀念的產生只有推理一途，別無他法，就永遠看不清貞德。理想的貞德傳記作者一定要擺脫十九世紀的偏好和成見；一定要了解中世紀、羅馬天主教會、神聖羅馬帝國，而且了解得比輝格黨歷史學家向來了解的更深刻；一定要能夠拋開性別偏好和傳奇故事，把女人當成人類的女性，而不是格外迷人又格外愚蠢的異種動物。

5. 貞德的美貌

　　最後一點，粗略地說，任何書一開始就把貞德寫成一個美女，可以馬上看成傳奇故事。貞德的夥伴，不管村裡的、宮廷裡的、軍中的，儘管竭力讚美她來討好國王，卻沒有人聲稱過她漂亮[13]。試想，她芳華正茂，相貌不醜、體態不難看、身體沒有畸形，人也並非不可親；而所有提起這件事的男人都鄭重不過地聲明，她在性方面好像奇迹地不吸引。她就像大部分女強人一樣，因為男人太怕她，怕得不會愛上她；她似乎在性別衝突裡變成中性[14]。她自己並不性冷淡。儘管有條件地發誓守貞，到死也是處女；她從來沒有

---

[13] 這一點，Huizinga（1925）已經反駁過，這裡補充一條證據：達朗松公爵說晚上在軍中睡覺，看見準備就寢的貞德（大概指脫下盔甲），胸部很漂亮，卻沒有邪念（Pernoud（1962: ch. 3））。參看下一條注。

[14] 護送貞德上路的人作證說，覺得貞德是聖人、是神的使者，當然神聖而不可侵犯；情形跟鄧肯差不多。要不是許多愛慕者把鄧肯看成女神一般，她的性生活還要精采一些（Duncan（1927））。而鄧肯對性的態度是出了名的開放，尚且如此，何況貞德？

排除結婚的可能。然而，吸引男人、追求他、叫他死心塌地當丈夫，這樣的婚姻不是她的事；她有別的事要做。拜倫的準則，「愛情在男人生命裡是額外的，在女人卻是全部」，對她並不適用，就像對喬治・華盛頓或任何躋身豪傑之士的男性工作者不適用一樣。假如她活在我們的年代，可能有她的肖像明信片發售，是因為她身為將軍，而非身為蘇丹妃嬪。然而，有一個理由叫人相信，她相貌出眾。貞德那個時候，奧爾良有個雕塑家，塑了一個戴着頭盔的年輕女子的像，有一張獨特的臉；顯然在藝術上並不完美，而是寫生，卻又異於尋常，跟一般人見過的任何真人不同。有人猜想，貞德不知情地當了雕塑家的模特兒。這個說法沒有證據；可是那雙異常遠隔的眼睛，彷彿振振有詞地問：「這個女人要不是貞德，又是誰？」所以我省得再舉證，誰不同意就儘管提出反證吧[15]。這是一張奇妙的臉，但是由一個欣賞劇場美女的人看來，完全不美不醜。

這樣的賞美者，到頭來知道貞德是一宗悔婚訴訟案的被告、而且自己打官司、還打贏了，也許就給這些無趣的事實給潑了一身冷水。

6. 貞德的社會地位

論階級，貞德是個莊稼人的女兒；父親是村裡的頭領，跟四鄰的鄉紳、律師一起辦理村裡的封建事務。村民遇襲該去避難的城堡被人棄置時，他召集了六七個農人一起占了它，以備村裡有遇襲之虞時可以住進去。貞德小時候，有時可以當城堡裡的小姐來過癮。她的母親、兄弟可以跟着她到宮廷，分一杯羹，而沒有明顯的出醜。這些事實叫我們沒有藉口，像通俗的愛情故事那樣，把每個女主角變成公主或女乞丐。莎士比亞是多少類似的例子。父親是個商人、一度十分亨通、娶了個有點社會地位的女人；卻有一大堆徒勞

---

[15] 蕭伯納被魔鬼附了身。我沒有證據，但是他說出這種話，「附身的不是魔鬼，又是誰？」所以我懶得舉證，誰不服氣就請他提出反證吧。

的研究，不顧這些清楚不過的證據，像倒金字塔般，基於他是文盲工人的塔尖。而儘管東雷米的放羊女雇工應該會聽從農場家小姐貞德的話，類似的態度也把貞德當成放羊女雇工。

　　貞德與莎士比亞的差別在於莎士比亞不是文盲。他上過學校，懂的拉丁文、希臘文跟大部分大學畢業生記得的一樣多；換言之，實際應用的，一個也不懂。貞德是十足的文盲。她說：「連大字都不識一個」。不過，那個年代和之後很久，許多公主也可以說一樣的話。例如：瑪麗・安托瓦內特在貞德那個年紀，連自己的名字也會拼錯[16]。然而，這不是說貞德是個無知的人，也不是說她像現代不會讀寫的人那樣畏縮、自覺在社會上吃虧。就算她不會寫信，也可以口授，也的確口授了，而且信上的架子擺足了，真的擺過頭了。有人當面叫她放羊娃兒，她就憤憤不平，誇口在女主人的針黹工夫上比得上任何善於點綴的家庭[17]。她對法蘭西的政治、軍事形勢的了解，勝過今天讀報長大的大學女畢業生對自己國家相應形勢的了解。第一個向她皈依的是鄰近的沃庫勒爾的指揮官。而貞德能叫他皈依，因為貞德在他接獲正式的戰報前，老早就告訴他迪努瓦的軍隊在鯡魚之戰輸了，於是他斷定貞德一定得到天啟[18]。在戰爭波及的鄉間，農民關心時務，了解時務，一點也不稀奇。臨門時往往手握刀劍的政客是不容忽視的，貞德那些人不能不知道封建世界的風雲變化。他們並不富有。貞德像父親一樣在農場工作，放羊等等；但

---

[16] 安托瓦內特（Marie Antoinette, 1755-93），法國王后，大概是上斷頭台最有名的人。操多國語言，十四歲嫁給法國王儲（後來的路易十六）後，陸續寫信給母親等，卻很少簽名；也許帳單上留下來的簽名還多一些。參看Zweig（1932: 466-7）。我不知道她是否會拼錯自己的名字，字跡潦草倒是真的。無論如何，蕭伯納把她貶得太低了。

[17] 蕭伯納有點不慎。既然強調貞德要做男人，最好別提她誇口針黹工夫的事。

[18] 1429年2月12日，迪努瓦為解奧爾良之圍，攻擊英軍的補給隊；英軍以裝載鯡魚的車陣阻擋，擊退法軍；迪努瓦受了箭傷。貞德比指揮官早知道，不是什麼奇迹。那個年代，傳信靠的是人，尤其下人。Washington（1901: ch. 1）提到傳信的黑奴互相交換消息，低下階層的人比高貴的白人更早知道重大戰役的結果。

是沒有證據，也沒有迹象顯示她家境貧寒；也沒有理由相信貞德必須當雇工，或者說，如果她想去告解，想閑混着等待看異象、聽教堂鐘聲裡的異聲，根本就不必工作。總之，她比現在小資產階級家裡的女兒，更像個小姐、甚至知識分子。

7. 貞德的異聲和異象

　　貞德的異聲和異象給她的名聲搞出許多花樣。有人認為她瘋了，有人認為她是個說謊的騙子，有人說她是女巫（她為此燒死），還有人認為她是聖人。那些異聲和異象不能證明她是這幾種人；但是由紛歧的結論，可見死心眼的歷史學家多麼不了解一般人、甚至自己的腦袋。世上有些人，想像時生動得有聲有色，心裡冒出一個念頭，就聽得見聲音，有時候由看得見的人物說出來。收容罪犯的精神病院裡，大都是遵從異聲的殺人犯。一個女人可能聽見異聲，命令她趁親人睡着，割斷丈夫的喉嚨，勒死孩子；她可能身不由己，照做了。法庭因迷信醫學法律，認為罪犯受自己的幻覺所誘惑，就不用為所作所為負責，而必須當成瘋子來對待[19]。然而，看見異象的人、聽見啟示的人，不總是罪犯。天才的靈感、直覺、不自覺推理的結論，有時候也變成幻覺。蘇格拉底[20]、路德[21]、斯維登堡[22]、布萊克[23]，都看見異象，聽見異聲；就像聖方濟和聖女貞德

---

[19] 到底是法庭迷信醫學，還是蕭伯納迷信幻覺？

[20] 蘇格拉底（469-399 BC）自稱從小有一把聲音會在他想做某件事（包括從政）的時候制止他（Apology）。

[21] 馬丁・路德（1483-1546）年輕時曾遇大雷雨，祈求聖人，如蒙拯救，願當修士；脫險後進了修道院。他一定滿腦子想的都是罪惡、審判，遇難時才有這種反應，而所見所聞自然不一樣了。據說他翻譯《聖經・新約》時，看見魔鬼來騷擾，拿起墨水瓶一丟，魔鬼就消失了（當時牆上留下的墨漬，今天還看得到）。這很像福音書裡耶穌受魔鬼試探的故事，所以Forsyth（1989: introduction）說這是效法基督。

[22] 斯維登堡（1688-1772）本來是自然科學家，後來轉而研究靈學、神學。認為靈魂位於大腦皮層。曾經看見天開了種種異象，上帝命他向世人詮釋聖經。

[23] 布萊克（1757-1827）是英國詩人、版畫家。常看見天使、舊約裡的先知；自稱新創的蝕刻法是死去的弟弟顯靈教的。

一樣。如果牛頓的想像力一樣活靈活現，他大概會看見畢達哥拉斯的鬼魂走進果園，解釋蘋果掉下來的道理。這樣的幻覺，既不會推翻萬有引力定律，也不會證明牛頓平常就是瘋子。

而且，用異象式方法得到創見，絲毫不比用尋常的方法神奇。神志正常的檢驗，不在方法是否尋常，而在創見是否合理[24]。如果牛頓從畢達哥拉斯得知，月亮由脫脂乾酪組成，那麼牛頓就該關起來了。萬有引力是合理的假設，跟哥白尼所詮釋觀察到的天體事實絲絲入扣，建立起牛頓才智過人的聲譽，而不管創見來得多麼荒誕離奇[25]。然而，驚人的《古王國編年史》的魄力比萬有引力定律更為壯觀，叫他成為奇思妙想之王，卻也是現在沒有人承認權威的瘋子之王[26]。他對先知但以理看見的第四獸第十一小角[27]，比貞德更異想天開；因為他的想像不是戲劇的，而是數學的，因而對數字異常敏感。其實，如果他所有著作都失傳，只留下《古王國編年史》，我們就會說他發瘋[28]。現在，誰敢認為牛頓是瘋子？

同樣，貞德縱然聽到異聲，一定要判定為神志正常的女人；因

---

[24] 同樣，罪犯因幻覺而殺死親人這個結果，不也證明神志失常嗎？法律上免責，為什麼是迷信呢？

[25] 化學家凱庫勒（Friedrich August Kekulé, 1829-96）因夢見銜尾蛇而悟出苯環結構，也屬於這一類。

[26] 牛頓（1642-1727）信神，教會都掛在嘴邊，惟恐大家不知道；牛頓研究神學，知道的人很少；牛頓認為耶穌不是神（算不算亞略派（Arianism）是另一個問題），教會裡知道的人更少，也惟恐大家知道。《古王國編年史》（Chronology of Ancient Kingdoms Amended（1928））在他死後翌年出版，用天文現象為古史，特別《舊約》裡的事件編年。可惜資料、方法、結論都有問題。雖然如此，牛頓在神學上，尤其對三位一體、抄本問題有深入研究，造詣遠勝現在一般的牧師、神父。

[27] 參看《舊約・但以理書》第七章。牛頓的神學著作比科學著作多得多，提到第四獸第十一小角的不是《編年史》，而是《但以理的預言和聖約翰的啟示》（Observations upon the Prophecies of Daniel and the Apocalypse of St. John（1733）），裡面有專章討論。

[28] 只要平常生活沒有太大異狀，留下再荒誕的著作，不是無人聞問，就是變成笑柄，卻不會當成瘋子。牛頓真的只留下《古王國編年史》也一樣。

為那些異聲所給的指示，沒有一句不可以出自她的常識，就正如牛頓想出萬有引力一樣。現在，尤其經過了不久前的大戰，許許多多的婦女投身軍旅，我們全都明白，貞德不可能穿着裙子去征戰。不但因為她做的是男人的事，也因為道德上需要撇開她跟同袍的性別差異。當人家一再質疑穿着問題時，她自己就這樣回答；而這個合情合理的需要，卻先激起她的想像力，由聖卡特琳口授上帝的命令，這個事實不能證明她發瘋。命令合理，可見她的神志非常清楚；但是受命的形式，可見她戲劇式的想像，玩弄了她的感官。她的策略也十足的明智。誰也不質疑，解救奧爾良，再到蘭斯為太子加冕，破解了對血統、因而對太子地位的流行疑竇，在軍事上、政治上都是拯救法蘭西的高招。這些高招也許會是拿破崙或別的毫無幻覺的天才策劃出來的。貞德卻是由異象裡的聖人、她所謂策士來教導她；雖然構思是這樣天馬行空，她仍然是個不折不扣的將才[29]。

8. 演化的胃口

那麼，現代人怎麼看貞德從上帝得到的異聲、異象、信息呢？十九世紀的人認為那是錯覺；不過，因為她是個可人兒，又被一個腐敗的政治主教唆使一群迷信的中世紀教士，下毒手虐待，最後殺死；這一來就必須假定，她是無辜被錯覺騙了。二十世紀的人覺得這種解釋太平淡乏味，而想要玄妙一點東西。我認為二十世紀是對的；因為貞德顯然智力過人，而從前的解釋等於說她智力不足，說不通。貞德相信，那三個肉眼可見、衣裳楚楚的人，分別名叫聖卡特琳、瑪格麗特、聖彌格，是從天上下來，奉上帝的命給她某些指示；我卻無法相信，而即使我相信，也無法指望所有讀者會相信。

---

[29] 北美某些印第安部族刻意尋求異象，相信可以得到超自然的力量。Benedict（1934: ch. 4）從習俗傳統和個人的關係來看，認為這種觀念是個賦予個人自由的文化機制（儘管對傳統的改變十分有限）。異象在中古的歐洲似乎夠不上文化機制，但是貞德要突破宗教上、政治上、社會上種種傳統，情形也差不多。

不是說這種信仰比我們生吞活剝的現代信仰更離譜、更怪誕；而是說信仰有時尚、有家風，不巧我是維多利亞時代的時尚、新教的家風，於是就無法相信貞德的異象確鑿有徵了。

　　每一個資產階級的人的合理要求，不外中層社會生活的溫飽、發達、體面、安全、快樂；然而，世上有幾股活躍的力量，促使個人超越這些目的；因為人為了追求知識、改革社會，不但不能小賺，其實還往往大賠，因而一窮二白，聲名狼藉，亡命天涯，被人囚禁，痛苦煎熬，失去性命。即使出於私心而追求個人權位，也無法激勵人像為了增加駕馭自然的能力那樣，爭着奮鬥、犧牲，儘管增加的能力對追求者一生任何時候都不相干。這種對於知識和能力慾望，並不比食慾玄妙，兩種慾望都是事實，也只是事實；差別在於，食慾是飢餓的人維生需要的，因而是個人的慾望，而另一種是為了演化的慾望，因而是超越個人的需要。

　　我們的想像力怎樣把超越個人的力量戲劇化為形形色色的方式，是心理學家的難題，而不是歷史學家的。只有一件事是歷史學家必須明白的：看見異象的人既不是騙子，也不是瘋子。演化背後的動力，即我剛才所謂的演化慾，激發貞德的想像力把憂患戲劇化，所以她認作聖卡特琳的人不是真的聖卡特琳；這樣說是一回事。把她的異象跟醉漢看見的兩個月亮、布羅肯幻象[30]、回聲等等一概而論，卻是另一回事。聖卡特琳的指示謹嚴得多了；唯理論、唯物論的歷史學家、評論家自覺有責，要記下一個看見聖人、聽見聖人向她說話，非發瘋即撒謊的女孩子；而一個單純不過、相信天人顯現來嘉惠世人的法蘭西農人，就比他們更了解貞德的科學真相。如果貞德是瘋子，所有基督宗教的信徒也都是瘋子；因為誠心相信有天人的人跟認為自己看見他們的人，十足地一樣是瘋子。向

---

[30] 布羅肯幻象（Brocken spectres）是氣象學中的光環現象。觀測者背向很低的太陽，身影放大投射到雲堤上，常有彩虹光帶圍繞。

魔鬼丟墨水瓶的路德[31]，並不比其他奧斯定會的修士瘋狂；他想像得更有聲有色，也許吃得少些、睡得少些，如此而已。

9. 虛的聖像不重要

世上流行的宗教為讓人領會，都有一系列的傳說人物，關鍵的人物有個全能的父，有時候還有母親和聖嬰[32]。他們訴諸童年的心靈眼睛；如果印象夠深刻，結果就是一輩子不能磨滅的幻覺。所以有幻覺的大人一切思考，關於宇宙裡源源不絕的靈感泉源，美德的激勵、羞愧的厭惡；總之，關於夢想和良心這兩件比電磁顯述的事實，是以天上的異象來思考的。假如他的想像力異常豐富，尤其過着某種相應的苦行生活，心靈眼睛的幻覺就延伸到肉體的眼睛，幻想的人就視不同情形而看見克利須那[33]、佛陀、榮福童貞女、聖卡特琳。

10. 貞德逃過的現代教育

現在人人明白這一點是很重要的；因為現代科學三兩下把幻覺解決了，卻不顧幻覺所象徵的重要精髓。今天，如果貞德再生，就會送入修院的學校，被人婉轉地教導，把啟示、良心跟聖卡特琳、瑪格麗特、聖彌格扯上關係，就像在十五世紀一樣；然後以新聖人路易·巴斯德[34]、保爾·貝爾[35]的福音來壓軸，積極訓練；巴斯德和貝爾大概會告訴她（可能以異象，不過更可能以小冊子）不要當迷信的小笨蛋，而把聖卡特琳和其餘的天主教聖賢學都清除掉，因

---

[31] 參注P7.21。

[32] 佛教不算。佛被人神化是後來的事；依佛教的教義，佛不是神，不是全能，而且受因果律支配。參趙樸初（1983）。

[33] 克利須那（Krishna）是印度教三大神之毗濕奴的主要化身。

[34] 巴斯德（1822-95）法國化學家、微生物學家，首創以疫苗接種預防狂犬病等。參注P27.136。

[35] 貝爾（1833-86）法國生理學家、政治家。譯者不知道蕭伯納不滿意貝爾什麼地方。

為那是戳穿了神話的過時聖像學。人家會灌輸給她，伽利略是個殉道者，迫害他的人是一竅難通的笨蛋；聖德肋撒的荷爾蒙出了錯，叫她不可救藥地垂體功能亢進、腎上腺機能亢進、類歇斯底里、癲癇樣等等，唯獨不是天上的明星[36]。科學的準則和實驗叫她信服，洗禮、領聖餐是可鄙的迷信，疫苗和活體解剖是開明的做法[37]。在她的新聖人路易、保爾背後，不但宗教給科學淨化、科學給宗教淨化，而且有疑病症、憂鬱症、懦弱、愚蠢、殘酷、挖醜聞的好奇心、沒有智慧的知識，還有大自然裡永恆的生命所厭惡的一切，卻沒有傀儡聖卡特琳所代表的美德。至於新的禮儀，哪一個貞德神志正常些呢？那個貞德帶小孩子去領受水和聖靈的洗禮；這個貞德報警，強迫家長把最凶險的種族毒藥打進小孩子的靜脈裡；那個貞德跟小孩子講天使、瑪利亞的故事；這個貞德拿戀母情結[38]來質問小孩子；那個貞德覺得祝聖過的餅就是大能的身體，叫她得救贖；這個貞德指望，有仔細計算的甲狀腺劑、腎上腺素、胸腺嘧啶、垂體後葉素、胰島素配方，加上提神的荷爾蒙興奮劑，血液先接種受感染的病菌、注射受感染動物的血清，小心地以抗體來抵抗各種可能的感染，又以外科手術摘除生殖導管或者每星期注射猴子睪丸素來抗老化，就可以精準方便地調理自己的健康和慾望。

---

[36] 如果科學家這樣說，就貶低了聖人嗎？蕭伯納的伎倆跟許多教會學校的差不多：那些老師總愛挖苦地告訴學生，科學家分析化學成分，認為人不過是一塊肥皂、幾根鐵釘等等；好像科學否定了萬物之靈的意義、價值、尊嚴似的。其實科學家只是盡本分而已，怎麼看是另一回事。好比醫生說梵谷精神錯亂，舒曼有兩極症，我們該看輕他們的藝術成就，還是該讚嘆艱苦奮鬥所彰顯出人生的悲壯與崇高呢？另一個類似的例子是耶穌的詮釋，神學家強調耶穌不但是全然的神，也是全然的人，有肉體的軟弱；這貶損了上帝的兒子嗎？神學家比蕭伯納、教會學校的老師高明。

[37] 參注P27.136。

[38] 戀母情結（Edipus complex），一般拼作Oedipus complex，是弗洛伊德（Sigmund Freud, 1856–1939）的著名理論。很不巧，Barzun（1956）把蕭伯納跟愛因斯坦、弗洛伊德相提並論，說千千萬萬的人照常生活，根本不管這幾個人到底說了些什麼。

誠然，所有這些江湖騙術的背後，都有一套真正科學的生理學。但是，難道聖卡特琳和聖靈背後那一套心理學就缺了什麼嗎[39]？而誰的腦袋健康一些？聖人的還是猴子睪丸素的？[40]自從拉斐爾前派運動醞釀起到今天，那回到中世紀的呼聲，不就顯示我們受不了的不再是學院派的畫風，而是沒有迷信的藉口卻輕信，沒有野蠻的藉口卻殘忍，沒有宗教信仰的藉口卻迫害人[41]，而是我們無恥地把聖人換成得手的騙子、惡棍、江湖醫生，聽不見、看不到那創造我們、也會因我們不顧而毀滅我們的力量的呼喚和異象？貞德和時人應該覺得，我們好像是加大拉的豬群[42]，被中世紀的信仰和文化所驅逐出來的邪靈附身，發狂似地闖下山崖，投到烈性炸藥的地獄去。我們把自己的條件當成神志正常的標準，因為貞德不屑我們的條件，就宣稱她是瘋子，這只見得我們不但失喪，而且萬劫不復。所以，讓我們永遠丟掉貞德是失心瘋的胡說，而承認她至少跟南丁格爾一樣神志清楚；因為南丁格爾也同樣兼具非常單純的宗教信仰的聖像學與過人的才智，不斷招惹當時醫界、軍中的所謂大人物[43]。

---

[39] 如果生理學是真正的科學，就不是江湖騙術。聖卡特琳和聖靈的信仰是很好的心理學課題；但是，如果背後那一套也叫心理學，這個心理學就不是真正的科學，至少不是一般意義上的科學。蕭伯納用生理學來相提並論，把聖卡特琳和聖靈那一套抬高成「心理學」，同時把真正科學貶抑成江湖騙術；邏輯很奇怪。

[40] 以上洋洋灑灑的批評，論點很清楚，論據很模糊；不是給箭靶貼上貶意的標籤，就是不倫不類的比較。蕭伯納攻擊現代醫學的態度，跟早期（甚至到今天）那些攻擊演化論的人類似，多少是訴諸一般人的情緒。

[41] 我不明白蕭伯納的意思。十九世紀中期，學院派的畫風一味仿古，形式僵化而沒有真摯的情感；引起有志的藝術家不滿。法國的一派因而走向寫實主義（Realism），英國的一派就是拉斐爾前派運動（Pre-Raphaelite Brotherhood）。他們認為拉斐爾時代（1483-1520）畫壇就走歪了，主張回到他們心目中文藝復興前期天真純樸、有真誠信仰的畫風。這是藝術上回到中世紀的意義。如果不滿沒有迷信的藉口卻輕信，應該反對輕信，而不是回到中世紀，補上迷信的理由。

[42] 《聖經》故事，見太8:28-34、可5:10-20、路8:26-39。

[43] 南丁格爾（1820-1910）和貞德一樣，自稱十幾歲時聽見上帝的呼召；不同的是，她是個知識分子，對宗教、政治等頗有主見。她的意見被政府採納，得力於親自記錄傷亡的實況，加以統計、分析；跟天真的貞德大異其趣。McDonald（2010: Faith and Church）探討南丁格爾非常「務實」的宗教觀，對了解其人、其一生事

11. 異聲的啟示落空

啟示落空，尤其審判期間保證貞德會得救，就可見那些異聲和異象都是幻覺，啟示的智慧全都出自貞德自己。在這件事上，啟示迎合她的希望。不過，希望也不是完全沒有道理；她的戰友拉義爾手握重兵，離她也不太遠；而如果她所屬的所謂阿馬尼亞克黨真的有心救她，出力也像她自己那樣起勁，本來是大有機會救得到的。她不明白那些人樂得擺脫她；也不明白，對中世紀的指揮官、甚至國王來說，從教會手裡救一個犯人，比單純軍事上指揮調度的困難所代表的，還要嚴重。依貞德的想法，她期望得救是合理的；所以她聽到聖卡特琳的保證，其實是她釐清自己想法，下定決心的方式。等她發覺自己顯然誤判了，等她被人帶往火刑柱，拉義爾卻沒有炮轟魯昂的城門或猛攻渥力克的部隊；她立即把聖卡特琳丟開，聲明放棄異端。再沒有更明智、更實際的做法了。直到她發現，聲明放棄異端所得到的，不過是不見天日的終身監禁，才反悔，才故意地、痛快地選擇火刑；這個決定不但顯示她性格上的非凡抉擇，而且把理性至上貫徹到自殺這個人類的終極考驗[44]。然而，即使在這件事上，幻覺依舊；她宣稱是那些異聲指示她再犯的。

12. 貞德是高爾頓心視人

所以學科學而疑心最重的讀者可以同意，貞德是高爾頓和現代其他研究人類官能的人所謂的心視人[45]，這是確鑿的事實，並不表

業甚有幫助。

[44] 基佐分析神職人員與教徒的分離時提到，放棄良心、自我，等於「道德自殺」，比肉體上自甘為奴還要糟糕百倍（Guizot（1828: 113））。這大可用來注解蕭伯納說的「理性至上」。

[45] Galton（1883）沒有用心視人（visualizer）這個字眼，而用心視能力（visualising power, visualising faculty）概括許多正常人的現象，包括特強的視覺記憶、視覺想像，還有聲音、詞語、觸覺引起視覺反應等。大都是現代所謂「感覺相連症」，

示腦筋失常。她看見想像的聖人；正如別人看見到處有數字的想像圖形和風景，因而在記憶、算術上能做到非心視人做不到的。心視人會馬上明白這一點。從沒有讀過高爾頓的書的非心視人就會納悶、懷疑。但是，只要跟朋友打聽一下，就會發覺心靈的眼睛多少像幻燈機；滿街上神智正常的人，都曾經有種種幻覺，他們相信是人類共有的正常永久的官能之一[46]。

13. 貞德的男子氣概和尚武精神

貞德另一個異常的地方，在不尋常的事裡尋常得不該叫怪事，就是她對從軍和男人生活的狂熱。她的父親設法恐嚇她放棄，威脅說，如果她跟士兵跑了，就淹死她，又命令他的哥哥在他不在場時淹死她。這樣危言聳聽，顯然不是認真的[47]。一定是對小孩子說的，小孩子才會以為父親是認真的。由此可見，貞德從小就想出走，想從軍。貞德想到被可怕的父親、哥哥丟下默茲河淹死，就默默隱忍，直到父親不再可怕，哥哥又服了她的天生領導才能為止；而這時候，她早已懂事，知道男人的、從軍的生活不止離家出走而已。但是，她的嚮往沒有一刻或忘，也是決定她的事業的關鍵。

如果誰質疑這一點，請他自問：為什麼一個姑娘，受上帝特命扶助太子（貞德是這樣看自己為未加冕的國王力挽狂瀾的妙策），

是大腦科學的研究對象。可參看Carter（2000），特別第五章。有趣的是，高爾頓不但認為心視能力是女性勝過男性、小孩勝過大人，而且法國人也較強。其實修辭法裡的「通感」（例如：「熱」鬧、「冷」靜、笑容「可掬」），跟藝術家用畫來表達聲音，道理差不多。至於蕭氏認為貞德是心視人，值得商榷。我想Woolf（1991:144）是對的：蕭氏這樣看，因為他需要的貞德是個務實的基督徒先驅，而不是天主教的神秘主義者。

[46] 據Salt（1929）所記，蕭伯納教音樂的母親曾對兒子說，跟已故的王爾德（Oscar Wilde, 1854-1900）聊天，蕭伯納還托母親傳話。

[47] 父親說真的；因為他怕女兒跟了軍人去，是去鬼混，甚至當妓女。這是最簡單也最合理的解釋。後來知道貞德是真從軍，也得到查理授命，就叫兒子跟去幫忙。蕭伯納故意曲解父親的話，然後推斷當時貞德很小，再推斷貞德從小想從軍；無非說貞德要做男人。

不該就像別的有類似任務而找過他發瘋的父親和英明的祖父的女人那樣，姑娘就是姑娘，穿着女人的衣服進宮去，用女人的方式苦苦相勸？她為什麼堅持要軍服、武器、劍、馬、器具，為什麼堅持把護送她的士兵當同袍，晚上並頭睡在地上，好像沒有性別差別似的？也許有人解釋，她要穿越的鄉野，到處有敵軍或成群流竄的雙方的逃兵，這是最安全的辦法。這樣解釋站不住腳，因為當時在法蘭西遠行的所有女人都要面對這個問題，而她們從來沒有想過不當女人[48]。就算我們同意這個理由，那麼危險過後，她本可以穿女裝進宮，既萬無一失，又顯然更得體，卻還穿着男裝現身；她不像維多利亞女王催促軍政部把羅伯茨派去德蘭士瓦那樣，催促查理把達朗松、德雷、拉義爾、迪努瓦等等派去解救奧爾良，而一定要親自前往、身先士卒；這些事實又怎麼解釋呢？她為什麼要賣弄自己耍得一手好長矛，騎術精湛呢[49]？她為什麼要收下盔甲、戰馬、男裝罩袍等禮物，處處不合傳統婦女的特質[50]？種種疑問只有一個簡單的答案：她是那種想過男人生活的女人[51]。那裡有走路的陸軍、航行的海軍，那裡就有這種人；他們喬裝成男人服役，出奇地長期避過人的耳目，而無疑，有時候絲毫不露馬腳。等到有條件違拗輿論，才以真面目示人。你看到芭納爾穿着男人的軍裝上衣、長褲在畫畫[52]，而喬治‧桑過着男人的生活，幾乎逼着蕭邦、繆塞過女人生活來取樂[53]。

---

[48] 一般婦女不會跟軍人在一起，會混在軍中的往往是妓女。

[49] 據證人的說法，貞德的矛法、騎術都了得；叫不叫賣弄，難說。有一回，三角旗被拿火把的人不小心點着了，她靈巧地調轉馬頭，把火滅了；叫在場的人十分讚嘆。

[50] 貞德曾自誇針黹工夫，蕭伯納為什麼不提呢？

[51] 蕭伯納不是說她不排除結婚的可能（P5）嗎？

[52] 芭納爾（Rosa Bonheur, 1822-99）擅畫動物，是當時罕有的女畫家，名成利就。抽煙，着男裝（得巴黎官方特許），長年與女伴同居；但是性向不明。

[53] 喬治‧桑（George Sand, 1804-76），法國小說家的筆名。繆塞（Alfred de Musset, 1810-57），法國詩人。Eisler（2006:110）認為，在喬治‧桑心目中，男女之情與母愛是一樣的。這跟所謂依附理論不謀而合：有些心理學者懷疑浪漫的感情與親子的愛來自相同的大腦部位。參看Sax（2006: ch. 9）。

假如貞德不屬於這種「不女之女」，應該會早一點封聖[54]。

其實要過女人的生活不必穿裙子，就正如過男人的生活不必穿褲子、吸大雪茄。有許多穿着長裙、胸衣的女人，在平民的日常生活裡料理自己和別人（包括家裡的男人）的事，品味、志向都是十足的男子漢。儘管在維多利亞時代，女人在法律上的權利比男人少，而在現代，當地方官、市長、議員的女人默默無聞；世上總是有這樣的女人。在我們這個世紀，保守的俄羅斯出了一個女兵，組織了一個能實戰的女戰士軍團，只因為受的軍事訓練足以反革命才解散[55]。女人免服兵役的理由，不在於任何男人沒有的不擅打仗的條件，而在於社會沒有許多女人不能自我繁衍這個事實[56]。男人大都可有可無些，所以犧牲男人。

---

[54] 前人的貞德太浪漫，蕭伯納卻硬把貞德當男人。首先，男女先天有別，後天經社會化而差異漸大，成年後才慢慢減少。現代強調的中性教育，不但沒有打破男女之別，反而強化了男女的刻板角色（參看Sax（2006），特別第五章。）加上社區大都人口眾多，差異分化更明顯（參看Harris（1998: Gender Rules））。這不是說貞德的年代男女都一樣，而是說差異也許沒有後來的大。其次，喜歡軍旅生活不等同喜歡男性生活，而就算喜歡男性生活，也不等同不像女性。根據現代的科學研究，所謂野丫頭（tomboy）、甚至女同性戀者，仍然在性別特質上接近女性，過於男性。而智慧高的女孩，不但總是發號施令（高男性化），也最具女性特質。貞德曾為傷亡慘重的敵人掉淚，也曾為挨打倒地的英格蘭俘虜下馬，扶起他的頭，安慰他；都是十分女性化的特質，蕭伯納為什麼不提呢？Huizinga（1925）說得對：她又剛強、又愉快、又愛哭、又好靜，兼具種種似乎矛盾的特性，反而最能顯示她的神髓。這也應了《兒女英雄傳》裡的話：「殊不知有了英雄至性，纔成就得兒女心腸。有了兒女真情，纔作得出英雄事業。」

[55] 女兵大概指鮑奇卡廖娃（Maria Bochkarëva, 1889-1920）。農家女，不但當了正規軍，還在戰場上贏得男性同袍敬重。1917年二月革命後，她成立女子敢死隊（Battalion of Death），約三百人；希望「激勵」男人化羞愧為力量。事與願違，到頭來承認：「俄國男人恬不知　。」（轉引自Goldstein（2003: 75））十月革命時，敢死隊保衛冬宮，事敗；同年十一月，布爾什維克軍事革命委員會解散敢死隊。

[56] 蕭伯納說：女人天生不擅打仗的條件，男人也有；卻不問：男人天生擅長打仗的條件，女人有沒有？其次，女人因為要生育，不宜上戰場，不能反證女人會打仗；相反，大自然是個省儉的主婦，既然女人不上戰場，就不會多給女人打仗的能力。

14. 貞德是自殺嗎？

　　貞德只有在這兩件異常的事上遏抑不住地強烈，因而受火刑。這兩件事卻不是她特有的。她惟一特有的是頭腦上、性格上的活力和廣大，生命力的旺盛。有人怪她自尋死路；而她為了逃出博雷瓦爾城堡，跳下據說六十呎高的城樓，雖然跌傷在禁食幾天後康復，冒險冒得亂了方寸，也是事實。她故意選擇了死，來代替活着而不自由。她在戰場上視死如歸，正如威靈頓在滑鐵盧[57]，也正如納爾遜佩戴着閃閃耀眼的獎章、在後甲板上走來走去，指揮作戰[58]。既然納爾遜、威靈頓、任何有不怕死的壯舉的人、寧死而不失自由的人，都沒有被人怪責是自殺的瘋子，就不必懷疑貞德了[59]。博雷瓦爾事件關係的不止她的自由。貢比涅[60]將要淪陷的消息叫她心煩意亂；她相信，只要自己能逃出去就能救貢比涅。不過，跳樓太危險，她的良心有點不安；而她的說法，依舊是聖卡特琳曾制止她，但是後來饒恕了她的悖逆。

---

[57] 威靈頓（Wellington, 1st Duke of, 1769-1852），英國將軍，在滑鐵盧戰役打敗拿破崙。

[58] 納爾遜（Horatio Nelson），英國海軍統帥。

[59] 梁祝是國產悲劇，薩孟武（1963）談到邵氏所拍的電影時，有一段義正詞嚴卻也有趣的話：『梁因情而死，祝因情而殉，這種自殺精神在吾國古代乃視為神聖。鉏麑不殺趙盾，而自觸槐而死，誰能說他沒有勇氣？……田橫五百壯士無不自殺，這是勇敢的行為。在兩軍相戰之際，難道我們看見眾寡不敵，強弱有別，也舉起兩手投降麼？德國青年讀了「少年維特的煩惱」，也穿了維特所穿的同一色彩與同一樣式的衣裳，實行自殺。唯有這種傻瓜的勇氣，而後才有普魯士的勃興。凡人沒有自殺的熱情，那會為民族而犧牲，為國家而成仁？……沒有廉恥，決不會自殺；沒有勇氣，決不敢自殺，沒有自殺的精神，決不能做出大事。』普魯士的復興是否得力於傻瓜的勇氣，譯者不敢斷定；然而貞德的死，強化了法蘭西的「我者」自覺，卻是無疑。

[60] 貢比涅，法國瓦茲省（Oise）首府，離巴黎80公里。

15. 貞德這個人

那麼，我們可以同意貞德是個神志正常又精明的鄉村女孩，身強力壯，才智過人，欣賞她。她的一舉一動都經過深思熟慮；儘管過程快得她幾乎不自覺，而凡事歸功於異聲，她是個有策略的女人，而不止有一股蠻勁。作戰時，她跟拿破崙一樣理性至上；有他那樣運用大炮的眼光，像他那樣知道大炮的功用。她不指望圍攻的城會像耶利哥城的城牆一樣隨着角聲倒塌[61]，而是像威靈頓一樣，針對守方的特點而改變進攻的戰術；她比拿破崙有先見之明，算準只要堅持得夠久，別人總會屈服；例如：她在奧爾良的最後勝利，是在整天戰鬥、不分勝負，指揮官迪努瓦已經下令撤退後才得到的。她從沒有一刻是許多傳奇作家、劇作家所聲稱的浪漫少女[62]。她徹頭徹尾是個鄉土姑娘，像農人般實事求是、頑強；承認貴族、國王、教長的地位，一眼看出每個人有多優秀，而不崇拜、不巴結。她像體面的鄉村婦女，懂得公眾禮儀的價值，不能容忍粗言穢語、不守宗教規條，也不准聲名狼藉的女人跟士兵廝混[63]。她有一句虔誠的讚嘆「以上帝的名」、一句沒有意思的賭咒「以我的拐杖」；詛咒難改的拉義爾跟她自己一樣，只准罵這兩句。這莊重的作用很大，足以重建士氣低落的軍人自尊；正如貞德大部分的策略，深思熟慮，顯而易見。她跟各階層的人，從工人到國王談話，應付他們，既不尷尬，也不做作；而只要他們不害怕、不腐敗，就可以叫他們做她想做的事。她會連哄帶勸、會大力慫恿，嘴巴既甜又利。她非常能幹，是天生的老闆。

---

[61] 根據《聖經·約書亞記》第六章，以色列人依耶和華的指示繞城七天，最後「百姓呼喊，祭司吹角。百姓一聽見角聲就大聲呼喊，城牆隨着倒塌。……把城奪取。」

[62] 蕭伯納為了澄清貞德並不浪漫，幾乎連帶把她變成男人。

[63] 除非士兵答應娶她。

16. 貞德的不懂世故與無知

然而，要她承受這一切，必然不堪負荷。她只是個未成年的少女。如果我們可以把她想像成五十歲的女主管，就立刻了解她的類型；因為她活着的話，恰恰會成為我們身邊許多那個年紀的女主管那樣的人。但是，她畢竟只是個村姑，不像女主管那樣了解男人的虛榮、社會力量的強弱和均衡。她根本不知道絲絨手套裡有鐵拳，她只有赤手空拳。她把政治上的改革想得比實際容易；也像穆罕默德那樣，他對部落以外的世界無知，寫信給國王，要求他們重新為千禧年準備。結果，只有真正簡單而可以憑迅雷般的行動解決的事業，例如加冕、為奧爾良解圍，她才成功。

她沒有受正規教育，因而沒有能力應付那些精巧的人工結構，例如中世紀偉大的教會和社會制度。她厭惡異端，卻疑心不到自己就是大異端，預示了把歐洲一撕為二，釀成至今未止數百年殺戮的宗教分裂[64]。她反對外國人來到不該來的法蘭西，合情合理；卻根本沒想到，叫自己跟同樣國際化的天主教教義、封建制度衝突起來。她憑常識處事；她在一片黑暗裡，缺少了學識這個惟一的線索，偏偏又無比自信，是民事上最少戒心的人，於是兩腳踢到那兩種制度上，硬生生地斷了。

貞德既是個學識上無知的笨拙小雛兒，又天生富於才能、雄心、勇氣、虔誠、創意、古怪，這兼而有之，足以解釋她一生事業的種種事迹，在歷史上、人情上都合情合理；卻跟在她身上堆砌的崇拜偶像的傳奇故事，跟傳奇故事的反動、小看她的懷疑論，都完全格格不入。

---

[64] 十六世紀宗教改革，教會分裂出基督教各派別及英國國教。此後各地的所謂宗教戰爭，不外國家跟教會爭權奪利、國跟國爭地盤。

17. 文學裡的處子

英國讀者大概想知道，這些偶像崇拜和反動怎樣影響了他們最熟悉的貞德的書。莎士比亞或偽托莎士比亞的《亨利六世》第一部裡，貞德是要角。裡面刻畫的貞德，比起1780年倫敦報紙上的華盛頓、1803年的拿破崙、1915年的德意志皇儲，1917年的列寧，並不更真實。到頭來一味含血噴人[65]。而給人的印象是，劇作家一下筆，想要把貞德寫成一個漂亮、浪漫的人物，卻給詫異的劇團規勸，說英國人的愛國情操決不容他把打敗英軍的法國人寫得叫人同情；除非馬上把巫婆、妓女等所有舊罪名都加在貞德身上，認定她通通有罪，劇本就不能上演。說不定，真的是這樣。其實，最後一幕粗鄙地含血噴人前，貞德是女英雄，對勃艮第公爵慷慨陳詞，尤其突出，這個叫人同情的形象，只有另一個明顯的原因可以解釋。那就是假定原作從頭到尾含血噴人，而莎士比亞修訂過前面幾幕。因為這部作品的時期，他才入行修訂舊作，自己的風格還沒有成熟、穩定，難以驗證這個猜測。劇本的道德格調鄙陋卑下，難以斷定是他的手筆；但是，他也許為了彌補徹頭徹尾的污穢，設法讓處子散發剎那的光芒。

我們飛越兩個世紀來看席勒，發現《奧爾良的姑娘》淹死在女巫那無比浪漫的傳奇湯鍋裡[66]。席勒的貞德跟本尊、跟世上任何有血有肉的女人，都毫不相干。其實他的劇本惟一可說的，就是根本跟貞德毫無關係，也簡直無法攀關係；因為他受不了貞德受火刑，就安排她戰死沙場。席勒之前有服爾德，嘲弄地模仿荷馬史詩寫了《處子》。時下的反應是義憤填膺，排斥可憎的毀謗；而下流不堪的罪名，我當然無法為他辯護。但是這篇作品的目的不在描寫貞

---

[65] 都是當時不受英國人歡迎的敵國人物。

[66] 席勒（Schiller, 1759-1805）德國作家。

德，而在滅絕當時服爾德激於義憤所痛恨的一切制度和時尚[67]。他叫貞德變得可笑，卻不可鄙，也（相對地）不淫蕩；比起荷馬、聖彼得、聖丹尼斯、英勇的迪努瓦變得可笑，詩中其他女英雄真的非常淫蕩，對貞德可說手下留情了。不過，那些角色的個人奇遇實在太駭人、太像荷馬史詩，沒有藉口也根本沒有可能是歷史實情，誰假裝把這些認真看待，就叫自己成了佩克斯涅夫[68]式偽君子。勃特勒[69]相信《伊利亞特》嘲弄希臘的好戰和宗教，出自俘虜或奴隸之手；而《處子》叫勃特勒的說法八九不離十。服爾德把太子的情人、貞德從未謀面的阿涅絲，寫成一個一心一意要從一而終、貞節無比的妃子；命運卻是一再落入淫逸的敵人手裡，受盡毒手蹂躪。貞德騎一頭飛毛腿驢子，不注意沒穿衣服，揮劍保護阿涅絲，來襲的人也活該被她斷手斷腳；他寫這樣的戰鬥，就是打算給人放肆地笑，我們也大可放肆地笑。因為沒有神志正常的人會誤把這些當成如實的歷史；而服爾德粗俗的不敬也許比席勒着了迷的傷感要健康。當然，服爾德不應該聲稱貞德的父親是個神父；但是他決心要剷除敗類（法國教會）時，就無所顧忌了。

　　上述文學作品裡刻畫的貞德，都出於傳說。但是，1841年，基什拉（Quicherat）所編的審判和平反檔案出版後，處子的研究就有了新的基礎。這些完全實錄的文件叫人對貞德興致勃勃，是服爾德嘲弄版史詩、席勒浪漫版胡說沒有的。而美國和英國的代表作分別是馬克吐溫和蘭格（Andrew Lang）的貞德傳記。基什拉叫馬克吐溫立刻心悅誠服，對貞德崇拜得五體投地。後來，另一個天才法朗

---

[67]　服爾德（Voltaire, 1694-1778），法國啟蒙運動時代的代表作家。除了有爭議的《處子》（La Pucelle），《哲學辭典》（Philosophical Dictionary）裡的〈貞德〉同樣旨在批評教會，卻也言簡意賅地綜述了貞德這個「可憐的白癡」、「勇敢的女孩子」的一生，十分中肯。

[68]　狄更斯小說Martin Chuzzlewit裡的人物，偽善，侈談仁愛。

[69]　勃特勒（Samuel Butler, 1835–1902），英國作家。以《鄉有烏》（Erewhon）、英譯《伊利亞特》等聞名。

士（Anatole France），一反基什拉引起的熱情浪潮；寫了一部貞德的傳記，把貞德的主意歸功教士的提點，把軍事的成就歸功迪努瓦的善用福將；總之，他認為貞德在軍事上、政治上沒有了不起的才能。蘭格看了氣紅了眼，決心駁倒法朗士，就寫了一本爭衡而應該當訂正版來讀的傳記。蘭格要證明貞德的才能是確鑿的事實，而不是反常的虛構，出於教士、軍官製造的錯覺，並不困難。

有人婉轉地為法朗士辯護，說雙手粗壯、頭腦精明的女人，就算縱橫法國各省、巴黎商界，也進不了法朗士那些藝術界巴黎人的事物體系裡；然而蘭格是蘇格蘭人，而凡是蘇格蘭人都知道灰母馬多半是好馬。不過，這個解釋說服不了我。我無法相信，法朗士不知道人人都知道的。我希望人人都知道法朗士知道的。你會覺得書裡有反感在作祟。他不是反貞德；而是反教士、反玄理，根本無法相信世上曾有真正的貞德這種人。

馬克吐溫的貞德，長裙曳地，裙子跟玩具方舟裡的挪亞太太一樣多，他設法把巴亞爾[70]和《荒涼山莊》裡的薩默森[71]合而為一，變成無可指摘、身穿盔甲的美國學校老師。她跟薩默森一樣，叫作者顯得可笑；不過，儘管作者着了迷，她畢竟是天才之作，還是個叫人信服的爛好人。作者的錯誤在描述，而不在評價。蘭格和馬克吐溫同樣決心把貞德寫成一個漂亮的、維多利亞時代的十足淑女；兩人都看出貞德的領導才能，加以強調，儘管蘇格蘭學者沒有密西西比河的領航員浪漫[72]。然而，到頭來，蘭格由於一輩子的職業習慣，是個傳記評論家而不是傳記作家；而馬克吐溫就直截了當把傳記當

---

[70] 譯者不確定巴亞爾（Bayard）指誰。可能指一個法蘭西軍人（Pierre Bayard, 1476-1524），人稱「無懈可擊的無畏騎士」。

[71] 艾瑟・薩默森（Esther Summerson）是狄更斯《荒涼山莊》（Bleak House）的女主角。蕭伯納說她是個「叫人受不了的道德淑女」，雖然也許也值得大家肅然起敬（Laurence and Quinn（ed）（1985:45））。

[72] 馬克・吐溫是有執照的領航員。"mark twain"是行話，twain指two（fathoms），是輪船航行的安全水深。

傳奇來寫。

18. 新教徒對中世紀的誤解

　　不過，兩人都有一個共同的弱點。只了解貞德的性格，不足以了解貞德的歷史，而必須了解她的時代背景。貞德活在十九、二十世紀，好比一身十五世紀的盔甲走在今天的皮卡迪利大街上，是個格格不入的人物。要從恰當的觀點看她，你必須了解基督教國、天主教會、神聖羅馬帝國、封建制度在中世紀的實況和當時的觀念。如果你把中世紀跟黑暗時代混淆了[73]，又習慣嘲笑一身1890年代時裝的阿姨穿着「中古服飾」，又深信這世界從貞德的年代起，在道德上、技術上都突飛猛進，那麼你永遠無法了解為什麼貞德會受火刑，更體會不到，如果你是審判她的法官之一，可能會贊成判處火刑；而除非你體會到，否則就根本不了解她的本質。

　　密西西比河的領航員會失手犯這種錯誤，是自然不過的。他是朝聖的傻子，看着中世紀的可愛教堂，沒有熱血沸騰[74]；也是《美國佬幻遊亞瑟王宮廷》的作者，以街頭流浪兒的眼光來看中古騎士精神的男女主角，這樣的馬克·吐溫顯然自始就不值一顧。蘭格讀書多些；但是，他跟司各特一樣，欣賞中世紀的歷史，就像一系列的遠方傳奇，而不是建基於天主信仰的崇高歐洲文明的記錄。兩人都是受洗的新教信徒，所受的所有教育、所讀的大部分書都留下深刻的印象，相信燒死異端的天主教主教，都是做壞事不手軟的凶手；相信所有異端都是品德最高尚的阿爾比派信徒（Albigensians）[75]、

---

[73] 中世紀（Middle Ages）、黑暗時代（Dark Ages）是歐洲史的分期，實際起訖有不同的算法。「中世紀」大概指五世紀羅馬帝國崩潰至十五世紀君士坦丁堡淪陷；從前多認為是文化停滯期，所以又稱為「黑暗時代」。現代學者多把中世紀分為前後兩期，而以「黑暗時代」指蠻族入侵的前期，十一或十二世紀起歸後期。

[74] 馬克·吐溫把乘船到歐洲、中東的聖地旅行的經歷，寫成《傻子朝聖》（The Innocents Abroad）。

[75] 阿爾比派（Albigenses）是十二、十三世紀在法國南部興起的教派，主張宇宙有

胡斯派信徒、猶太人、新教徒；相信宗教裁判所是明白宣示且專門
為了執行火刑而設立的駭人刑具陳列室。於是，我們發現博韋主教
辜詞、就是送貞德上火刑柱的那位，在兩人的筆下成了恣意妄為的
惡棍，而審問的每一個問題都是誘捕她、摧殘她的「陷阱」。兩人
也毫不遲疑地假定，辜詞同座五六十個當主審助理的法律、神學的
議員、博士，是座位沒那麼崇高、頭飾不同，卻一鼻孔出氣的一丘
之貉。[76]

19. 貞德審判相對的公正[77]

實情是，辜詞因為太體恤貞德，被英格蘭威脅、羞辱[78]。最近
有個法國作家認為，貞德沒有燒死；辜詞偷偷地把她送走，然後拿
其他人或東西代替她；而後來在奧爾良等地冒充她的那個人不是冒
牌貨，而是如假包換的貞德。他能夠舉出辜詞偏袒貞德的言論來證
明他的看法。至於那些主審助理，叫人非議，不是因為他們是狐群
狗黨，而是因為他們屬於貞德敵方的政黨。這是批評任何審判都說
得通的理由；但是，既然沒有中立的審判，那些毛病就無法避免。
貞德由法蘭西黨人來審判，跟由法蘭西敵黨來審判一樣不公正；
而雙方均數合審就成了僵局。最近那些審判，例如德國法庭審判卡

善、惡二原則的二元論。

[76] 蕭伯納不滿意馬克・吐溫和蘭格，說來說去，原來又是為了辜詞。不能說所有問
題都是陷阱，但部分的確可疑。參注S6.51。

[77] 蕭伯納不是嘲諷，他說真的。當然，「相對」云云很有彈性；凌遲比五馬分屍痛
苦殘酷，但是沒有人說五馬分屍是相對舒服的刑罰。

[78] 蕭伯納恨不得把貞德變成男人，把辜詞變成聖徒、君子。我們可以拿代表宗教裁
判長的勒邁特（Lemaître）來對照。審判期間，他經常故意不出席，也受英方恐
嚇。後來是辜詞點名請他來，來了就說：「要不是身在其位，為了良心不安，又
明知審判受人操控，實在不想蹚這渾水。」（Pernoud（1962: ch. 7））辜詞的確
沒有肆無忌憚、明目張膽地做壞事；但選擇性地謹守某些原則，不見得是正義，
也許反而顯得偽善。俗語說，人到無求品自高。英格蘭可以威脅辜詞，加以羞
辱，說到底，是因為辜詞對英格蘭有所求。

維爾[79]，英國法庭審判凱斯門特[80]，都叫人非議；然而，雙方還是判處死刑，因為世上沒有中立的法庭。卡維爾跟貞德一樣是個大異端，在戰爭期間向世人宣示：「只愛國是不行的。」她照顧敵人康復，幫助敵人的犯人逃走，話說得再清楚不過：她會幫助任何逃亡或受苦的人，不管是哪一邊的，在基督面前，對湯米、傑里跟法國小兵皮圖，一視同仁[81]。卡維爾應該很期望可以把中世紀帶回來，然後有五十位熟習法律、誓願要事奉上帝的文士，協助兩位練達的法官，依據基督教國天主教會的法律來審理她的案子，花幾個星期跟她一庭一庭的駁辯，把道理辯個清楚。現代的軍事裁判所沒那麼拘謹。他們不假思索，把她槍斃了；而她的同胞，眼看一個教訓敵人不容異己的大好機會，就豎立起她的雕像，但是小心別在墊座上刻上「只愛國是不行的」[82]；而有朝一日，這些道德懦夫為這個遺漏和隱含的謊言受審判時，如果任何天上的權柄認為他們還能夠為這麼明白的罪狀申辯，他們就需要卡維爾求情了。

　　這一點不必再多費唇舌。貞德當日受迫害，基本上就像今天會受迫害一樣。從火刑變成絞刑、槍斃，也許是叫我們印象深刻的進

[79] 卡維爾（Edith Cavell, 1865-1915），英國護士。第一次世界大戰時，任布魯塞爾一醫學院護士長；德國占領比利時後，因幫助協約國傷兵逃亡而被捕，從容就義。後改葬故鄉附近的諾里奇座堂（Norwich cathedral）。行刑前一晚告訴加恩司鐸（Reverend H. Stirling Gahan）說：「從上帝和永恆看來，就明白只愛國是不行的。我決不可以憎恨任何人。」（Horne（1923: 379））。

[80] 凱斯門特（Roger Casement, 1864-1916），英裔愛爾蘭人。英國駐外領事任內，揭露剛果、秘魯等地工人被白人剝削的慘況。支持愛爾蘭獨立運動，並向美國、德國求助。1916年復活節起義（Easter Rebellion）當天乘德國潛艇返英，一上岸即被捕，後以叛國罪判處死刑。1965年遺骨送回愛爾蘭，舉行國葬後，改葬都柏林。

[81] 湯米與傑里大概出自1820年代伊根（Pierce Egan）的《倫敦生活》（Life in London）。裡面講三個紈褲子弟到處吃喝玩樂，Tom and Jerry 成了胡鬧青年的代表，在這裡是「英國」的青年。Russell（1925）直截了當地指出：愛國（愛自己的國家）跟愛人（愛世人）衝突。

[82] 英國也希望用愛國情操來號召民眾。英國廣播公司（BBC）Panorama節目的記者問史諾登（Edward Snowden）是否覺得自己是賣國賊，史諾登反問：「我出賣了誰？」

步。而從依據普通法來謹慎審理，變成簡易軍事裁決的魯莽恐怖手段，也許是叫我們印象深刻的退步。不過，就包容異己而言，1431年魯昂的審判和處決也許會發生在今天；而我們也可能因而捫心自問。我們倫敦的人並不包容西爾維亞·潘克赫斯特小姐[83]、屬神的子民[84]、不讓孩子上小學的家長、任何逾越我們不論對錯在容或不容間必須畫下的界線的人；如果由我們來審判貞德，不會更包容。[85]

20. 貞德不是以政治犯受審[86]

此外，貞德的審判不像凱斯門特那樣是國內政治案[87]。教會法庭和宗教裁判所法庭（貞德由他們合審）是基督教法庭，換言之，是國際法庭；她受審的罪名，不是叛國，而是異端、褻瀆上帝、行邪術、拜偶像[88]。她的所謂罪狀不是政治上冒犯了英格蘭、法蘭西

---

[83] 西爾維亞（Sylvia Pankhurst, 1882-1960）是埃米琳·潘克赫斯特（Emmeline Pankhurst, 1858-1928）的小女兒；母親和兩個女兒都是女權分子，爭取婦女的選舉權、參政權。蕭伯納這篇文章是1924年寫的，三年後，反對婚姻制度的西爾維亞以身作則，未婚生子。

[84] 屬神的子民（Peculiar People）是新教的一派，十九世紀始於英國，相信神癒（divine healing），不接受醫學治療。名稱出自《聖經》：「不過，你們是被揀選的一族，是君尊的祭司，是神聖的國度，是屬神的子民，要使你們宣揚那召你們出黑暗入奇妙光明者的美德。」（彼前2:9）

[85] 姑且假設，宗教裁判所是善良公正的機構，所據的是良法。那麼貞德的待遇如何呢？她給抓的地方根本不在辜詞的教區，辜詞憑什麼審她呢？貞德沒有照規矩關在教會的監牢裡，而是關在英格蘭人的監牢裡，日夜受英格蘭士兵的貼身看管；這就差多了。貞德曾依例提出向羅馬教皇上訴，審方不但不受理，還囑咐書記不要記在拉丁文的正式文件裡（Pernoud（1962））。貞德的待遇有多公正，可見一斑。誠然，正如蕭伯納所說，世上沒有絕對中立的審判。但是今天的審判有弊端、今天的人也不容異己，並不能反證貞德的審判相對公正，而只見得重蹈覆轍的悲哀。

[86] 貞德為了政治而當了宗教犯。

[87] 凱斯門特的案子也牽涉國際關係。參注P19.80。

[88] 貞德身上，政治與宗教糾纏不清；蕭伯納硬要說辜詞等是公正地就宗教論宗教，只會把卸下來的政治色彩，轉到希農和普瓦蒂埃的神學家身上，否則他們為什麼找不出貞德有任何邪惡的地方呢？（參注S2.13）另外，最後定罪的關鍵是不服從教會，理由除了貞德自稱直接領受上帝旨意，還為了貞德在歸正（abjuration）

的勃艮第派，而是冒犯了上帝，冒犯了基督教國的共同倫理。而我們所謂民族主義的觀念，雖然在中世紀基督教社會的觀念裡非常怪異，幾乎應該直接給貞德的異端罪名多加一條，結果卻沒有[89]；而假定一群像主審助理那樣的法國人，因為政治上的偏好，會在這件事上大力支持外來的英國人（縱然他們在法蘭西時曾經特意討好人，而不是得罪人），對付一個曾經打敗英軍的法國女子，是不合理的[90]。

　　貞德像大部分的犯人一樣，什麼都被人問了，就是沒有人問是否有違最簡單的十誡；她不懂別人在控告她什麼，這是她的審判可悲的地方。她更像馬克吐溫，而不像辜訶。她的喜歡教會跟主教的截然不同；也其實，依主教觀點，經不起仔細的檢驗。她喜愛教會給敏感心靈的安慰；覺得告解、領聖體是一等享受，叫肉體的庸俗樂趣變成垃圾。她的禱告是跟三位聖人的美妙交談。她的虔誠，比起形式上盡忠的人把宗教只當成例行公事，顯得超凡入聖。然而，如果教會不給她喜愛的一等享受，卻要求她相信教會所詮釋的上帝旨意，放棄自己的，她斷然拒絕；分明表示，她心目中的天主教會，其中的教皇就是教皇貞德[91]。教會才剛剛把胡斯燒死[92]，也曾看

後，一度聽從教會的命令穿女裝，但兩三天後又主動穿回男裝。這是悖逆教會的鐵證。

[89] 貞德的想法很新，卻不是個人突發奇想（不是後來的所謂民族主義（Nationalism），詳見附錄）。貞德去解奧爾良圍之前，到了沃庫勒爾，當地的居民替她置備衣服、馬匹、馬具等（（Pernoud（1962: ch. 2））。Guizot（1828: 204-5）認為貞德的想法出自民間，得到民間的支持，而受社會上層排斥、敵視；應該是實情。

[90] 蕭伯納為了證明貞德案沒有壞人，有誤導讀者之嫌。民族國家的壁壘其實有一半是打出來的，英、法兩國因為百年戰爭才漸漸把你我分清楚，成了最早的民族國家。貞德當時，勃艮第是親英方的、巴黎大學也是；你不能期望地理上的法蘭西人像後來民族國家的人那樣認同「法蘭西」這個國家。其實當時的「法蘭西」充其量是個胚胎，國界、政體、國民都是模糊的；換言之，「法國」，也包括「英國」，都是變而未定的觀念。這個道理，我不相信蕭伯納不懂。

[91] 蕭伯納過分詮釋了貞德堅持己見的意義。參附錄第2節。

[92] 胡斯，見注S4.31。

着威克里夫的事業[93]，越看越氣，如果他不是在怒火發在他遺骸上前壽終正寢，一定也把送上火刑柱；怎麼容得下貞德這樣呢？胡斯、威克里夫都不像貞德那麼直梗梗地違拗教會，跟路德一樣是教會的改革者；而貞德卻像艾娣夫人[94]，立意要代替聖彼得，成為教會立基的磐石[95]；也像穆罕默德，樂於獨自領受上帝的啟示，來解決一切問題、應付一切狀況。

貞德不自覺狂妄，我們說她天真，朋友說她單純，就可見她多麼狂妄了。她想出來解決困難的辦法似乎是尋常不過的常識，其實也大都如此；而這些辦法是由那些異聲向她啟示，她覺得是不爭的事實。她又怎麼會覺得尋常不過的常識、不爭的事實是惡毒的東西，是異端呢？當敵人的女先知道戰場上來時，她立刻斥為說鬼話的騙子，卻從沒有想過她們是異端。她對教會的見解是不可救藥地無知；除非教會放棄自己的權威，或者難以置信地讓在世而未成年的她跟天主聖三平起平坐，否則就無法容忍她的狂妄。於是，雷霆萬鈞碰上銅牆鐵壁，所產生的熱就燒死了可憐的貞德。

如果馬克吐溫和蘭格受宗教裁判所審問，就會像貞德那樣天真，也會一樣的下場；所以他們描寫的審判是荒謬的，就像如果貞德會寫也會寫成那樣。他們假設辜詗是個庸俗的惡棍，問貞德的問題都是陷阱，無非是根據二十五年後的平反調查。然而貞德的平反，比起反動的復辟派對克倫威爾所做的相反的事，弊端一樣多[96]。辜詗的遺體被人挖了出來，丟到公共水溝裡去。要指責他行

---

[93] 威克里夫，見注S4.32。

[94] 艾娣夫人（Mary Baker Eddy, 1821-1910），美國人。自幼體弱多病，經人以信仰療法治癒。後創立基督科學教派（Christian Science），教義強調神癒。

[95] 貞德固然沒有這個意思，實況也並非如此。

[96] 克倫威爾（Oliver Cromwell, 1599-1658），英國政治家。內戰時率領國會軍打敗王軍，把英王查理一世送上斷頭台，成立共和國。掌握大權，號稱攝政君（Lord Protector）。死後，王軍推戴查理一世的兒子，是為查理二世；王政復辟（Restoration）。下令挖出克倫威爾的遺骸，遊街示眾後斬首。平反有弊不能反證初審合理。甚至可以說，因為有政治的干預，才可以合理地替貞德平反。

騙，因而宣稱整個審判無效，容易不過[97]。從威望跟處子息息相關的勝利的查理，到把貞德當偶像來紀念的愛國的民族主義老百姓，人人都期望這件事。英格蘭人走了；而有利於他們的裁定對在位的人、對貞德所激發的愛國情操，都是冒犯。

　　我們絲毫沒有政治上的權宜、喜好這些強烈的動機來讓我們偏心[98]。我們覺得第一次判決是有根據的；而平反，如果不是為貞德的迷人個性記下了一堆真誠的口供，就微不足道了[99]。問題來了：五百年後，教會封聖時，怎樣推翻第一次的裁定？

21. 教會不用讓步的彌補

　　這好辦不過。天主教會有一件事遠勝法律，就是沒有錯誤是無法補救的[100]。教會並不聽從貞德式的個人見解本身，個人見解被個人當成至高無上的標準是新教的精華。但是，教會承認至高者的智慧可以經天啟而傳給個人，這樣就給了個人見解最崇高的地位。如果證據充分，教會還會宣布某個人是聖人。所以，啟示可以由異象裡顯現的天人口授，也可以得自蒙啟發的個人見解；而聖人就可以定義為有英雄品德、有得天獨厚的個人見解的人。許多有創意的聖人，尤其方濟和克拉雷，在世時跟教會衝突，到底是異端抑或聖人就成了問題。如果方濟命長，也許就要受火刑[101]。所以，一個人受

---

[97]　要為韋詞平反，艱難不過；蕭伯納一心破俗，實在有魄力、有才華。只可惜艱難的事不一定正確，硬要死心眼去做，等於鑽牛角尖；漂白不成，越顯得原來髒。

[98]　蕭伯納為了心目中的理想悲劇而偏心。

[99]　兩次審判都有政治目的，第一次是為英格蘭除患而冤枉貞德，第二次是為鞏固查理的地位而為貞德平反。如果一群都是好人，誰也沒有立壞心、做錯事，結果卻傷天害理，那麼歷史就不是蕭氏悲劇，而是莫名其妙的鬧劇了。

[100]　人燒死了怎麼補救？

[101]　聖方濟（Francis of Assisi, St., 1181-1226），意大利方濟會創始人。宣揚安貧、苦修、愛人，尤其照顧麻風病人。克拉雷（Clare of Assisi, St., 1194–1253）受其感召，合創方濟第二會，即女修會。聖方濟的殊遇不一定因為短命。Wells（1920: ch. 31, §14）認為沃爾多（Peter Waldo, ?-1217）的宗旨跟方濟相近，兩人都代表了對教會權威的良心抗議；只是沃爾多明白，而方濟委婉。結果沃爾多判為異

了絕罰、判為異端，再三斟酌後封為聖人，決不是不可能的。地方上的教會法庭所判的絕罰，並不屬於教會所聲稱無誤論的案件。我也許還是該告訴新教的讀者：目前為止，教宗無誤論所聲稱的權利是在同類理論裡最節制的[102]。比起民主無誤論、醫學無誤論、天文學家無誤論、法官無誤論、議會無誤論；教宗是雙膝跪地，在上帝的寶座前承認自己的無知，只要求對某些他顯然比任何人掌握更多資料的歷史議題，他的裁奪應該是定讞。教會可以，而也許有朝一日會，把伽伽利略封為聖人，而不用在聲稱教宗無誤上讓步；卻可能在單純的人所聲稱的〈約書亞記〉無誤上讓步，因為那些人在緊要的事上的理性信仰，緊扣着把約書亞的戰記當成物理論文的完全不理性的信仰[103]。所以，教會暫時大概不會把伽利略封聖，雖然這也許做得差一點。不過，教會根本不用讓步就能夠把貞德封聖。她從沒有質疑太陽繞着地球轉，她常常看見。

　　儘管如此，燒死貞德，殘害了她，也殘害了世人的良心。「了解一切，就原諒一切」[104]，是魔鬼的故作多情，不能當藉口。就算我們承認，審判不但公正、合法，而且格外開恩，饒了堅持不發誓的貞德，沒有依慣例用刑；承認辜詞身為神父、律師的自律與嚴

端，受絕罰；方濟封聖。

[102] 指第一屆梵蒂岡大公會議（First Vatican Council, 1869-70）訂定的「教宗無誤論」（Dogma of Papal Infallibility），以強調教宗在教義上的訓導權威。使用時要正式宣佈援引這個權柄，並且只能針對信仰的真理。不管蕭伯納怎麼說，基督徒是不會贊同這種教義的。林鴻信（2014:652）有扼要的說明。

[103] 《聖經‧約書亞記》：「等到抬普天下主耶和華約櫃的祭司把腳站在約但河水裡，約但河的水，就是從上往下流的水，必然斷絕，立起成壘。」（3:13）「……到第七日，你們要繞城七次，祭司也要吹角。……眾百姓要大聲呼喊，城牆就必塌陷……」（6:4-5）

[104] 法文諺語，文字有時略有出入。蕭氏這一句，大概出自托爾斯泰的《戰爭與和平》，是瑪麗亞說的話。"One must be indulgent to little weaknesses; who is free from them, André? …. We should enter into everyone's situation. Tout comprendre, c'est tout pardonner…." 譯者冒德注：'To understand everything is to forgive everything.'（Part 1, Book 1, Ch. 25）

謹，是審理政治案件時受黨派、階級偏見影響的英國法官所不曾
夢想的[105]；燒死貞德是慘事，為此開脫的歷史學家就會為任何事開
脫，仍然是人情的事實。而馬克薩斯群島的島民[106]決不相信英格蘭
人沒有吃掉貞德，就隱含了對火刑戕害肉體的最後的批評。他們
問，怎麼會有人大費周章把人烤了而不吃呢？他們也想像不到這是
娛樂[107]。既然我們答不出不自覺羞慚的答案，就先為自己複雜花巧
些的野蠻行徑臉紅，然後再抽絲剝繭，看看裡面有什麼別的教訓。

22. 殘忍——現代的和中世紀的

　　首先，我們要擺脫一種觀念，就是火刑在單純肉體上的殘忍有
任何獨特的意義。貞德被人燒死，就像同一時期燒死的幾十個沒那
麼有趣的異端一樣。基督被人釘十字架，也不過是成千上萬湮沒無
聞的罪犯一樣的命運。他們並非在肉體上受的痛楚超群；歷史上還
有更可怕的處決，遑論所謂自然死亡壞起來的痛苦。

　　貞德是在五百多年前燒死的。三百多年後，換言之，離我
出生才一百年左右，在我的家鄉都柏林的斯蒂芬綠地（Stephen's
Green），就燒死了一個女人；因為她私鑄錢幣，屬於叛國罪。最
近悉尼・韋布和比阿特麗斯・韋布的《英國地方政府》[108]談監獄的
一卷出版了，我在序裡提到，自己長大成人後，看了兩場瓦格納指
揮的音樂會；又提到，瓦格納年輕時，看見一群人蜂擁去看一個士
兵處決，那士兵被人用刑輪兩種惡毒用法裡較殘忍的一種肢解，瓦
格納就躲開。絞死、挖去內臟、切塊這種不宜細述的刑罰，也是最

---

[105] 這等於說，有人比韋銅更壞，所以韋銅是好人。
[106] 馬克薩斯島（Marquesas Islands）的島民從前會拿活人獻祭，也有聞名的食人族。
　　據說吃人的事早已絕迹，但是幾年前有遊客失蹤，懷疑被土著吃掉，當局則再三
　　否認。
[107] 從前歐洲人認為貓是女巫化身，火燒活貓不但除魔，也是節慶娛樂。參看Frazer
　　（1890-1915: Ritual Burning of Men and Effigies）。
[108] Sidney and Beatrice Webb, English Local Government （9 vol., 1906–29）.

近才廢除，還有曾判此刑的人活着。我們依舊對罪犯用鞭刑，而且吵着要再多用些。連這些可怕得聳人聽聞的酷刑，也沒有害人像身在現代監獄（尤其模範監獄）那樣遭受苦痛、屈辱、有意的糟蹋，失去性命，卻沒有喚起比中世紀燒死異端更多的良心責備[109]。中世紀可以推說以火刑柱、刑輪、絞台處法犯人來而取樂，我們連這個藉口也沒有。貞德必須在監禁和火刑之間選擇時，自己就斟酌這個問題；她選擇了火刑。這一來，就叫教會無法推說她死於世俗權柄的手下而罪不在教會[110]。教會應該自我約束，只給她絕罰。教會有這個權力。她不肯承認教會的權威，也不肯遵從教會的要求；教會有憑據說，「你不屬於我們；去找適合你的宗教，不然就自立門戶吧。」教會沒有權力說，「你既然放棄了異端，現在就可以重回教會；但是你下半輩子要關在牢裡。」可惜，教會不相信教會以外有真正拯救靈魂的宗教；而當時的教會，像過去、現在所有教會一樣，因為相信原始的卡力班主義（依勃朗寧的意思）[111]，即以苦難、祭獻來討好所懼怕的神靈，而腐朽透了。教會在方法上，辣手不是因為狠心，辣手是為了拯救貞德的靈魂[112]。然而，貞德相信自己的靈魂得救是自己的事，不是「教堂的人」的事。她用起這個稱呼，既不信任，又輕蔑；自己表明，她是幼苗，會長成服爾德、法朗士那樣澈底反教權的人。就算她這樣說一大堆：「作戰的教會、

---

[109] 一般人認定犯法的人是壞蛋，活該受苦、受懲。Russell（1925）認為這樣想是不理性的；基於人道和教化功效，應該善待犯人才對。當然，坐牢決不能比自由快樂；但是最好的方法是發揮自由的潛力，讓社會環境更理想，而不是讓監獄變糟；用數學來說，應該增加自由人的福祉，而不是減少牢犯的。

[110] 參注S4.28。

[111] 卡力班（Caliban）是莎士比亞《暴風雨》裡一個畸形的奴僕。詩人勃朗寧（Robert Browning, 1812-1889）把他寫進〈卡力班的賽特波斯〉（Caliban upon Setebos）裡。詩前所引「你想我恰和你一樣」，出自《聖經·詩篇》：「你行了這些事，我還閉口不言，你想我恰和你一樣；其實我要責備你，將這些事擺在你眼前。」（50:21）詩的內容是卡力班反省的獨白，一面用自己的想法來推想他的神賽特波斯，一面又模仿祂。

[112] 這是謬論，見Locke（1689）的有力反駁。

還有裡頭黑衣服的教士都掃進奮斗，我只認得天上的得勝教會。」
也不會把看法說得更清楚了。

23. 天主教會的反教權

我不可以任由大家推想，以為一個人不能既反教權，又是虔誠
的天主教徒。所有改革的教皇都曾經強烈地反教權，對教士口誅筆
伐。所有偉大的修會都因不滿教士而起：方濟會不滿教士勢利，
道明會不滿教士懶散、像老底嘉教會那樣不冷不熱[113]，耶穌會不滿
教士冷漠、無知、無紀律。最偏狹的北愛爾蘭奧倫治會[114]、萊斯特
教會低派中產階級（內文森所描述的）[115]，只不過像伽利略之於馬
基雅弗利；因為馬基雅弗利雖然不是新教信徒，卻是反教權的狠角
色[116]。任何天主教教徒都可以指責某教士或全體教士懶惰、酗酒、
閒散、放蕩、配不上偉大的教會，配不上牧養世人靈魂這個牧師的

---

[113] 《聖經》：「你要寫信給老底嘉教會的使者，說：那為阿們的，為誠信真實見證
的，在神創造萬物之上為元首的，說： 我知道你的行為，你也不冷也不熱；我
巴不得你或冷或熱。 你既如溫水，也不冷也不熱，所以我必從我口中把你吐出
去。」（啟3:14-16）

[114] 奧倫治會（Orangeman）創立於1795年，是新教反對天主教的秘密政治社團。
因為新教的奧蘭治的威廉（William of Orange, 即後來的英王威廉三世（William
III））打敗天主教的詹姆斯二世（James II），故名。而得勝的7月12日，就成了
該會每年遊行、向天主示威的大日子。

[115] 萊斯特（Leicester）是英國中部城市。教會低派（Low Church）是英國國教
（Church of England）的一派，強調簡化儀式及宣傳教義，反對過分強調教會的
權威。內文森（Henry Nevinson, 1856-1941）是個英國記者，著述甚多；譯者不知
道他怎樣形容教會低派的中產階級。

[116] 馬基雅弗利的理想是意大利擺脫外力，建立自己的國家；這一點倒跟貞德很像。
Machiavelli（1532）是政治學擺脫宗教糾纏的重要著作。講的為君之道，有點像
《韓非子》那一套。他認為「想要維護權力的君主，必須在需要時撇開道德來行
事。」（ch. 15）這不是教人不擇手段，而是強調治國要因應種種實際需要，有獨
立於宗教、倫理以外的手段。此外，書裡有些地方言辭辛辣：說什麼教皇國根基
穩固，教皇可以為所欲為；是惟一不保護子民卻不怕失去領土的國家；談到尤利
烏斯二世（1443-1513）怎樣崛起，還「誇讚」他所作所為都是為了教會而不是為
了子民（ch. 11）。

職分；許多也的確這樣指責了。但是，聲稱世人的靈魂不關教士的事，就更進一步，豁出去的一步。貞德簡直走了這一步了[117]。

24. 大公教會的教義還不夠大公

那麼，如果我們承認，也必須承認，燒死貞德是個錯誤；就必須擴大天主教的教義，以致教會的共同綱領足以包容貞德。我們的教會必須承認，凡人組成的官方機構，所奉的使命沒有帶着超凡的精神力量（所有作戰的教會能不顧事實與歷史所自居的也不過是有此力量）；沒有這樣的機構可以跟得上天才人物的個人見解；除非難得地偶然，那個天才剛好是教皇，甚至教皇也不行，除非他是個獨斷無比的教皇。教會教人謙卑，也必須以身作則。使徒傳承不能靠按手來鞏固地位，也不能限於按手；因而常常有舌頭如火焰落在異教徒、逐客的頭上[118]，而讓受膏的教士成為歷史上叫人憤慨的世俗惡棍。作戰的教會一副已經是得勝的教會的模樣，就對貞德、布魯諾[119]、伽利略等等犯下駭人的錯誤，以致思想自由的人很不願意加入教會；教會不僅容不下思想自由的人，而且不教導、不鼓勵自由思想；他們沒有充分的信心，相信思想真的自由的話，思路一定自然而然投向教會的懷抱；這樣的教會不但在現代的文化裡沒有前途，而且顯然不相信有符合自己的教義、又有充分根據的科學[120]，以為神學和科學出自截然不同的衝動，爭取不同的人來效忠，這就

---

[117] 蕭伯納在上文說：『貞德相信自己的靈魂得救是自己的事，不是「教堂的人」的事』（P22），已經過分引申了貞德的意思；這裡再把「自己的靈魂」擴大為「世人的靈魂」，簡直是歪曲了。

[118] 《聖經》：「又有舌頭如火焰顯現出來，分開落在他們各人頭上。他們就都被聖靈充滿，按着聖靈所賜的口才說起別國的話來。」（徒2:3-4）

[119] 布魯諾（Giordano Bruno, 1548-1600），意大利哲學家，贊成哥白尼的日心說；被判為異端燒死。

[120] Gould（1999）借用天主教訓導權的觀念，提出宗教和科學是兩個互不重疊的領域（Non-Overlapping Magisteria, NOMA）。他一相情願，教會不領情，道金斯（R. Dawkins）之類科學家也不同意。

犯了異端的罪。我面前有一封天主教神父的信。「在你的劇裡，」他寫道，「我看見王室、教士、先知幾種力量衝突，因而擊潰了貞德的戲劇場面。我覺得結果不是任何一方贏了別人，帶來和平、讓上帝的國度降臨、聖人統治；而是三方經過高價卻崇高的爭持而得到成果的互動。」就算教皇本人也不能說得更好，我更不能。我們一定要容忍那爭持，高尚地爭持下去，而別讓自己忍不住燒斷那生命線來解脫。這是貞德給教會的教訓；而這個教訓由一位神父親手寫定，叫我可以大膽斷言：貞德的封聖是天主教會極其得體的舉動，是羅馬教會把新教的聖人封聖。但是大家要知道這件事，要這樣理解，其中特殊的價值和美善才彰顯出來。如果哪位天真的神父覺得這說法太苛刻，而告訴我教會不是這個意思；我會提醒他，是教會在上帝的手上，而不是像那些天真的教士以為那樣，上帝在教會手上；這一來，如果他對上帝的旨意回答得太篤定，我就可以問說：「你曾進到海之源，或在深淵的隱密處行走嗎？」[121]而貞德自己的答案，也跟古人一樣：「他必殺我；我雖無指望，然而我在他面前還要辯明我所行的。」[122]

25. 變化律就是上帝的規律

貞德辯明她所行時，像約伯那樣聲稱，要顧及的不止上帝和教會，還有道成肉身[123]：換言之，即懸殊的個人，可能代表了人類演化的最高水準，也可能是最低的，卻從來不只是數學上的平均。現

---

[121] 出自《聖經・約伯記》38章16節，是上帝回答約伯的話。約伯後來認錯，說：「我知道，你萬事都能做；你的旨意不能攔阻。誰用無知的言語使你的旨意隱藏呢？我所說的是我不明白的；這些事太奇妙，是我不知道的。」（42:2-3）

[122] 《聖經・約伯記》13章15節，下面說：「我已陳明我的案，知道自己有義。有誰與我爭論，我就情願緘默不言，氣絕而亡。」（13:18-19）

[123] 《聖經》：「道成了肉身，住在我們中間，充充滿滿的有恩典有真理。我們也見過他的榮光，正是父獨生子的榮光。」（And the Word was made flesh, and dwelt among us,（and we beheld his glory, the glory as of the only begotten of the Father,）full of grace and truth.）（約1:14）一般認為「道成了肉身」指耶穌。

在，教會的理論沒有神化民主的平均；教階聲稱是成員經過篩選，最後才有一位出類拔萃的成為基督的代表（Vicar of Christ）[124]。然而仔細檢驗那個過程，似乎是一連串的識拔和選舉，即由次等的（民主制度的樞機代表）選出上等的；於是偉大的教皇跟偉大的君王那樣罕有、偶然；而有時候，追求寶座和天國鑰匙的人[125]，權充暮氣沉沉的老糊塗，要比充作精進的聖人安全些。教皇封聖的充其量也很少；就算可以封，也難得不拉低自封聖人所建立的聖品標準。

　　沒有別的順理成章的結果可以期待；因為要照顧無數大都貧窮無知的男女的屬靈需要，這樣的官方機構識拔首領，會在聖靈精確地對準、直接揀選某一個人時勝出，是不可能的。任何樞機團（College of Cardinals）[126]也不能祈禱祈到自己的選擇得到天啟。次等的人禱告，自覺的動機是他的選擇會落在勝過自己的人身上；但是不自覺的動機是為自保着想，一定要找個合私心的忠僕。聖人和先知，雖然偶然會身處某個名位或階級，其實都是自選的，就像貞德一樣。而因為教會和國家，為了建立的世俗需要，連這種自選使命也保不定能承認；我們惟有把寬待異端當成榮辱攸關的事，忍之又忍，只因為所有思想上、行為上的演進，當初一定像是異端、惡行。總之，雖然所有社會建基於不寬容，所有進步卻建基於寬容，或者承認演進律就是易卜生的變化律[127]這個事實。而既然上帝的規律不管按哪一種定義，現在能夠在信仰上跟科學抗衡的，就是演進律；可見上帝的規律就是變化律，而如果教會要對抗變化，就是要對抗上帝的規律。

---

[124] 指羅馬教宗。

[125] 《聖經》裡耶穌對彼得說：「我要把天國的鑰匙給你，凡你在地上所捆綁的，在天上也要捆綁；凡你在地上所釋放的，在天上也要釋放。」（太16：19）天主教以伯鐸（彼得）為首任教皇，傳下「天國的鑰匙」，代表教會的大權。

[126] 有權選舉教宗的普世樞機主教團體。

[127] 易卜生（H. Ibsen, 1828-1906）作品裡的「變化」，有好的、有壞的；「變化律」（law of change）是Little Eyolf裡的重要主題，有世事無常的意思。

26. 輕信——現代的和中世紀的

　　有人問名醫阿伯內西[128]，為什麼縱容自己有種種他告誡病人的不健康習慣；他回答說，他的職業好比路標，指示人去某個地方要怎麼走，但是自己不去那裡。他可以補充一句：路標既不強迫行人去那裡，也不妨礙他找別的路走。不幸，如果我們的神職人員掌握了政治權力，當了路標，就總是真的強迫行人。當時的教會既是屬靈的權柄，又是屬世的權柄；而且屬靈的權柄從此可以長期控制屬世的權柄，或加以影響；就逼害異端來強迫就範，因為一片好心而逼害得加倍殘酷[129]。今天，醫生代替了教士，民眾對醫生的盲目的信仰代替了對教士審慎得多的信仰，以致醫生真的可以隨意擺布議會和報刊；法律強制民眾服用醫生不管多毒的處方，執法之嚴，應該會把宗教裁判所嚇壞，叫勞德大主教震驚[130]。我們的輕信比中世紀的更離譜，因為教士沒有從我們的罪惡得到直接的金錢利益，醫生因我們生病卻有；教士既不因牧民得救而挨餓，也不因牧民沉淪而發達；做生意的醫生卻一定是這樣[131]。而且中世紀的教士相

---

[128] 阿伯內西（John Abernethy, 1764-1831），英國外科醫生。認為許多疾病是消化不良引起的，推廣幫助消化的萬縷子硬餅乾（abernethy biscuit）。

[129] 教會到底有幾分是好心，真是天知道（God knows）！其實馬可・奧勒利烏斯（Marcus Aurelius, 121-180）更符合蕭伯納的標準。Mill（1859: ch. 2）認為比基督徒更像基督徒的馬可・奧勒利烏斯迫害基督教，是歷史的一大悲劇。

[130] 勞德（William Laud, 1573-1645），坎特伯雷大主教（1633-45），迫害不信奉國教的人。

[131] 首先，中世紀的教會憑藉獨特的地位，得到可觀的經濟利益；後來變本加厲，直接賣贖罪券，比醫生好賺多了。這些讀歷史的人都知道，蕭伯納一定也知道。其次，醫病關係的確有為人詬病的地方。比方平常看病像商業交易；出了事，病人以消費者的身分來申訴，醫方卻推說醫病是道德關係。儘管如此，蕭伯納的話是十足的偏頗，對無數不辭勞苦、以救人為天職、甚至視病如親的醫護人員並不公允。雖然消防員的薪水是固定的，但是別人家要失火，他才有飯吃，沒有火災，他就要失業，道理跟醫生的生意差不多。消防員都巴望人家失火嗎？醫生的兩難（The Doctor's Dilemma）的確是有所本的，但是瞎子摸象何嘗不是？當時英國的醫療界，也許有些弊病；但是蕭伯納有時候把對醫學的不信任轉成對醫生為人的

信，要是他太缺德，死後就會極其悲慘；而現在接受唯物論教條教育的人，實在沒有人相信這一套。我們的職業團體是沒有靈魂可以下地獄的工會，不久就會逼我們提醒他們，他們還有身體可以挨揍挨踢。羅馬教廷從沒有失去靈魂，最壞也不過是政治上的陰謀，要教會既稱霸屬靈世界，也稱霸俗世。所以貞德受火刑所引起的問題至今依然燙手，儘管刑罰沒那麼聳人聽聞。這就是我要探討的原因。如果這只是歷史奇聞，我就連五分鐘也不會浪費讀者的和自己的光陰。

27. 寬容──現代的和中世紀的

　　這個問題越深究越難解決。我們乍看問題，很容易重申：貞德應該受絕罰，然後讓她自尋去路；雖然剝奪了她的靈糧，她會激烈抗議，因為她覺得告解、赦罪、領聖體是生命的基本需要。貞德那樣的心靈，應該會像英國國教克服教宗利奧十三世的訓諭一樣[132]，克服困難，建立自己的宗派，斷言自己的聖殿裡，所奉的是迫害她的人所偏離的正宗、真道。然而，在當時的教會和國家眼裡，這樣的發展等於宣揚大家下地獄、不要政府；而要這樣寬容，就要大力伸張對自由的信仰，而這是政壇上、聖壇上的人性忍受不了的。教會應該等待所聲稱的邪惡下場出現，而不是假定有惡果、惡果是什麼；這樣批評是容易的。聽起來簡單不過；但是，如果現代的衛生局叫大家自行解決衛生問題，說：「我們不管下水道、也不管你怎麼看下水道；可是你要是感染了天花、斑疹傷寒，我們一定迫害你，加以嚴懲，像勃特勒《鄉有烏》裡的政府一樣[133]，」衛生局的

不信任，有些話甚至近乎人身攻擊，並不可取。

[132] 教宗利奧十三世（Pope Leo, 1810-1903）曾頒布宗座訓諭（Apostolicae Curae（1896）），指英國國教的授秩無效。

[133] 勃特勒（Samuel Butler, 1835-1902），英國作家。《鄉有烏》是烏托邦小說，揭露社會弊象，攻擊基督教。

人不是送入郡立精神病院，就是被人提醒：甲疏忽衛生，可能會害死兩哩外的乙的孩子，或者引起瘟疫，叫最謹慎的衛生學家送命[134]。

我們必須面對事實：社會建基於不寬容。濫用不寬容的例子十分顯述；卻既是中世紀的特徵，也是我們這個年代的特徵。現代的典型例子和對照，就是強制接種疫苗代替了差不多強制的洗禮[135]。然而，反對強制接種疫苗，根本不在於我們認為不該強迫民眾保護孩子以免染病，而在於疫苗是江湖騙術，是不科學的粗製濫造、反衛生的惡意為害[136]。反對的人要把接種疫苗變成罪行，大概也會成功；於是就跟強制接種一樣的不寬容。支持巴斯德[137]學說的人和對陣的衛生學家，都不肯任由家長讓子女一絲不掛地長大，雖然這個做法也有一些頭頭是道的支持者。我們要怎樣空談寬容，就怎樣空談寬容。但是社會一定總要在某個地方畫線，區分允許的行為，

---

[134] 蕭伯納不見得不相信疾病會到處傳染，參注P27.136。

[135] 拯救靈魂跟維護健康很像，實務上卻是兩回事。下水道也好，疫苗也好，功用是可以驗證的。如果靈魂得救也是，就沒有著名的帕斯卡賭注（Pascal's wager）了。當局要管衛生、傳染病等等，不能就說社會不寬容。

[136] 蕭伯納有一回不知生了什麼病，以為找一兩天坐公車在倫敦到處兜兜風，也許會好轉；結果沒有起色，只好去看醫生，才知道感染了天花；心裡猜想自己傳染給了多少人（Salt（1929））。我不禁疑惑，遭殃的有多少是聽他話的忠實讀者。蕭伯納並非無識，卻對所有體制的權威成見太深了。疫苗的效用、歷史功過，基本上是科學問題；但是一般人對疫苗的看法，關鍵卻在心理因素，情形跟所謂全球暖化、基因改造農作物的問題差不多。其實疫苗不是百分之百安全，推廣的人也承認；但是反（強制）接種的人的恐慌，大半是不必的。到目前為止，沒有嚴謹的科學研究證明疫苗有不值得普遍接種的風險；隸屬美國國家學會的醫學研究院（Institute of Medicine, National Academies）檢討了過萬篇醫學論文，2011年在網站發表報告，結論是：「因疫苗而起或顯然與疫苗有關的健康問題很少。」等而下之，鬧了十幾年的韋克菲爾德（Andrew Wakefield）造假案就不必說了。然而反對的依舊反對，動輒訴諸「陰謀似的」潛在風險，拿自閉症、糖尿病、氣喘等來恐嚇大眾。也許要等天花、小兒麻痺死灰復燃，那些人才會認真考慮捲起袖子。

[137] 巴斯德（Louis.Pasteur, 1822-95），法國化學家、微生物學家，證明傳染病是微生物引起的，也是疫苗研究的先驅。

還是精神錯亂或犯罪的行為；儘管有誤把聖賢當成瘋子、把救世主當成褻瀆神明的人的風險[138]。我們一定迫害異己，不惜拼命；而我們減低迫害的風險所能做的只有兩件事：一、要非常小心所迫害的對象；二、要謹記：除非社會有嚇壞守舊派的寬大自由，有見識，體會到創意、個性、特立獨行的價值；否則，結果只會以顯述的停滯不前來掩蓋被人遏制的演進力量，而演進的力量到頭來會大肆爆發，也很可能會大肆破壞。

28. 變異相對寬容

不管任何時候，寬容的程度取決於社會維持團結所能承受的壓力。例如：我們在戰時查禁福音書，把貴格會人[139]收監，箝制報刊言論，把晚上露出燈光列為大罪。因為受到外敵入侵的壓力，法國政府在1792年送了四千人上斷頭台[140]；所據的理由，在昇平時期不會叫任何政府用氯仿殺死一隻狗。1920年，不列顛政府到愛爾蘭殺人放火，鎮壓支持修憲、不久自行實施的人[141]。意大利的社會主義者設法推動工業革命，對社會主義的了解卻還不如資本主義者對資本主義的了解，因推動得笨拙而受到壓力，法西斯黨就做了黑棕

---

[138] 蕭伯納把醫生、巴斯德等當成騙子、壞蛋，是因為偏見，而不是因為社會需要不寬容來維持秩序。

[139] 貴格會人（Quakers）是公誼會（Religious Society of Friends）的會員。公誼會是基督教的支派，起源於十七世紀的英國。強調聖靈賦予的「心光」，崇尚簡樸生活，反對聖禮，反奴隸制；而且無條件反戰。當年日本偷襲珍珠港，美國國會以388對1票通過對日宣戰，這惟一的反對票就是貴格會人投的。

[140] 法國大革命（1789）後，歐洲各君主國惟恐社會革命的浪潮一發不可收拾，紛紛出面干涉。從1792起，大革命變成國際戰爭。同年，法王路易十六（Louis XVI）逃亡被執，他的弟弟裡通外國，於是群情激憤，各方衝突，有王黨嫌疑的死傷尤多。

[141] 1918年議會選舉，愛爾蘭獨派的新芬黨（Sinn Fein，「我們自己」）大勝，翌年拒絕出席英國議會，自行在都柏林召開議會，宣布成立愛爾蘭共和國，組愛爾蘭共和軍（Irish Revolutionary Army, IRA）。英國派遣黑棕部隊（因警察制服不足，混搭墨綠軍帽、茶褐軍服，故名）去鎮壓獨立運動，以手段毒辣聞名。不但攻擊平民，還曾攻擊足球賽觀眾。

部隊在愛爾蘭所做的[142]，手段還多了一些殘忍得駭人聽聞的變化。
1917年，俄國布爾什維克革命後，美國人恐慌起來，以難以置信的
野蠻手段迫害在美的俄國人[143]。例子不勝枚舉。而由上述卻足見，
在極端放任的寬容與暴戾而不寬容的恐怖手段之間，寬容的標準
一直起起伏伏；也足見十九世紀比十五世紀寬容、處決貞德這種事
斷斷不會發生在我們自稱開明的年代，這些自我陶醉的信念毫無根
據。中世紀的十字軍所誇口的，不過要從穆斯林手上把聖墓解救出
來，遠比不上近十年來的神聖戰爭那麼殘暴狂妄；因而有成千上萬
的婦女，一個個對各國政府的恐嚇和危害遠遜從前的貞德，而被
殺、餓死、房子燒毀、無家可歸，還有迫害和恐懼所無法施加的。
相當於英格蘭星室法庭[144]的宗教裁判所，現在名稱已經不用，算是
沒有了；然而，現代有新版的宗教裁判所，像特別法庭、特別委員
會、討伐、暫時取消人身保護法[145]、宣布軍事管制和準戒嚴狀態，
諸如此類；貞德當時，儘管法蘭西內憂外患，國難方殷；她從宗教
裁判所、從中世紀的精神所受的卻是公正的審判，依據的是一套縝
密的法律，主審的是一位嚴謹而謹守法律程序的法官；現代版的宗
教裁判所，哪一個可以聲稱他們的受害人也是那樣呢？貞德落在我

---

[142] 法西斯黨（Fascisti），1922-1943年統治意大利的獨裁政黨。實行恐怖統治，血腥鎮壓反對者。黑棕部隊，見上一條注P28.141。

[143] 1917年，俄國十月革命（October Revolution），列寧（Vladimir Ilich Lenin, 1870-1924）領導的布爾什維克黨（Bolshevik）奪得政權。這件事成了後來美蘇關係的關鍵。許多美國人擔心自己的國家也發生共產革命，覺得左翼人士、政治激進分子、外國移民都別有用心。連鋼鐵工人、波士頓警察等的大罷工，也疑心是共產黨搞鬼。紅色恐慌（Red Scare, 1919-20）時期，有六千人無端被政府逮捕，數百人驅逐出境。

[144] 星室法庭（Star Chamber）始於15世紀末，多審理與王室利益有關的案件。因開庭的大廳屋頂有星飾，故名。後演變為王室操縱政治、宗教的工具，用來對付議會和清教徒。以專斷、暴虐著稱。1641年廢除。

[145] 1679年英國頒布人身保護法（Habeas Corpus Act），以保障人民不受非法逮捕、拘押；但是不適用於叛國犯、重罪犯；戰時或遇緊急狀態，得停止其效力。例如：蕭伯納的故鄉愛爾蘭在1782年也頒布人身保護法，但是在十九世紀後期，英國為了鎮壓獨立運動，曾停止此法的效力，實行高壓統治。

們手上，應該不經審判，也無法可依，因為領土防禦法[146]暫時取消了所有法律，審她的法官，好的話，是個嫌麻煩的少校；壞的話，是個由律師擢升的白假髮、紅袍法官，他覺得辜詗之類幹練的教士的顧忌又可笑又沒有紳士風度。

29. 天才與紀律的衝突

事情釐清了，我們就可以細想一下貞德叫人難以對付的心理。統治者下命令，卻不肯說任何理由，或者說了，人民無法了解；那怎麼辦？世上的政府，不論政治上的、產業界的、家裡的，運作時大都必須這樣下令、聽令。「別爭辯，叫你做什麼就做什麼」不止必須對小孩子和軍人說，其實也對任何人說。幸好大部分人不想爭辯，他們才樂得省卻自己思考的煩惱。而最會思考、最獨立的思想家，只了解自己的領域就心滿意足。至於別的領域，就毫不遲疑地請求警察的指示、裁縫的建議，言聽計從而不要求、也不想聽解釋。

然而，命令一定有權威的根據。小孩子聽從父母，士兵聽從長官，哲學家聽從列車服務生，工人聽從領班，全都毫無疑問；因為一般認為，那些指揮的人懂得那些命令是怎麼回事，他們應該有權，甚至有責去命令；也因為在日常生活事務緊急，沒有時間來教導、解釋，或者爭辯命令的根據。社會制度需要這樣的服從來運行下去，正如日夜需要地球的演進來交替一樣。但是這些事情沒有看來的那麼自然，而是經過小心安排和維持的。主教願意聽從國王；但是，假定副堂斗膽給他命令，不管多需要、多合理，主教一定忘了自己的身分，大罵他放肆。一個人對公認的權威越服貼，對擅權的人來命令他就越妒忌。

記住這些，再來細想貞德的事業。她是個村姑娘，有權威號令

---

146 英國在一戰期間通過領土防禦法（Defence of the Realm Act），授權政府可以應戰爭需要，使用民間的工廠、土地等，不但監控通訊、出版、港口，還禁止在街上吹口哨、放風箏。

羊豬狗雞，如果父親有雇工，也多少可以指使，卻不能命令世上其他人。她離開了農莊，就沒有權威，沒有聲望，沒有權利得到一絲敬意。然而她指揮身邊所有人，從叔父[147]到國王、大主教、軍隊的總參謀部。她的叔父像羊兒一樣聽她的話，帶她到當地指揮官的城堡去；指揮官被貞德命令這樣那樣，設法申明立場，但是不久就洩了氣聽令。貞德就這樣向上命令國王，像我們所看到的。社會階級比她高的人正身陷絕境，即使貞德把命令當成理性的解決方法提出來，也會難堪地惱人。何況不是這樣提出來。那些命令也不是當成貞德的自專獨斷；從來不是「我說怎樣怎樣」，而總是「上帝說怎樣怎樣」。

30. 代表神權的貞德

　　領袖採用這個方法，對某些人沒有問題，對另一些人卻有沒完沒了的問題。他們根本不必擔心得到不冷不熱的待遇。他們要麼是上帝的使者，要麼是褻瀆神明的騙子。而在中世紀，大家都相信巫術，更把這個差別激化；因為一旦有顯述的奇迹發生（例如奧爾良的風向改變），相信的人就認定是上帝的使命，懷疑的人卻認定是串通魔鬼。而由始至終，貞德都倚靠相信她是天使化身的人，來對付憎恨她的專橫、加上膠執成見、當她是可惡女巫的人。除了厭惡，還必須加上某些人的極端困擾，他們不相信貞德聽見異聲，認為她說謊，是個騙子。一個無禮卻少年得志的家伙，藉着幾次僥幸的巧合被盲信的人當成奇迹，利用民眾的輕信、幼稚的太子的虛榮愚蠢，叫政治家、軍事將領、宮廷紅人事事挨駁，得不到在位君主的言聽計從；簡直想像不出有什麼更叫他們生氣的了。有兩種不利貞德的態度：一方面，貞德的得志招惹得性情卑下的人格外嫉妒、勢利、蓄志競爭；另一方面，友善而乖覺得眼尖的人，把貞德明顯

---

[147] 這個人娶了貞德姨母的女兒，算起來應該是貞德的表姊夫，但貞德卻稱他叔父。

的無知、自以為是看得一清二楚，就合情合理地懷疑她的能力，並不信任。而她回應種種責難、批評的，既不是據理力爭，也不是好言相勸，卻直截了當地訴諸上帝的權威，聲稱獨得上帝信任；所有沒有被她迷住的人一定覺得她叫人難以忍受，除非她在軍事上、政治上不間斷地大勝，才可以逃過最後毀滅她的怒火。

31. 神權需要不間斷的成功

　　要造就不間斷的成功，她不止是貞德，而且需要是國王、是蘭斯大主教、是奧爾良的庶子；哪裡有辦法呢？她不能激勵查理，乘加冕之勢突襲巴黎，從那一刻起，她就大勢已去。實情是她執意要取巴黎，而國王和其他人卻是窩囊愚蠢，以為可以籠絡勃艮第公爵，聯手對抗英格蘭；於是她成了可怕的搗亂分子。從此，她惟有在戰場上四出巡查，等時來運到，催促指揮官大舉進攻。然而時來運到的是敵人：她被在貢比涅作戰的勃艮第人俘虜，登時發現自己在政壇上一個朋友也沒有。如果她逃出生天，大概會作戰下去，直到把英格蘭人趕走為止；然後把腳上的塵土踩下去[148]，歸隱東雷米，就像加里波第必須歸隱卡普雷拉島一樣[149]。

32. 現代歪曲版的貞德故事

　　我想，我們現在對貞德乏味的生涯敢說的不外就是這些。她崛起的傳奇、受刑的悲劇、後人為此設法彌補的喜劇，屬於劇本而不屬於序文；序文必須是一篇據實而冷靜明晰的文章。我們檢視一下任何標準的參考書，就可見這樣一篇文章是多麼需要的了。那些書提到貞德前往沃庫勒爾，在希農向查理報佳音，解奧爾良之圍和後

---

[148] 《聖經・馬可福音》：「何處的人不接待你們，不聽你們，你們離開那裡的時候，就把腳上的塵土踩下去，對他們作見證。」（6:11）這是耶穌跟門徒說的話。

[149] 加里波第（Giuseppe Garibaldi, 1807-82），意大利軍事家，民族英雄。組織義勇軍，聲援各地起義，是意大利復興運動（Risorgimento）的功臣。

來的戰役，在蘭斯加冕，在貢比涅被人俘虜，在魯昂受審受刑，都
有日期、涉及的人的名字，把事實交代得算詳實；但是那些書全都
誤用了邪惡的主教、上鉤的處子，諸如此類的鬧劇式傳說。如果觀
點對、事實錯，就不會那麼誤導人。其實，由此可見一個被人忽略
的道理：我們思考的方式跟衣服的時尚一樣，要用別的時代的方式
思考，對大部分人來說，就算不是做不到，也是難事。

33. 歷史總是過時的[150]

　　順帶一提，這就是我們沒來不教小孩子當代歷史的原因。他們
的歷史課本所記載的，是思考方式已經過時、環境與現實生活脫節
的年代。例如：現在的小孩子學到華盛頓的歷史、列寧的謊言。在
華盛頓的年代，學到華盛頓的謊言（一樣的謊言）、克倫威爾的歷
史[151]。在十五、十六世紀，小孩子聽到貞德的謊言；現在大概聽到
真相了。可惜政治環境過時了，謊言還不止。貞德不自覺地預示的
宗教改革，叫她的案件所引起的問題至今燙手（在愛爾蘭還看得到
許多起火的房子）[152]；因此貞德一直是反教權謊言的根據，尤其新
教的謊言，還有羅馬天主教會回避不自覺的新教立場。端給我們的
真相被人加鹽添醋，卡在喉嚨；除非完全是原汁原味，否則永遠吞
不下去。

---

[150] 過時不過時，看你怎麼想。當初台灣沒有新聞系，有個高中生想念新聞，心想：
「昨天的新聞，就是今天的歷史。」於是改念歷史系。他就是歷史學家逯耀東。
換言之，今天的新聞，就是明天的歷史；歷史比新聞更「新」。

[151] 華盛頓（George Washington, 1732-99）。美國第一任總統。列寧（Vladimir Ilyich
Lenin, 1870-1924），俄國共產黨的領袖，蘇聯（Soviet Union）首任總理。克倫威
爾，參注P20.96。

[152] 蕭伯納的故鄉愛爾蘭是英國最早的殖民地，從十二世紀起就衝突不斷。加上宗教
改革，英人改奉新教，愛爾蘭人仍奉天主教，問題就更複雜了。克倫威爾、威廉
三世都曾血腥鎮壓愛爾蘭的天主教徒。

34. 真正的貞德還不夠叫我們稱奇

　　然而，即使是單純的事實，貞德所要求的信仰，是在英美依然強烈、在法國主宰一切的十九世紀文化的反形而上態度所不屑相信的。我們也不像貞德當時的人那樣，一下子反退到另一個極端，以為她是出賣自己給魔鬼的女巫；因為我們不相信有魔鬼，也不相信有可能跟他訂交易合約。我們的輕信，雖然驚人，也不是無止境的。靈媒，神視者，看手相的，以魔法寫石板的，基督科學教派信徒[153]，精神分析學家，以電子振動占卜的，各流各派、有註冊沒註冊的治療學家，占星家，告訴我們太陽在一億哩外、獵戶座是全宇宙的十倍大的天文學家，為平衡獵戶座的大而形容原子不可置信的小的物理學家，還有一堆得我們輕信而叫中世紀的人不禁懷疑地樂翻天的其他奇迹販子；就把我們輕信的本錢用光了。中世紀的人相信地球是平的，最少有感官的根據；我們相信地球是圓的，不是因為最多只有百分之一的人可以用物理來解釋這麼古怪的觀念；而是因為現代科學叫我們相信：凡是顯而易見的，都不是真的；凡是神奇的、不大可能的、離奇的、大乎其大的、微乎其微的、無情的、駭人的，都是科學的。

　　順便說，大家千萬別以為我暗示地球是平的，或者我們驚人地輕信的事物，全部或哪個是錯覺、騙局。我只是要為這個年代辯護，現代人的想像力不比中世紀貧乏[154]。我斷言，十九世紀、尤其二十世紀，在容易相信各種各樣的奇事、奇迹、聖人、先知、魔法師、怪物、童話方面，可以大敗十五世紀。奇事相對顯然可信的論斷的比例，最新版的大英百科全書遠遠高於《聖經》。比起現代的物理學家，可以斷言電子跳舞的每一下運動、位置，準確到萬億分

---

[153] 基督科學教派信徒（Christian Scientists），見注P20.94。

[154] 蕭伯納常常對不喜歡的東西（尤其現代科學、醫學）百般嘲諷，然後禮貌式說一句「公道話」。高爾頓的心視理論，因為用得着，蕭作訥就很客氣了。

之一毫米；中世紀的神學博士不敢妄自斷定針尖上可容多少天使跳舞[155]，就浪漫的輕信而言，就是獻醜了。我決不會質疑那些計算的結果，也不會質疑電子的存在（不管是什麼）[156]。貞德的命運，警告我不要反對異端。然而，我看不出相信電子的人憑什麼明顯的理由認為自己沒有相信天使的人那麼輕信[157]。如果他們不肯相信貞德是女巫，像1943年魯昂那些主審助理一樣；不是因為這個解釋太奇妙，而是因為還不夠奇妙。

35. 搬演歷史的舞台限制

至於貞德的事迹，請讀者看下面的劇本。需要知道的，都在劇裡了；不過劇本是給舞台用的，我必須把事情濃縮成三個半小時的一系列情節，而歷史上卻綿延了兩年多；因為舞台要求時間上、空間上的一致，而這是無比浪費的自然所欠缺的。所以，請讀者千萬別以為貞德十五分鐘就把博德里古收服了，又別以為她受絕罰、放棄異端、反悔、受火刑而死是大概半個小時的事。而劇中所刻畫貞德當時的人物，我只能聲明：有些大概比憑想像畫的、從聖彼得起

---

[155] Sayers（1947）認為針尖上的天使不過是辯論練習而已。

[156] 科學家講的原子、電子等等，不一定「煞有介事」。Russell（1925）就認為電子、靈魂等等不過是邏輯上的虛擬（logical fiction），用來代表了一系列的事件、現象。

[157] 關鍵在學說背後的不同標準。Whitehead（1925: Ch. 12）認為大家過分強調科學與宗教之爭，忽略了理論衝突所可能蘊含的「更廣大的真理」（wider truths）。這是強作解人，反而模糊了關鍵。例如：地心說、日心說都可以成立，正如懷德海所說，是按照現代相對運動新觀念的結果。可見理論由衝突到擴充，依據的是共通標準，而不是科學標準與宗教標準的結合。宗教上的詮釋，偶爾後來發現符合科學是一回事，宗教詮釋可否當成科學或準科學另一回事。為了找尋更廣大的真理，而模糊了科學應有的標準，實在得不償失。正因為世上沒有完美的工具，科學標準沒有一般人想像的那麼客觀絕對，我們更應該珍惜，而不是退讓。「飛天麵條神教」（Church of the Flying Spaghetti Monster）雖然是惡作劇，但是抗議宗教假扮科學，目的卻是嚴肅的。總之，共通標準所衍生的理論衝突才可能擴充真理。蕭伯納好像新版懷德海，要把科學與宗教等變成「更廣大的信仰」或者「共通的迷信」，對科學不公道，信徒也不會領情。

的整個中世紀的教皇肖像要像本尊一點點；而那些肖像依然（或者我在那裡的當時曾經）在佛羅倫薩的烏菲齊美術館隆重之地展出。迪努瓦的形象用在達朗松公爵身上也十分合適。兩人留下對貞德的描述十分相近，就像每逢形容任何人時總是不自覺地形容了自己的人那樣，我於是推斷，這些敦厚的年輕人心裡想的都差不多；所以把這一對拼成一個角色，就省了劇院經理一份薪水、一套盔甲。迪努瓦的長相還留存在沙托丹[158]，是耐人尋味的提示。但是我對這些人和他們的圈子的了解，實在不比莎士比亞對福康勃立琪、奧地利公爵、馬克白、麥克德夫的了解多。由於他們在歷史上的作為，在劇裡必須重演，我只好像莎士比亞那樣，為他們虛構一些合適的性格。

36. 伊麗莎白時代戲劇的缺憾

　　不過，我有一個地方勝過伊麗莎白時代的人。中世紀埋沒了四百五十年，可以說在十九世紀中期被人重新發現，而我就可以看清楚中世紀來寫。從古典文學和藝術在十六世紀的文藝復興，到資本主義的蓬勃發展，就埋沒了中間的中世紀；而中世紀的復活就是第二次文藝復興。唉，莎士比亞的歷史劇裡沒有絲毫的中世紀氣息。他的剛特的約翰好像是老年德雷克的研究[159]。雖然他出身天主教家庭；筆下的人物卻全是鮮明的新教個人主義者，懷疑一切，除了戀愛，凡事自我中心，甚至戀愛也不折不扣地自我、自私。他的國王不是政治家，他的主教沒有信仰；一個初學者可以把他的劇本從頭讀到尾，而不知道那個世界終究受制於那顯露在宗教上、法律上的劃時代力量，而不是庸俗、野心、叱咤風雲的個人。而無論我們怎

---

[158] 沙托丹城堡有他的雕像。
[159] 剛特的約翰（John of Gaunt, 1340-99），英王愛德華三世的兒子，攝政多年，莎劇《理查二世》的人物。德雷克（Sir Francis Drake, 約1540-96），航海家，第一個環球航行的英國人。1588年參與指揮英國艦隊，大敗西班牙的無敵艦隊。

樣的去籌劃，總歸安排結局的上帝[160]，就像一閃而過的空泛憂慮，提了也注定要馬上忘掉。在莎士比亞心目中，跟馬克吐溫一樣，辜詞大概是個暴君、惡霸而不是天主教信徒，而宗教裁判官勒邁特就是虐待狂而不是律師。渥力克可能比《亨利六世》裡繼承他的立王人[161]更沒有封建的氣息。只要那些人物始終如一，就沒有人覺得不真實（代表最激烈的反中世紀風格的準則），彷彿他們不食人間煙火，沒有任何種類團體的責任似的；那麼，我們看每一個就都十二分滿意了。所有莎士比亞的人物都是這樣；而我們的中產階級對別人吃虧既自在也不負責，他們對此並不慚愧，甚至並不自覺，於是看莎士比亞的人物就覺得很自然。莎士比亞這個真空有違天理；我故意讓中世紀的氣息彌漫在戲劇裡。搬演出來，看的人不會誤把所記載的這件驚人事件只當成個人意外而已。觀眾眼前的不只是可見的人偶，而還有教會、宗教裁判所、封建制度，加上總是要衝出他們毫無彈性的限制的天啟；比起穿着金屬盔甲當啷作響的渺小凡人、穿着道袍兜帽悄悄走路的道明會修士[162]，他們的波瀾壯闊的力量要可怕得多了。

37. 悲劇不是鬧劇

劇裡沒有壞人[163]。罪惡像疾病，並不有趣；而是人人同意要除掉的東西，如此而已。人存着好心盡力而為的，還有尋常男女縱然不願卻認為不得不做的，才是我們真正該管的事。馬克吐溫和蘭格

---

[160] 蕭伯納暗用莎士比亞《哈姆雷特》（第5幕，第2景）裡的對白：「因為有時我們在無意中所做的事能夠圓滿，經深謀細慮之事反會失敗。由此可知，無論我們是怎樣的去籌劃，結局還總歸是神來安排的。」（朱生豪譯，人民文學版）。

[161] 渥力克也出現在《亨利六世》的第一部裡。女婿是立王人（Richard Neville, 16th Earl of Warwick, 1428-71. Warwick the Kingmaker），《亨利六世》第二部才出場。

[162] 聖道明（St. Dominic）在1216年創立道明會（Dominicans），是為了應付異端，特別清潔派教徒（Cathar）。創會不久即受教皇委托，主持宗教裁判所。會名跟拉丁文Domini Canes（道明犬）雙關。

[163] 有壞人不一定就是鬧劇，只是蕭伯納的理想悲劇裡都是好人。

的惡棍主教、殘忍的宗教裁判官就像扒手一樣無聊，也叫錢包扒走的貞德變成更無趣的家伙。我把兩人刻畫成作戰教會、訴訟教會的代表，能幹，雄辯；惟有這樣做，才可以保住作品的崇高悲劇的水準，免得變成聳動的治安法庭鬧劇而已。戲劇裡的壞人，充其量只能是機關惡魔，大概比機關神祇刺激些的伎倆[164]；但是兩個都是機關，所以只有機械的趣味。再說一遍，尋常好人所做的，才是我們要管的；如果貞德不是被一些尋常的好人用一把公義的火燒死，那麼她死在他們手上，就不比燒死無數少女的東京大地震有意義了[165]。這種凶案的悲劇，在於犯案的不是凶手。這些是法律凶案、宗教凶案；而這個矛盾同時為悲劇平添上喜劇的成分：天使可能為凶案哭泣，上帝卻嘲笑凶手。

38. 悲劇不可避免的美化

　　那麼，在我的劇本裡，雖然會按實交代聖女貞德的事業大要，我們有理由在刻畫一些偶然的事實時走一點樣。傳統的貞德鬧劇把一切變成壞人和英雄之爭，或者就貞德的情形來說，是壞人和英雌之爭；不但完全抓不到要領，而且歪曲了人物，叫辜訶成了惡棍，貞德桀驁不馴，迪努瓦成了情人；幾乎都不用說了。然而，志在探討最深刻而可得的真理的悲劇、喜劇作家[166]，必須竭力美化辜訶，

[164] 古代戲劇，像希臘悲劇，情節發展到難解難分時，利用劇場裡的機關，把神祇從天而降，來解圍、突破僵局；叫做deus ex machina，可直譯為「機械神祇」。同樣，相反的情況就是diabolus ex machina，即「機械惡魔」。不管是神是魔，都代表了突兀牽強的情節。

[165] 1923年日本關東大地震，東京、橫濱大火。逾十四萬人死亡，大部分燒死。

[166] 蕭伯納為辜訶翻案，志不在真理，而在成就他心目中的理想悲劇。後人對辜訶的評價，關鍵在動機。如果辜訶認定貞德是異端，站在主教的立場，當然該定她的罪。問題是：為什麼認定貞德是異端？換一個問法就是：為什麼法方的教士、神學家不認為貞德是異端？貞德的異聲支持法方，英方教士認為出自魔鬼，法方教士認為出自上帝；雙方在宗教上的判斷恰好反映出各自在政治上的前提。辜訶有政治動機，但是他「不『只是』政治的主教」（S4），如此而已。

幾乎跟鬧劇作家竭力醜化他一樣。雖然據我所能知道的，沒有任何不利辜訶的證據，證明他不誠實，或者在審理貞德案時格外嚴苛，或者帶着敵視犯人、偏袒警方、階級、教派偏見，像我們現在的法庭理所當然的那樣；可是要把他當成偉大的天主教教士，絲毫不為世俗榮華的慾望所動，證據也簡直沒有多一點。而根據現在找得回來的零星描述，宗教裁判官勒邁特在職守上、在審理這個案子時，也絲毫不像我刻畫的那樣精明能幹[167]。但是舞台上的戲劇卻有責任讓人物比現實生活更角色分明，否則就不能讓觀眾看得分明。以這個劇來說，辜訶、勒邁特不但自己的角色必須分明，而且必須讓教會和宗教裁判所的角色也分明，正如渥力克必須讓封建制度的角色分明；三人的分別必須讓二十世紀的觀眾察覺到一個跟自己的截然不同的年代。顯然，這是辜訶、勒邁特、渥力克本人做不到的；他們是中世紀的一部分，因而不察覺中世紀的特點，好比呼吸而不察覺空氣的原子結構。然而，如果我沒有賦予他們充分的角色自覺，叫他們能夠向二十世紀的人解釋角色的態度，觀眾就看不懂這個戲。我只斷言，根據我至今所能收集的歷史資料，也憑自己的悟性，惟有犧牲了必然要犧牲的逼真，才確保了像樣的實況，叫我有道理宣稱，如果劇中三個詮釋者懂得自己實際所做的，就的確會說我叫他們說的話。此外，戲劇和歷史都不在我手裡。

39. 一些改善劇本的善意建議

我必須感謝大西洋兩岸一些評論家（包括某些對拙作擊節稱賞的）熱心地提出了若干改善建議。他們指出，尾聲和提及教會、封建制度、異端理論等等沒戲又沉悶的地方，劇場老手會拿藍鉛筆大刀闊斧地全部刪掉，然後劇本就可以大大縮短。我想他們錯了。專用藍鉛筆的老手挖掉劇本的心肝，把戲縮短了一個半小時，然後會

---

[167] 參S6.46, P19.78。

同時浪費兩個小時來搭精細的布景：有一條真的有水的盧瓦爾河、一座過河的橋，演一場分明裝模作樣的戰鬥，貞德騎在一匹真馬，帶領法蘭西人攻占了橋。加冕的場面會叫從前所有舞台布景失色，首先是蘭斯大街上的遊行，然後是大教堂的儀式，各有新寫的配樂。貞德會在舞台上燒死，就像馬西森・蘭每一回演漂泊的猶太人一樣；因為燒的理由一點也不相干，只要把人燒死，觀眾就會花錢來看。而舞台木匠把這些壯觀的布景搭起又拆下，幕間好像天長地久，小吃店就大賺一筆。又疲倦又洩氣的觀眾誤了最後一班火車，大罵本人寫出沒完沒了、沉悶無聊得受不了的劇本。但是報刊會齊聲叫好。如果我外行到聽從這些善意卻有大害的顧問，下場就會是這樣，這是每一個知道莎士比亞戲劇史的人毫無疑問的；其實，如果我不再掌屋演出的權利，大概就會這樣[168]。所以，也許趁我還活着時讓大家看這個劇最好。

40. 尾聲

　　至於尾聲，大家總不能指望我自顯愚蠢，暗示貞德在世上的事迹因處決而悲慘收場，而不是揭開序幕。無論如何，封聖的貞德和火化的貞德都需要上場；因為也有許多女人，搖着蟬紗裙子匆匆走到客廳火爐邊時，不小心惹火上身了；但是封聖是另一回事，而且是更重要的事。所以，尾聲恐怕必須保留。

41. 給評論家的話，免得他們覺得被人冷落

　　職業評論家（我自己也當過）覺得上劇院是亞當的詛咒。他花了錢，汗流滿面去受戲劇的罪；戲越快演完越好。這跟買票看戲的常客的立場似乎針鋒相對，因為戲客覺得，戲演得越久，娛樂就越

---

[168] 人家問舞台上為什麼多放一顆蘋果，最好答說放蘋果有什麼好處，而不是推想拿走了蘋果，人家一定改放發霉麵包。蕭伯納比羅素更愛賣弄機智，往往逞一時口舌、筆墨之快，機鋒有餘，智慧不足。

多，越值回票價。這的確是針鋒相對，尤其跟外地來比；因為外地的戲客一心為了看戲而上劇院，非要娛樂多少個小時不可，堅持得有時候叫巡迴劇團經理為了在倫敦必須演出短之又短的戲劇而慚愧不已。

原來在倫敦，那些評論家得到一大群人的支持；這一大群人上劇院就像另一大群人上教會，為了炫耀最漂亮的衣服、跟別人的比較；為了趕得上潮流，為晚餐會添些談助；為寵愛的演員捧場；為了不待在家裡、隨便到哪裡過一夜；總之，不管為什麼理由，任何理由，就是不為戲劇藝術本身的興趣。在名流的圈子裡，不信教而上教會，不愛音樂而聽音樂會、歌劇，不好戲劇而上劇院，這樣的人出奇的多，以致講道縮短到十分鐘、戲劇只剩兩個鐘頭；而且儘管如此，來的時候不是能晚則晚，就是誤了百般遷就他們的開始時間，會眾還巴巴的等着祝禱，觀眾等着落幕；好讓他們可以離開，去吃所渴望的午餐或晚餐。

於是劇場裡、報刊上，人人裝模作樣。沒有人直說：真正的戲劇沉悶討厭，叫人忍受兩個小時以上（中間有兩回長休）是吃不消的苛求。沒有人說：「我討厭古典悲劇、喜劇，就跟討厭講道、交響曲一樣；可是我愛警匪新聞、離婚消息，也愛挑起我或我太太、丈夫性慾的任何舞蹈或布景裝飾。而不管那些高人說什麼大話，我不覺得任何動腦筋的活動有什麼趣味，也不相信有誰覺得。」這些話都沒有說出來；然而，歐美大都會報刊上的戲劇評論，九成不外是這些話的含混的另類說法。如果不是這個意思，就根本沒有意思。

我不抱怨他們，倒是他們十分不講道理地抱怨我。但是我才不理會他們，就跟愛因斯坦不理會數學差的人一樣。我以古典風格寫作，對象是喜歡古典悲劇、喜劇本身而花錢進劇院的人；他們太喜歡了，看了傑出的作品，精采的表演就依依不捨，只為了趕尾班的火車或公共汽車回家才不情不願地離去。他們決不會吃一頓八點或八點半的晚餐後遲到，好躲過最少前半個小時的演出；而是提

前在刺骨的大冷天在劇院門外排隊，一站幾個小時，為免向隅。在戲劇連演一個星期的國家，他們帶着食籃，坐到把戲看完。他們才是我餬口所靠的主顧。我不給他們要演十二個小時的戲，因為以目前的條件，那樣的娛樂並不可行的；不過，在薩里郡、米德爾塞克斯、上阿默高[169]，從早餐後開始，演到日落而止，體力上、藝術上都可行；而坐在劇院裡通宵看戲，最少會比在下議院愜意，也有用得多。但是，以《聖女貞德》來說，除了有一段為了跟藝術不相干的理由而強加的休息外，我竭力依循古典慣例，即以實際三個半小時連續演出為限。我知道這樣難為了冒牌評論家、裝模作樣上劇院的名流。而他們再三的說，我的戲雖然傑出，卻不是八點四十五分演到十一點為止，一定慘澹收場；我不得不同情他們。事實大相徑庭。他們忘了，不是所有人都跟他們一樣。不過，我為他們難過。雖然不能為了他們而毀掉自己的作品，也不能幫助討厭劇院的人趕走喜歡的人；卻可以指出他們手上有幾個解救方法。他們可以循慣例遲到，逃過戲的第一幕。可以不等〈尾聲〉上演就逃掉。如果這樣短之又短仍然太難受，可以乾脆不來。但是我反對這個非常手段，因為對我的錢包、對他們的心靈都不好。而已經有少數人發覺，關鍵不在一齣戲實際演出的時間有多長，而在那段時間過得有多快；也發現在劇院，雖然要度過亞里士多德式的淨化時刻[170]，卻不一定總像他們經常覺得的那樣沉悶。既然戲劇叫他們忘了不舒服，不舒服又有什麼關係呢？

1924年5月於埃厄特聖勞倫斯

---

[169] 薩里（Surrey），英國郡名。部分後來拼入倫敦的地方，伊麗莎白時代常上演莎士比亞等的劇作。米德爾塞克斯（Middlesex）是舊郡，1965年大部分地區已劃入倫敦或薩里。上阿默高（Oberammergau）是德國一個鎮，17世紀時幸免鼠疫，從此每十年演出一次耶穌受難記。

[170] 亞里士多德在《詩學》（Poetics）裡談到悲劇的功用，原文的用語可以解釋為「宣洩」，也可以解釋為「淨化」。參看McKeon（ed）（1941: 1455-87），尤其第六章。

附錄：貞德犧牲的現代意義

　　貞德是時勢造的英雄，也是造時勢的英雄。

　　蕭伯納這個劇本叫Saint Joan，譯本原想把「聖女」刪掉，因為我想像封聖時，化了灰的貞德會跳出來抗議：「誰希罕！」不過，譯〈序〉時，又好像聽見蕭氏拿手杖把棺材敲得叩叩響；還是尊重作者吧。

　　六百年前死了個可謂無知的少女，在歷史上根本不痛不癢，哪裡值得大做文章呢？

1. 國家與民族

> 我很討厭人家叫我去把誰殺了、去為什麼什麼犧牲——而且通通是為了愛國。（Chaplin（1964: 356））
> 記得我們在梅茲的時候，拉着一位十一二歲的小孩子問他是法國人還是德國人，他說：「我是洛林人」，後來到司堡拉着一位十七八歲的，還是拿那句話問他，他說：「我也不管是德是法，只要沒有兵的國，我就願做他的國民」。（梁啟超（1919:158））

1.1

　　蕭伯納1933年訪華時曾說：「英國人與德國人從來不吵嘴，他

們相見疆場，祇是拿起刺刀，你不殺死我，我便殺死你完事。但是英國人卻痛恨法國人，法國人又痛恨美國人，到了歐戰將終的時候，這聯軍的惡感已達到終極點。」[1]英法有說不盡的愛恨情仇，上溯到中世紀那一段，更是糾纏不清，無法分敘；兩國的歷史要在百年戰爭（1337–1453）後才正式分道揚鑣。

貞德當然是法國這個民族國家的英雄；不過中世紀的「法國」，跟現在一般人想的不一樣。為免混淆，譯者在劇裡譯作法蘭西。至於蕭伯納認為貞德是民族主義的先驅，也值得商榷。

什麼叫民族？什麼叫民族主義？跟民族國家又有什麼關係？這幾個大哉問都不好回答；具體的定義，學術界是有爭議的。[2]比方說，現代的政治實體大多是民族國家，尤其在歐洲，學者大都同意。然而上溯各國什麼時候成為民族國家，情況就複雜多了。定義不同，成立的年代就會提早或延後；換言之，各國會隨不同的定義而有不同的歷史定位。又如有人說中國在宋代就是民族國家，就有人不同意。[3]

譯者只能把中世紀的情形，粗枝大葉地描一下；對民族、民族主義、民族國家，實在無法、也沒有能耐詳細討論。譯者的標準，大抵對民族主義嚴些，[4]對民族國家寬些；換言之，不認為貞德是民族主義者，卻認為法蘭西在百年戰爭後，已漸有民族國家的雛形，儘管不成熟，也儘管之後進進退退。

---

[1]　林語堂（1994）。
[2]　也許最單純的「民族」，最難說清楚。像韋伯就花了很多筆墨，告訴讀者民族不是什麼或不一定是什麼（Weber（1946: 171-9））。連到底是民族創建國家，還是國家創造民族都成問題，例如Hobsbawm（2012）就認為，不是法蘭西民族創建法國，而是法國創造了法蘭西民族。
[3]　林同奇（2006）。
[4]　參考Berlin（1979）提的四個特徵。

1.2

　　五世紀羅馬帝國衰亡後，政治失序，日耳曼各民族乘機入侵，在各地建立大大小小的王國；從此進入史家所謂「中世紀」。中世紀的意義，在文化上，是日耳曼民族皈依基督教、吸收希臘羅馬的文化，簡單說，就是蠻族的馴化；在政治上，是從混亂到封建，又從封建演變為列國體制，尤其民族國家。英法是最早的民族國家，百年戰爭是催化劑，而貞德正是關鍵人物。

　　當時的社會秩序，主要靠兩根柱子：先是教會，然後加上封建制度[5]。教會一方面憑藉宗教的力量，管理人間的俗事，教廷組織、教階制其實就是羅馬政府的翻版；一方面又擁有土地，是封建裡的要角。所謂封建，是一方願意臣服效勞，另一方願意保護；因為領主往往兼大地主而陪臣是佃農，於是人際、道義的關係又變成經濟關係，再應實際的需要而變成政治制度。甲可以既是乙的領主，又是丙的陪臣；如此類推，各階層的人合組成一個錯綜複雜的關係網，每個人都有相對的權利義務。於是，教會、封建局部代替了中央政府的功能。

　　而我們所習慣的民族國家，在當時是很新鮮的事。『在羅馬帝國以後的中世紀叫做神聖羅馬帝國，在這個時候只有民族的觀念，有教會的觀念，而沒有「國家」的觀念，但是那個時候在西歐的民族都有一種遙遠的追求，這個追求就是一個民族，一種語言，一種文化，相對集中的人群結成一個政治實體，這個實體就叫「國家」。』[6]

　　現在常有人把中世紀描述成王國統一與封建分裂相爭的年代，而貞德時代的法蘭西王國，辜訶、勃艮第公爵之流的所作所為就是出賣民族、出賣祖國云云。其實是因為我們習慣了晚近幾百年來

---

[5]　杜正勝（1979：自序）對西歐封建有扼要的說明，值得一看。

[6]　陳樂民（2007：10）。

民族國家的狀況，以為向來如此；把現在對民族、主權、國土等等的界限認同套到實況和觀念都截然不同的中世紀去。假設英方在百年戰爭裡獲勝，勃艮第從此變成英方的領土，勃艮第人說了幾百年的英語；現代人讀到貞德這一段歷史，就覺得法方是外來的侵略者了。百年戰爭加強了某些人對法蘭西的自我認同，對英格蘭的排斥；英格蘭的侵凌，鍛鍊出法蘭西的民族感情；一如日後拿破侖占領柏林等地，也凝聚了德意志的民族感情。外侮不一定激起民族主義，[7] 然而「我者」、「他者」的壁壘越打越分明，民族、國土的界線越打越清晰。[8]

　　而民族國家的出現，關鍵不在統一與分裂之爭，而在國家的搏成，究竟靠的是什麼？這就涉及主權的合法性問題。當時不論王國的統治者，還是封建領主，都是軍事上、經濟上的強人。王國、領地是他們的私產，會隨着土地兼併、攻城掠地、貴族婚姻而變動轉移。1066年法蘭西的諾曼底公爵打敗英王，自立為王；於是英王變成法王臣屬，英格蘭領土名義上也歸了法蘭西。到法王路易七世的王后埃萊諾（Eleanor of Aquitaine（c. 1122–1204））改嫁英王，她名下比王畿更大的封邑就歸英格蘭；結果到路易七世的兒子腓力二世時，英王在法蘭西的領地比法王大得多。

　　民族國家的出現，沒有立刻扭轉形勢，日後還一度間接助長了王權的過分擴張。然而，貞德所反映的民間的聲音，所代表的社會趨勢，是一個地方的一群人自我認同為一群「我者」，並把該地方認作非我族類不可侵犯的「國土」。那時候並沒有自覺的有組織的「民族統一運動」，也無所謂民族主義，別說貞德是領袖了。雖然貞德「帶來的是新的愛國精神，而不是新的國家觀念」（Huizinga（1925: III））；卻也代表醞釀已久、本已潛存的群體認同感，把

這份感情凝聚為對國家安內攘外的具體期望；預示了由上而下的強人政治將增添一個由下而上的因子，為國家賦予新的社會基礎。國家將漸漸由政治強人的私產過渡為日後全體公民認可、參與的共同體。民族認同感促成了民族國家的建立，國家的興盛、成就又強化民族的認同；兩者互為因果。[9]

總之，中世紀以前，歐洲大陸在文化上、政治上為一體。羅馬帝國解體後，日耳曼各族一方面吸引了希臘、羅馬的文化（包括羅馬化的基督教），在文化上同源，另一方面卻演變成列國體制，在政治上分裂；於是成了文化一體、政治多元的局面。正如春秋戰國，群雄兵戎相見，卻講究同一套禮樂；英法在戰場上你死我活，在教堂裡卻敬拜同一個上帝；英格蘭要殺貞德，也得借宗教裁判所的刀。

2. 貞德——宗教改革的先驅？

> 娜拉：…我真不知道宗教是什麼。…除了行堅信禮的時候牧師對我說的那套話，我什麼都不知道。牧師告訴過我，宗教是這個，宗教是那個。等我離開這兒一個人過日子的時候，我也要把宗教問題仔細想一想。我要仔細想一想，牧師告訴我的話究竟對不對，對我合用不合用。（Ibsen, H.（1879: Act 3），潘家洵譯。）

十六世紀的宗教改革是大事，也許到今天還餘波未了。如果大字不識一個的貞德是宗教改革的先驅，那就跟我們的六祖慧能中西媲美、前後輝映了。我們先粗略地看看宗教改革的性質與影響，再來判斷。

---

[9] 這就是中國大陸傾一國之力來栽培那麼多頂尖運動員的原因。

2.1

　　如果文藝復興是個人的覺醒，宗教改革就很特別了。一方面，宗教改革沒有推翻信仰，反而重新肯定上帝的地位，跟文藝復興背道而馳。另一方面，重新詮釋的基督教取消了教會的中介地位；這種態度既是信仰上的復古，同時因為把信仰變成個人與上帝的關係，強調個人的良心，卻又接續了文藝復興的精神。總之，亦斷亦續，亦復古亦創新。

　　中國的春秋戰國，王官失守，貴族淪落，民間「聚徒講學」，打破了以吏為師的傳統；平民知識分子因而大增，官學演變出諸子百家。宗教改革也有類似的結果。當初《聖經》不是人人可讀的。宗教改革的結果，讀《聖經》由教士的權利，變成信徒的義務，才打破了以神父為師的傳統。[10]而路德等憑藉伊拉斯謨（Desiderius Erasmus, c. 1469-1536）所訂的希臘文《聖經》、所譯的拉丁文新本，譯出通俗的方言版《聖經》；於是又把《聖經》由人人該讀變成人人可讀。[11]中西都解放了思想，促進了社會進步，都是破天荒

---

[10] 富蘭克林在自傳裡提到，從前祖父家弄到一本英文《聖經》，翻開來用帶子綁好，藏在板凳下；高祖把板凳翻過來放在大腿上，念給大家聽，一個孩子在門口把風（Franklin（1791: 7））。即使到了二十世紀，信徒讀《聖經》也是新鮮事，尤其天主教。1965年，有名的電影製作人德洛倫蒂斯（Dino De Laurentiis）在拍攝「聖經」（The Bible: In the Beginning）期間受訪，說：「五年前我從來沒有讀過《聖經》，因為在意大利，宗教的知識通通都是跟神父學的。」（Ross（1965: 197））至於批評基督教或不利基督教的著作，教會教導信徒的原則大都是不禁止、不鼓勵，倒是信徒自己棄權。比方羅素是教會裡有名的「壞蛋」，讀過他那些文章的信徒，卻少之又少。信徒會解釋說：「牧師說他說的不對，教壞人的。」有些優秀的通俗作品，例如Ehrman（2005）算是第一本普及版的《聖經》校勘學著作，十分暢銷；但是看過的信徒，恐怕也是少之又少。你問信徒，答案不外：「神父說……」、「等我問一下牧師……」之類。這不是宗教改革的精神。

[11] 這是就知識分子而言。早期基督教的信徒大多是文盲，只能聽人家讀某些經卷給他聽；幾百年後，所謂新舊約《聖經》成編時，情況也差不多；大概要到工業革命後，識字的信徒才真正多起來。

的大變革。

　　而信仰的權威由教廷變成《聖經》，表面上是教義的統一標準由一個變成另一個，由人的話變成上帝的話；實情是《聖經》的詮釋有許多彈性空間，訴諸個人良心的詮釋，結果就是一本《聖經》，各自表述，等於漫無標準。改革到頭來不只是新教、舊教的大分裂，還有不同教派的小分裂。今天的新教信徒如果比較一下不同教派所認定的得救條件，一定嚇一跳，不知道到底誰才得救。不同經文的輕重主次的看法，基本上是任意的，可以衍生出從大同小異到天南地北的種種教義，連帶對各種社會問題的看法也言人人殊。於是各教派、甚至每一個人都可以各就所愛、各取所需。這一點關係重大。例如：教會從前幾乎是任何社會活動的最後仲裁；分裂後，內部意見不一，根本無法插手宗教以外的事，而政治、經濟等領域才得以走自己的路。[12]而任意剪裁的教義，到現代仍然叫部分新教信徒不滿，還有人改宗舊教，像譯過《聖經》的吳經熊就是一例。

　　此外，宗教改革由始至終都跟政治脫不了關係，甚至可以說，宗教改革跟民族國家的發展是一體兩面的事。爭取宗教上的自主權，變相就是擺脫教廷和神聖羅馬帝國的牽絆，爭取政治上的自主權（包括搶奪教會的土地、財產）。所以路德受教廷威脅，卻得到撒克森國王等日耳曼封君的保護。而最具體的象徵莫過於新教、舊教同盟在「三十年戰爭」後簽訂威斯特伐利亞條約（Treaty of Westphalia（1648））；以國際公約規定，日耳曼各邦國擁有內政、外交等自主權，新教、舊教地位平等，舊教國家要給新教信徒信仰自由等。總之，本來同源的文化也越來越多元化。

---

[12]　托尼也提過這一點。另外，他也指出，正因為十七世紀加爾文派的人有種種不同的社會主張，韋伯從過分簡化的所謂新教倫理來看資本主義的興起，值得商榷（Tawney（1926: ch. 4, note 32））。

2.2

貞德受審受刑，好像是個人親領的上帝旨意與教會詮釋的上帝旨意衝突，是個人良心與教會制度爭奪信仰權威的地位。其實貞德只代表自己，不代表所有個人；只在意英法的戰事，而不及其他；這是她跟真正改革者的關鍵差別。

信仰是離不開個人與上帝的關係的，[13]信徒禱告就是與上帝溝通，也常有人得到啟示（姑且不論啟示怎麼來）。儘管教會後來制度化了，也沒有改變這個信仰的特點。所以不能說與上帝溝通、直接領受啟示的個人，就是跟教會作對，就是宗教改革的先驅。四世紀時，君士坦丁夢見基督的十字，打贏關鍵的戰役，皈依基督教。他憑什麼自己判斷那真是上帝的啟示呢？教會為什麼不質疑是魔鬼托夢呢？聖奧古斯丁（354-430）在花園得到啟示後皈依，教會從沒有怪責他僭越教會的權威，從沒有質疑那是魔鬼作祟，連他聽到鄰家小孩的話，也順理成章是上帝傳話。[14]蕭伯納為什麼不說他驕傲、自以為是，為什麼不封他為教皇奧古斯丁呢？

從有教會到今天，無數的人得到啟示、遵行啟示，從來沒有啟示詮釋權的問題；他們跟貞德的差別，在於貞德遵從啟示的行動剛好跟受政治影響的教會立場衝突，教會才掉過頭來挑剔她的啟示。教會好像在維護自己的權威地位，其實是拿信仰的理由來達到政治目的。在當日的社會，天啟的神魔之辨的確關係重大。然而，假如貞德一直留在鄉間，宗教裁判所會為一個村姑聲稱看見天使、聽見天啟而審判她嗎？我們也可以問：既然親友、家鄉神父、太子黨的神學家都認為貞德虔誠不過[15]，教會憑什麼否定她的啟示來自上帝

---

[13] 所以懷德海強調宗教是孤獨的事，「宗教就是個人應付自己的孤獨的辦法」（Whitehead（1926: I. 1. Religion defined））。

[14] Augustine（trans. 1942, 43: Book 8, XII）。

[15] 姑不論是否真心相信貞德是上帝的使者。參Huizinga（1925）。

呢？因為審她的教士是親英格蘭的，支持法蘭西的異聲、異象當然出自魔鬼。總之，神魔之辨到頭來是屬世權力鬥爭的曲折反映；天啟驗證有政治前提，只是個假議題。

　　貞德不但沒有把自己的經驗變成所有個人的主張，而且承認教會的媒介地位。即使自覺得到天啟，仍然尊崇教會，仍然渴望主教祝福。既不反對教會詮釋上帝旨意的地位，也決不會以《聖經》代替教會，來做信仰的權威。英法戰爭以外的事，教會說了算，她一定乖乖聽話。只有英法的戰事例外；就算她聽到的聲音是自己感情投射的心理作用，她仍然覺得那是上帝的旨意，就無法不遵命。

　　總之，她從來沒有質疑教會的地位，也沒有在教義上跟教會立新解、唱反調。她的犧牲，也許反映了教會這個中介角色的荒謬；然而所謂新教先驅，卻是個貌合神離的假象。

3. 再燒一次？

> 但是我認為知識的先驅鬥士永遠得不到多數人的附和。十年後，多數人會走到公眾大會時斯托克曼醫生站的地方；可是這十年裡，醫生不會站在原地不動，仍然會領先多數人十年。（Ibsen, H. To George Brandes. 12th June 1883.）

　　蕭伯納認為，貞德再世，一定再燒一次。貞德代表了古往今來無數為社會變革而奮鬥的精英，她的犧牲讓我們反省：究竟社會該怎樣看待「真理」？怎樣接納異己？又怎樣面對變革？從某方面來看，蕭伯納是對的。

3.1

　　前人做當時認為天經地義的事，後人認為做錯了；可見後人「經前人一錯，長自己一智」了嗎？

　　當年英格蘭可以借刀殺人，前提是宗教裁判所有刀可借。中古獵巫是有根據的，《聖經》說得很明白：

> 「行邪術的女人，不可容他存活。」（出22:18）
> 「無論男女，是交鬼的或行巫術的，總要治死他們。」（利20:27上）

　　在宗教裁判所得勢的七百年間，究竟因所謂巫術而死的人有多少，學界的說法從幾萬到上百萬，意見不一。到了十九世紀前期，不但獵巫的熱潮早過了，連宗教裁判所也廢了。世人學到了教訓了嗎？還是「再燒一次」呢？

　　教會做的壞事遠不止迫害所謂異端而已，就來談談幾件「性事」吧。

3.2

　　十九世紀中期，辛普森（Sir James Simpson, 1811-70)）發明用氯仿麻醉，為婦女分娩；教會不但極力反對，還警告違者必遭詛咒。因為《聖經》記載，上帝因始祖犯罪，

> 「又對女人說：我必多多加增你懷胎的苦楚；你生產兒女必多受苦楚。」（創3:16）

　　意思跟治死巫覡一樣清楚，站在教會的立場，反對有理；已婚的年輕女教徒的道德勇氣，更是可嘉。理論上只有一個瑕疵，就是便宜了男人。因為上帝明明也懲罰男人，說：

> 「你必汗流滿面才得糊口」（創3:19上）

教會卻從沒有反對使用電風扇、冷氣機。幸好，1853年，維多利亞女王為民表率，力排眾議，堅持採用麻醉分娩；成了婦產科的劃時代大事（Gill（2009: Ch. 22））。大眾眼看女王母子均安，詛咒的恐嚇破功，就漸漸放心跟進了。只是到二十世紀初，還沒有真正普及。所以鄧肯才痛罵這是殘忍的罪行，「說什麼宗教裁判所，生過孩子的女人才不怕呢！」（Duncan（1927: ch. 19））

然後是避孕。這跟麻醉一樣古老，但是科學方法到相當晚近才在歐洲普及；而在美國，到了二十世紀初還是禁忌。《聖經》說：

> 「神就賜福給他們，又對他們說：要生養眾多，遍滿地面」
> （創1:28上）
> 「兒女是耶和華所賜的產業；所懷的胎是他所給的賞賜。」
> （詩127:3）

教會認為生育是性生活的惟一目的，避孕是阻撓上帝的作為；所以那時候有不少享受麻醉生育卻反對避孕的人。教會竭力反對桑格夫人（Margaret Sanger, 1883-1966）推廣的性知識、避孕方法。某大主教，在家裡不知排行第幾，還歷數富蘭克林（Benjamin Franklin）排行十五之類，反證當代沒有天才是因為節育（Sanger（1938:307））。最精采的例子要算這個：某牧師不理醫生警告，讓妻子連續十年懷孕生產而死。牧師那麼渴望「生養眾多」嗎？用膝蓋想都知道不是。羅素一句「沒有人指責他」（Russell（1925））更是春秋筆法，把基督徒的偽善刻畫得入木三分。

到了今天，佔了大半江山的基督教大都容許避孕，只剩偏安一隅的天主教來反對，看來大勢已去。而就在大部分人享受到麻醉生育和避孕的好處時，不論基督教、天主教，對同性戀仍然是反對的多。《聖經》說：

> 「人若與男人苟合，像與女人一樣，他們二人行了可憎的
> 事，總要把他們治死，罪要歸到他們身上。」（利20:13）
> 「他們的女人把順性的用處變為逆性的用處；男人也是如
> 此，棄了女人順性的用處，慾火攻心，彼此貪戀，男和男行
> 可羞恥的事，就在自己身上受這妄為當得的報應。」（羅
> 1:26下-27）

今天，全世界的基督徒不約而同地閉一隻眼，看不見治死巫覡的經文；絕大部分基督徒卻睜大另一隻眼，把上引金句看得一言九鼎；實在非常耐人尋味。

而政府的角色其實跟宗教裁判所那個年代差不多，只是除了納粹德國，制裁的力量大不如前而已。話雖如此，圖靈（Alan Mathison Turing, 1912-54）因同性戀被人化學閹割，最後自殺身亡，也不過六十幾年前的事。英國政府依法行事，而法律背後想當然是為了「維護善良風俗」；跟所謂拯救靈魂如出一轍。圖靈是數學奇才、電腦先驅，也是二次大戰時破解德軍密碼的大功臣；當年判刑執法，沒有人出來救他；到了二十一世紀，才兩度有幾萬人聯署，為他平反。

3.3

總之，每一代總有人挑戰現狀，卻往往險阻重重；到頭來，社會換湯不換藥地重蹈覆轍。Mill（1874: Nature）指出，如果人不應該違反自然[16]或自然代表的上帝旨意，那麼下雨打傘也是對上帝的大

---

[16] 這一代人心目中覺得自然的事物，也許在幾代前是很不自然的。「自然觀」不但隨時而變，而且十分混亂。比方農耕就是人工，所以考古學家常常以穀物種子的遺迹來論證古文明的起源。妙的是，現代的農業科技太先進，也不無流弊，就有人嚮往所謂老祖宗的方法，提倡「自然農法」什麼的。這跟「三角的圓形」一樣自相矛盾。表面上是咬文嚼字的小毛病，無關痛癢；其實反映大家斷錯了症，開錯了藥。

不敬。相反，人類所累積的文明，就是不斷違反自然或修正自然的結果。

今天，大家認為麻醉分娩是理所當然的，教會就覺得前輩反對是誤解了教義；有朝一日，社會允許同性戀就像允許麻醉分娩那樣理所當然，教會一定覺得自己的前輩誓死反同實在莫名其妙，於是開明地、而且輕而易舉地把反同的經文「圓」掉。

歷史上的教會，總是一面打着傘，一面反對某些新事物，義正辭嚴，決沒有一分一寸通融的餘地。過了多少年，教會到了下一代，換了腦袋，發覺從前反對某事荒謬可笑，就斷定前期對《聖經》的解釋是誤解、曲解，然後把反對所據的經文開明地、而且輕而易舉地自圓其說掉。過程就像從前的異端，後來變成聖人一樣。同時標舉另一些的經文，反對另一些事物。如是者，改舊過，作新惡，周而復始。反對時有根據，說得通，不反對時也有根據，也說得通；問題就在都有根據，都說得通。

現代的基督徒，誰想過女穿男服是死罪？誰不覺得「女穿男服是死罪」荒謬可笑？今天反同性戀的信徒享受着麻醉分娩、避孕的好處，哪裡想過這些是敵人艱苦奮鬥，克服教會百般阻撓才爭取到的。還有許多信徒對從前教會迫害所謂的異端、巫覡，害死千千萬萬人，壓根兒無知。

如果反同是依據「不變的真理」，從前獵巫、反麻醉分娩、反避孕何嘗不是？「順性」、「逆性」云云還有點模糊的餘地，「不可容他存活」卻是斬釘截鐵般清楚。今人才懂耶穌的教導？前人不懂？今人才有聖靈指引？前人沒有？今天的「真理」比從前的確鑿？說穿了，「覺今是而昨非」不過是時移世易的幻覺罷了。

時代環境決定了基督教倫理的彈性空間和詮釋方向；[17]「真

---

[17] 批評基督教的人很多，批到痛處卻又宅心仁厚的很少，密爾是一個。Mill（1859）不是談宗教的書，對基督教卻有許多洞見；例如第二章談到基督教倫理的來源，就十分值得一讀。

理」其實是以落後版的時代環境所篩選後再重組的教義[18]。

依據歷史，教會遲早會允許同性戀，只不知道那時候又來反對什麼而已。這到底是幸還是不幸？還是不幸中的大幸？難道反對時，除了承認社會還沒有準備好、倡議者該死，就沒有別的逃生口了嗎？一開始就把金句圓掉，不是天下太平嗎？

有意無意把教義當成「真理」來固執，不但是迷信，也不利宗教本身的發展。Harnack（1901: 15）說得再好不過：「『原始基督教』必須消失，『基督教』才得以長存。」一代有一代的「原始」，都要消失；變化才是永恆，而變得巧就是智慧。

早期在歐洲，咖啡一般認為是穆斯林的東西，基督徒喝不得。幸好愛喝的克勉八世（1536–1605）為咖啡施洗，咖啡才得以普及起來。真是四兩撥千斤，屬世的人太需要教皇這種屬靈智慧了！

4. 誰的雞蛋？誰的餅？

> 娜拉：……可是從今以後我不能一味相信大多數人說的話，也不能一味相信書本裡的話。什麼事情我都要用自己腦子想一想，把事情的道理弄明白。（Ibsen, H.（1879: Act 3），潘家洵譯。）

辜訶口口聲聲要拯救貞德的靈魂，到頭來卻把人燒死。歷史上，做壞事不一定說得出動聽的理由，但是說得出就事半功倍；所以有禮教殺人，有真理殺人。這種事不都發生在古代；而會耍這一套的，不管是自覺的或不自覺的，也不止教會。

---

[18] 所有宗教都要面對這個難題。修訂期間，大愛台的電視劇裡，當醫生的爸爸慶幸兒子不是同性戀，卻給蔡燦得飾演的漂亮明理的媽媽教訓了一頓：「同性戀又怎樣？那也是他的人生啊！愛是不應該有條件的。」說得太好了，大快人心，值得喝采。雖說是真人真事搬上螢幕，不一定代表電視台的立場；但是，倒過來想，基督教的電視台，哪裡可能有這種對白呢？佛教走了一大步了。

4.1

十九世紀的美國把奴隸制的理論發揚光大，許多人闡述奴隸制多麼「自然」、多麼合理；基督徒、牧師引用《聖經》，證明白人蓄黑奴是上帝的旨意。教會的責任是培養「好主人和好奴隸」，一如培養「好丈夫、好妻子」等等（Armstrong（1857: 133））。[19]

十九世紀末，西方有所謂「白人的責任」；帝國主義的征服、殖民是為了黑人好，是為了照顧落後的亞洲云云。二次大戰時許多日本軍人真心嚮往「大東亞共榮圈」的崇高理想，不惜侵略鄰國、塗炭生靈（Benedict（1946））。

到了現代，美國有基督徒為了「保護生命」，槍殺幫人墮胎的醫生。[20]凶手心裡面想的大概跟獵巫的人差不多吧。今天的基督徒，九成九反對獵巫，別說動用火刑了（承認不承認基督教的歷史責任是另一回事）。同樣，槍殺墮胎醫生，九成九九的信徒會反對；但是如果把槍殺改成監禁，反對的信徒又有多少呢？改成吊銷執照呢？

4.2

許多護教學者一再強調，信徒的品德應該比較高尚，是非信徒

---

[19] 今天的信徒一定覺得身為牧師的作者歪曲了《聖經》。譯者覺得這本書內容充實，態度溫和、客觀。只不過，蓄奴早成了荒謬的事，教會也早已「圓」了過來，找出了一堆經文，證明《聖經》反對奴隸制；〈腓利門書〉還突然成了教會的「釋奴宣言」。與其說現代的基督徒開明、對《聖經》的了解勝過十九世紀美國南方大部分牧師：不如說他們一向乖覺（或不自覺），會依權威定的調來獨立思考、依教會下的結論來推理罷了。

[20] 小布希（George W. Bush）是虔誠的基督徒，贊成在學校教授所謂「智慧設計論」（偽裝成科學的神創論），堅決地反同性戀、反墮胎；卻無恥地捏造理由，侵略伊拉克。受害人數，跟宗教裁判所的一樣，眾說紛紜，從十幾萬到上百萬，包括許多平民。美國這個基督徒為主的國家，不但沒有人槍殺他來「保護（伊拉克人的）生命」，還把他選為史上第六偉大的美國人（http://news.bbc.co.uk/2/hi/americas/4631421.stm）。

最常見的一大誤解。[21]話雖如此，開口愛、閉口愛的信徒，怎麼會殺人呢？二次大戰時，英國廣播公司邀請劉易斯（C. S. Lewis, 1898-1963）上節目，為基督教辯護。結果大受歡迎，許多人認為他是戰時最佳廣播員，勝過丘吉爾。因為他變相叫英國人覺得自己站在真理的一方，而邪不能勝正。不但安撫了後方的民眾，也給了前線的軍人亟需的「心理建設」。例如：他承認救恩不分國籍，《聖經》不止是英國人的，也是德國人的；卻在〈論饒恕〉裡「網開一面」：愛仇敵不等如不懲罰仇敵；基督徒士兵（英國人）殺死敵人（納粹士兵），是天經地義的（perfectly right）。因為納粹的所作所為是錯的，因為基督教的道德觀念高於納粹的道德觀念（Lewis（1952: Bk. 1, Ch. 2.; Bk. 3, Ch. 7））。[22]這好比《傲慢與偏見》裡，柯林斯牧師勸告族伯班耐特先生，要饒恕私奔的女兒，「然而斷斷不可見其人，聞其名。」班先生恍然大悟，說：「『這種』想法是他所謂基督徒的饒恕啊！」（卷三第十五章）關鍵不在敵人來了是否就要束手待斃，而在敵對雙方怎麼想：納粹想的不也跟劉易斯一樣嗎？

　　打着上帝招牌來做魔鬼的事，最可怕。

　　1992年，波士尼亞爆發內戰，天主教、東正教、猶太教、伊斯蘭教領袖聯合發表〈波恩宣言〉（Pavle, Selimoski, Puljic and Schneier（1992）Berne Declaration），指出以宗教名義所犯的罪行，是違反宗教最大的罪行。像伊斯蘭國（ISIS）的所作所為，正信的教徒都不以為然。

---

[21] 這是典型的「護」教論。《聖經》說：「你們若有彼此相愛的心，眾人因此就認出你們是我的門徒了。」（約13:35）如果信徒夠爭氣，多的是道德榜樣，神學家一定另有說法。

[22] 甘地是真正道德高尚的人，當年曾寫信勸告希特勒（Gandhi（1939）（1940）），苦口婆心，十分得體。他強調的不是誰道德高、道德低，而是站在人道立場上反戰；所以不但勸希特勒收手，也以英國人的叛徒兼朋友的身分勸他們採用非暴力的抵抗方法。

　　然而，以色列侵占巴勒斯坦數十年，大剌剌在約旦河西岸殖民；把加沙變成超級大監獄，叫巴勒斯坦阿拉伯人民不聊生、受盡屈辱；藉口自衛，「以眼還眼睫毛」；藉口對付恐怖分子，不時攻擊，平民死傷慘重；不僅是人道危機，甚至有種族淨化（ethnic cleansing）之嫌。納粹的受害人竟然搖身一變，成了加害人。而不斷弱化、慢性屠殺的手段，比納粹高明得多。媒體上的優勢，更不可同日而語；這是他們到今天還可以假扮受害人，然後理直氣壯地加害別人的關鍵。[23]

　　他們不擇手段，做盡傷天害理的事，有罄竹難書的戰爭罪行，違反國際法、日內瓦公約、國際法院（the International Court of Justice）的裁決、聯合國決議，可謂無法無天。然而，教會卻與有榮焉地一味稱讚猶太人、以色列「優秀」，對以色列的所作所為不是公然支持，就是裝聾作啞。無數在別人眼中是好好先生、好好小姐的信徒，從來不曾為巴勒斯坦受苦受難的「鄰舍」「動了慈

---

[23] 最妙的是，他們還不惜搶先教會一步，為特拉維夫（Tel Aviv）塑造「同志友善」城市的形象，以粉飾（pinkwashing）對巴勒斯坦的軍事佔領。其實，伊斯蘭國做的壞事，比起以色列，真是小巫見大巫；西方國家死於恐怖攻擊的人（姑且假設全部無辜；因為依某些人的看法，並非如此。參看可麗（Rachel Corrie, 1979-2003）死前幾個星期寫給母親的信（2003年2月27日），見Corrie（2008）），比起死於西方軍事強權的，一樣不成比例。這是現代版的「竊鈎者誅，竊國者侯」。可悲的是，這年頭大部分人對所謂善惡正邪的分辨，往往是媒體先決；而媒體墮落影響之深遠就可想而知了。台灣媒體在中東問題上的表現，一點也沒有比歐美主流媒體好。這很奇怪，因為台灣說不上有多大的利害關係。周世瑞（2010）：「台灣政治學界和商業媒體若非睜眼說瞎話，設法替帝國主義開脫，則是裝聾作啞、不動聲色的將霸權種種滅絕人性的罪行自國際政治抽離。知識分子刻意混淆視聽、唯恐天下不亂，以及對言論自我審查的甘之如飴絕非台灣安全依賴美國可以解釋。若無反常人格，恐怕無法為之。」反常人格云云，見仁見智。奧威爾在《動物農場》初版時被人刪掉的序裡批評當時的英國社會偏袒蘇聯，媒體既自廢武功、又雙重標準，知識分子的奴性更是可悲（Orwell（1972））；情形跟現在的台灣對美國很像，儘管原因不盡相同。無論如何，我認為台灣的觀眾也要負責任；沒有好的觀眾，難有好的新聞報道；尤其年輕人，多背幾個英文單字，不叫國際觀。

心」。[24]誰要是不知趣來質疑，一般無知的基督徒只有一句「巴勒斯坦人會放炸彈」；好一點的，也只有「認識很多很有愛心的基督徒」之類有氣無力的辯解；最莫名其妙的，是旁人（甚至信徒）的態度：「我不跟你談宗教。」甚至反過來責怪說：「你不要批評人家的宗教信仰。」

　　作惡的心安理得、信教的埋沒良心──因為據說是神的應許，是救贖計畫。

　　以色列的年輕人當兵，也大都學會了「軍隊的目的不只要在戰場上抗敵衛國，還要消滅無辜的百姓，因為他們是阿拉伯鬼（Araboushim），住了上帝應許給我們的地方。」（轉引自Chomsky（2015:11））情形跟當年日本的軍人相信「大東亞共榮圈」一樣。總之，正如錫安主義（Zionism。又譯猶太復國主義）的大將亞伯廷斯基一針見血地說：「要使用武力來實現的神聖真理，仍然是真理。」（Jabotinsky（1923））這比劉易斯後來在二戰時所說的要露骨得多。換言之，縱容以色列不但政治正確，而且宗教正確。

　　巴以問題，過程的確複雜，卻有許多人有意無意地把事情變成各打五十板的公案，用鄉愿式的公平混淆了相對簡單的是非。這個自欺欺人的戈爾迪死結，也許要用良心劍才解得開。（參看Shlaim（2014）；散篇的評論如Pappé（2006）、Shlaim（2009）、Falk（2015）；還有Amnesty International（2015/16），即國際特赦組織最新的年度報告。中文讀者可參看張翠容（2006）。林長寬（2010）、周世瑀（2010）都是為薩伊德的書所寫的導讀。林文主要介紹巴以問題的歷史原委，來龍去脈，十分周到扼要，是入手的好材料。周文是以色列和美國的暴行編年史，包括摧毀數百間學校、幼稚園，使用美製「歐巴馬紅線」（化學武器）攻擊平

---

[24] 這不能推說不知情。只要良心沒有給信仰埋沒、對人命敏感，縱然主流媒體的立場偏頗，再不關心國際新聞的人也總會發現大量的蛛絲馬迹。所以，個人認為，巴以問題實在是基督徒的愛的試金石──或者說雄黃酒。

民等等。如果有人看了近日刀襲的新聞而為以色列喊冤，請多看
FAIR, truthdig等網站的報道，例如：Naureckas（2015）、Prashad
（2015））。

4.3

　　種種惡行，表面上是目的與手段的矛盾，其實不然。Russell
（1946）也一針見血地說：人類相殘，不過是邪慾作祟，再拿些堂
皇的觀念來粉飾而已。換言之，白人的責任、大東亞共榮圈、神
的應許、錫安主義等等「真理」都是自欺欺人的手段，用來掩護見
不得光或不願承認的目的。到了現代，從以世俗主義來掩護宗教歧
視，到以人道干預來粉飾帝國主義的軍事侵略，花招百出。到頭
來，就像Berlin（1988）所說，就算為了煎蛋餅，打破多少蛋都在所
不惜；問題是蛋打了，打習慣了，蛋餅呢？

譯者的話

有劇有序

蕭伯納不但劇本寫得好，更是散文大家；他的劇本有個特色，就是序文往往長篇大論，幾乎是一本小書。在讀者來說，也許劇與序可以分開讀，也讀得懂。然而，不管是否合則兼美、離則兩傷，至少在作者來說，劇與序顯然是一體的。

比起一般的文學名著，《聖女貞德》的譯本不算多；我看過的，以劉炳善、吳潛誠兩位的最好，劉譯尤其出色、「像話」。[1]然而所有譯本都只有劇，沒有序，實在是怪事。序短，不見得作者隨便；序長，卻可見作者重視；大辯若訥，他有一肚子的話要說。所以，要麼不譯，要麼就連序也一併譯過來，才對得起作者，才算功德圓滿。

兩個難處

然而，有兩個難處，得先跟讀者「招供」。

初讀劇本，心動要譯；再讀序文，卻叫苦連天。因為狐狸的文章比刺蝟的更難翻譯。蕭氏學識淵博，對歷史、政治、經濟、社會、宗教、心理、音樂等等，幾乎無所不通。他吸一口煙斗，左右

---

[1] 參考其他譯本，主要是為了檢查錯誤。如果自己沒有錯，但是人家譯得比較好；也只好無奈地欣賞，自認拙譯了。

逢源，無所不寫；我抽一口涼氣，捉襟見肘，顧此失彼。

其次，譯者應該喜歡他譯的書，這是理想；借劉紹銘的話說，這樣才能「活在借來的生命」裡[2]。可惜蕭伯納這本書，我只喜歡劇本的前六幕。[3]序裡面的見解，也有很多並不苟同。[4]至於蕭氏的散文風格，可以欣賞，卻不傾心。傅雷說譯者選擇原作好比交朋友，我這回是交友不慎，蕭伯納卻遇人不淑。總之，拙譯先天不足，可說死了一半。

心心相印、夫唱婦隨是理想的婚姻。如果譯完一本書，還想譯同一作者的另一本，好比恩愛夫妻的一方過世，另一方說：「下輩子還要嫁他（娶她）。」這才是天生一對，才真叫美滿。我今生嫁了伯訥，不悔，也克盡婦道了；下輩子呢，再看看吧。

宗教立場

讀者也許疑惑：譯者信什麼教？也許還有──性向呢？我是個異性戀者，已婚。什麼教都不信（這不叫無神論）。有人說這也是變相的信仰，由他。

宗教的起源是個複雜的問題，但是絕大部分的人信教卻很簡單：無非要滿足某些心理需要。不管是人際取暖、安身立命、為公義找確據、為理性找根源等等，層次有高低不同；然而，先是自

---

[2]　單德興（2014: 273）

[3]　觀眾大都沒有讀劇本的序，舞台上的〈尾聲〉不但交代了封聖，而且是戲劇形式的史評、變相的「蕭伯納曰」。有這一幕，才彰顯出貞德一生的意義。然而戲怎麼編，可以商榷。

[4]　蕭伯納好像有兩個腦袋，一個寫劇本，一個發議論。劇本寫的是人的行為，總有人情事理規範著。議論卻刻意破俗，有時候的確是發人所未發的灼見，有時候卻像詞語的變化組合或前提、推論的巧妙結構；你駁不倒他，卻不願苟同。Huxley（1963: ch.23）提到，蕭伯納大談演化論、精神生理學，都是「雄辯式胡說」；形容得十分傳神。其實胡說的不止這些，連有名的樂評也多少有一些；論貞德，有一大半譯者不同意，有的在注裡斟酌了，有的也不知道從何駁起。究竟雄辯裡有幾分灼見，有幾分胡說，見仁見智，讀者自己判斷吧。

覺或不自覺地願意、喜歡，然後相信，性質是一樣的。印度教、佛教、猶太教、伊斯蘭教等等，並不比基督教可信，也不比基督教不可信；大家半斤八兩。

誌謝

　　首先要感謝出版社。尤其附錄文章（第3節以下）有不少不中聽的話。出版社不怕得罪人來出版一本不見得能賣的書，實屬難得。

　　翻譯期間，因肩患而經常失眠，深以為苦。幸賴台北慈濟醫院楊淑君中醫師妙針回春，針灸室多位專業又可愛的護理師悉心照顧，得以順利工作，一併誌謝；順便也向所有辛苦的醫護人員致敬。

參考文獻

版本、譯本

Shaw, George Bernard. 1923. Saint Joan: A Chronicle Play in Six Scenes and an Epilogue / Definitive text under the editorial supervision of Dan H. Laurence. Penguin Books, 2001. The play first produced in New York 1923.

聖女貞德──六場歷史劇 附尾聲 / 劉炳善譯. 遼寧教育，1998.

聖女貞德（諾貝爾文學獎全集15）/ 吳潛誠譯. 台北：遠景，1981.

宗教

聖經（和合本）

狄剛等. 2001. 天主教英漢袖珍辭典. 台北縣新莊市：主徒會恆毅月刊社, 2001. 網路版甚多，如<http://www.ccreadbible.org/Chinese%20Bible/59294e3b655982f16f22889673cd8fad5178>

其他

Amnesty International. 2015/16. Annual Report: Israel and Occupied Palestinian Territories 2015/2016. retrieved from <https://www.amnesty.org/en/countries/middle-east-and-north-africa/israel-and-occupied-palestinian-territories/report-israel-and-occupied-palestinian-territories/>

Arendt, Hannah. 1959. What is Authority?. From Arendt（2000:462-507）. Originally published as "What Was Authority?, " in C. Friedrich, ed., Authority（Cambridge, Mass.: Harvard University Press, 1959）.

Arendt, Hannah. 1963. Eichmann in Jerusalem. Penguin 2006.

Arendt, Hannah. 2000. Portable Hannah Arendt / edited with an introduction by Peter Baehr. Penguin, 2000.

Aristotle. The Basic Works of Aristotle / edited by Richard McKeon. NY: Random House, 1941.

Armstrong, George Dodd. 1857. The Christian Doctrine of Slavery. NY: Charles Scribner, 1857.

Augustine, St（St Augustine of Hippo）. Confessions / translated by F. J. Sheed. Hackett Publishing Company, Inc., c1993. Revised edition. Original published by Sheed & Ward, Inc., c1942, 1943.

Barzun, Jacques. 1956. Cultural History: A Synthesis. in Barzun（2002: 27-33）. Originally published in The Varieties of History, edited by Fritz Stern, pp. 387-402. Cleveland and New York: World Publishing, Meridian Books, 1956.

Barzun, Jacques. 2000. From Dawn to Decadence: 500 Years of Western Cultural Life 1500 to the Present. NY: HarperCollins, 2000.

Barzun, Jacques. 2002. Jacques Barzun Reader / edited by Michael Murray. NY: HarperCollins, 2002.

Benedict, Ruth. 1934. Patterns of Culture. Houghton Mifflin Company, 1934.

Benedict, Ruth. 1946. Chrysanthemum and Sword. Houghton Mifflin Company 1989.

Berlin, Isaiah. 1979. Nationalism: Past Neglect and Present Power. In Berlin（1980: 333-355）. Originally published in Partisan Review, Vol. 45, 1979.

Berlin, Isaiah. 1980. Against the Current: Essays in the History of Ideas / edited by Henry Hardy. NY: Viking Press, 1980.

Berlin, Isaiah. 1988. The Pursuit of the Ideal. In Berlin（1991: 1-20）. Originally an address given at the award ceremony in Turin for the first Senator Giovanni Agnelli International Prize. Repr. in The New York Review of Books. Vol. 35, No. 4, 17 March 1988.

Berlin, Isaiah. 1991. Crooked Timber of Humanity. Princeton University Press, 2013. Second Edition.

Carter, Rita. 2000. Mapping the Mind. Berkeley: University of California Press, 2000.

Chaplin, Charles. 1964. My Autobiography. NY: Simon & Schuster, 1964.

Chomsky, N. 2015. Pirates and Emperors, Old and New: International Terrorism in the Real World. Haymarket Books, 2015.

Chudacoff, Howard P. 1989. How Old Are You?: Age Consciousness in American Culture. Princeton University Press, 1989.

Constantine, Peter. 2007. The Essential Writings of Machiavelli / selected and translated by Peter Constantine. Modern Library, 2007.

Corrie, Rachel. 2008. Let Me Stand Alone: The Journals of Rachel Corrie. W. W. Norton & Company, 2008. 部分信件，包括2003年2月27日寫給母親的，又見 <http://rachelcorriefoundation.org/rachel/emails>。

Dostoevsky, Fyodor. 1880. The Brothers Karamazov / translated by C. Garnett. Modern Library, 1996.

Duncan, Isadora. 1927. My Life. Liveright, revised and updated edition, 2013.

Ehrman, Bart D. 2005. Misquoting Jesus: The Story Behind Who Changed the Bible and Why. HarperOne, 2005.

Eisler, Benita. 2006. Naked in the Marketplace: The Lives of George Sand. Counterpoint, 2006.

Falk, Richard. 2015. UN Report on War Crimes during Israel's 51 Day Assault on Gaza. Palestine Chronicle, Jul 6 2015. Retrieved from <http://www.palestinechronicle.com/un-report-on-war-crimes-during-israels-51-day-assault-on-gaza/>

Forsyth, Neil. 1989. The Old Enemy: Satan and the Combat Myth. Princeton University Press, 1989.

Franklin, Benjamin. 1791. Autobiography and Other Writings. Oxford University Press, 2009.

Frazer, James George. 1890. The New Golden Bough: A New Abridgment of the Classic Work / Edited, and with notes and foreword by Dr. Theodor H. Gaster. NY: Criterion Books, 1959.

Galton, Sir Francis. 1883. Inquiries into Human Faculty and Its Development. Retrieved from <http://galton.org/books/human-faculty/text/galton-1883-human-faculty-v4.pdf> Originally published in 1883 by Macmillan. Second Edition, 1907 by J. M. Dent & Co.（Everyman）.

Gandhi, M. K. 1939. Letter to Adolf Hitler. 23 July 1939. Retrieved from <http://www.theguardian.com/culture/interactive/2013/oct/12/mohandas-gandhi-adolf-hitler-letter>; 1940, <http://www.mkgandhi.org/letters/hitler_ltr1.htm>

Gandhi, M. K. 1940. Letter to Adolf Hitler. 24 December 1940. Retrieved from <http://www.mkgandhi.org/letters/hitler_ltr1.htm>

Gill, G. 2009. We Two: Victoria and Albert: Rulers, Partners, Rivals. Ballantine Books, 2009.

Goldstein, Joshua S. 2003. War and Gender: How Gender Shapes the War System and Vice Versa. Cambridge University Press, 2003.

Gould, Stephen Jay. 1999. Rocks of Ages. The Ballantine Publishing Group, 1999.

Guizot, François. 1828. The History of Civilization in Europe / translated by W. Hazlitt, edited by L. Siedentop. Indianapolis: Liberty Fund, 2013.

Harnack, Adolf. 1901. What Is Christianity? Lectures delivered in the University of Berlin during the Winter-Term 1899-1900 / translated by T. B. Saunders. NY: G. P. Putman's Son, 1902. 2nd ed.

Harris, Judith Rich. 1998. The Nurture Assumption: Why Children Turn Out the Way They Do. NY: The Free Press, 1998.

Hobsbawm, Eric J. 2012. Nations and Nationalism since 1780: Programme, Myth, Reality（Canto Classics）2nd Edition. Cambridge University Press, 2012.

Horne, Charles F.（ed）. 1923. Source Records of the Great War, Vol. III. New York : National Alumni, 1923.

Hughes, B. 2011. The Hemlock Cup: Socrates, Athens and the Search for the Good Life. Vintage, 2012.

Huizinga, Johan. 1925. Bernard Shaw' s Saint. In Huizinga（1959: 207-240）.

Huizinga, Johan. 1959. Men and Ideas / translated by James S. Holmes and Hans van Marle. London : Eyre and Spottiswoode, 1960. Originally published by NY: Meridian Books, 1959.

Huxley, Aldous. 1920-63. Complete Essays（6 vol.）/ edited with Commentary by R. S. Baker and J. Sexton. Chicago: I. R. Dee, 2000-2002.

Huxley, Aldous. 1963. Literature and Science. In Huxley（1920-63: Vol. 6, p. 90-152）.

Ibsen, H. 1879. A Doll's House. 玩偶之家 / 潘家洵譯. 北京：人民文學，1978.

Ibsen, H. 1905. The Correspondence of Henrik Ibsen. edited by Mary Morison. London: Hodder and Stoughton, 1905.

Jabotinsky. 1923. The Ethics of the Iron Wall. Retrieved from <http://www.infocenters.co.il/jabo/jabo_multimedia/Files/linked/%D7%901%20-7_14.PDF> Originally Published in Rassviet（Paris）1923/11/11.

Laurence, Dan H. and Quinn, Martin （ed）. 1985. Shaw on Dickens. NY: Frederick Ungar, 1985.

Lelyveld, J. 2011. Great Soul: Mahatma Gandhi and His Struggle with India. NY:

Alfred A. Knopf, 2011.

Lewis, C. S. 1952. Mere Christianity. New York: Macmillan Co., 1977.

Locke, John. 1689. A Letter Concerning Toleration. NY: Prometheus Books, 1990.

Machiavelli, Niccolo. 1532. Prince / translated by Peter Constantine. in Constantine
（ed）（2007: 3-100）

McDonald, Lynn. 2010. Florence Nightingale At First Hand: Vision, Power, Legacy.
Bloomsbury Academic, 2010.

Michelet, J. 1853. Joan of Arc / translated by Albert Guerard. University of Michigan,
1957.

Mill, John Stuart. 1859. On Liberty And Utilitarianism. Everyman's Library, 1992.

Mill, John Stuart. 1874. Three Essays on Religion. in Mill（2006: Vol. 10, 369-492）.

Mill, John Stuart. 2006. Collected Works of John Stuart Mill / edited by J. M. Robson.
Liberty Fund, 2006. A reprint from the original edition published by The
University of Toronto Press in 1969.

Murphy, Cullen. 2012. God's Jury: The Inquisition and the Making of the Modern
World. NY: Houghton Mifflin Harcourt, 2012.

Naureckas, Jim. 2015. Washington Post Reduces Palestinian Victims to a Word
Problem. FAIR, 14 Oct 2015. Retrieved from <http://fair.org/home/washington-
post-reduces-palestinian-victims-to-a-word-problem/>

Orwell, George. 1945. Animal Farm. Everyman's Library, 1993.

Orwell, George. 1972. The Freedom of the Press. In Orwell（1945: Appendix Ⅰ）.
Originally published, with an introduction by Professor Bernard Crick, in The
Times Literary Supplement, 15 September 1972.

Pappé, Ilan. 2006. Genocide in Gaza. Retrieved from <https://electronicintifada.net/
content/genocide-gaza/6397>

Pavle, Selimoski, Puljic and Schneier. 1992. Berne Declaration. Retrieved from
<http://www.appealofconscience.org/d-578/declarations/Berne%20Declaration>

Pernoud, R. 1962. Joan of Arc: by Herself and Her Witnesses / translated from the
French by Edward Hyams（1966）. Scarborough House, 1994. First published
in the French language in 1962 by Editions du Seuil.

Plato. Dialogues of Plato（2 vol）/ Translated by B. Jowett. Random House 1937.

Prashad, Vijay. 2015. Checkpoint Violence: Blood and Occupation. Counterpunch,
29 December 2015. Retrieved from <http://www.counterpunch.org/2015/12/29/

checkpoint-violence-the-humiliation-of-occupation/>

Ridder-Symoens, Hilde de （ed）. 2003. A History of the University in Europe: Volume 1, Universities in the Middle Ages. Cambridge University Press, 2003.

Ross, Lillian. 1965. The Bible in Dinocitta. New Yorker, Sep. 25, 1965.

Russell, Bertrand. 1925. What I Believe. London: Kegan Paul, Trench, Trubner & Co., 1925. Reprinted in Russell （1961: 367-90）.

Russell, Bertrand. 1946. Ideas That Have Harmed Mankind. in Russell （1950:142-161）.

Russell, Bertrand. 1950. Unpopular essays. Routledge, 2009. First published in 1950 by George Allen and Unwin Ltd, London.

Russell, Bertrand. 1961. The Basic Writings of Bertrand Russell, 1903–1959. New York: Simon and Schuster, 1961.

Said, Edward W. 1998. After the Last Sky: Palestinian Lives. Columbia University Press, 1998.

Salt, Henry S. 1929. Salt on Shaw. In Winsten（1951: Appendix I）.

Sanger, Margaret. 1938. The Autobiography of Margaret Sanger. Dover, 2004. Originally published by W. W. Norton & Company, New York, in 1938 under the title of Margaret Sanger: An Autobiography.

Sax, Leonard. 2006. Why Gender Matters: What Parents and Teachers Need to Know about the Emerging Science of Sex Differences. Harmony, 2006.

Sayers, Dorothy L. 1947. The Lost Tools of Learning. Retrieved from <http://www. gbt.org/text/sayers.html>. First presented at Oxford in 1947.

Shaw, George Bernard. 1896. Devil's Disciple. 魔鬼的門徒 / 姚克譯. 台北：新興書局，1955。譯者改題「元鑫」。上海：文化生活，1936.

Shlaim, Avi. 2009. How Israel brought Gaza to the brink of humanitarian catastrophe. The Guardian, 7 January 2009. Retrieved from <http://www.theguardian.com/world/2009/jan/07/gaza-israel-palestine>

Shlaim, Avi. 2014. The Iron Wall: Israel and the Arab World （Updated and Expanded）. W. W. Norton & Company, 2014.

Tawney, R. H. 1926. Religion and the Rise of Capitalism: A Historical Study. The New American Library of World Literature, Inc., 1947.

Tolstóy, Count Leo. 1869. War and Peace / translated by L. Maude and A. Maude. Oxford University Press. 2010.

Velasco, Sherry. 2000. The Lieutenant Nun: Transgenderism, Lesbian Desire, and Catalina de Erauso. University of Texas Press, 2009.

Voltaire. 1752. Philosophical Dictionary / Selected and Translated by H. I. Woolf. New York: Knopf, 1924.

Washington, Booker T. 1901. Up from Slavery. Modern Library, 1999.

Weber, Max. 1946. Essays in Sociology / translated, edited, and with an Introduction by H. H. Gerth and C. Wright Mills. NY: Oxford University Press, 1946.

Wells, H. G. 1920. Outline Of History / Revised and Updated by R. Postgate and G. P. Wells. Doubleday & Company, Inc., 1971.

Whitehead, Alfred North. 1925. Science and the Modern World. Free Press, 1997.

Whitehead, Alfred North. 1926. Religion in the Making. Macmillan Company, 1926.

Winsten, Stephen. 1951. Salt and His Circle. Hutchinson & Co. Ltd., 1951.

Woolf, Judith. 1991. Henry James: The Major Novels. Cambridge University Press, 1991.

Zweig, Stefan. 1932. Marie Antoinette: The Portrait of an Average Woman / translated by Eden and Cedar Paul. NY: Grove Press, 2002. First published in German in 1932 by Insel Verlag, Leipzig.

杜正勝. 1979. 周代城邦. 台北：聯經，1979.

周世瑀. 2010. 美帝與以色列恐怖主義對巴勒斯坦人的暴行. 收入薩依德（2010: 285-293）.

林同奇. 2006.「民族」、「民族國家」、「民族主義」的雙重含義. 二十一世紀，2006/4=94，p. 116-124.

林長寬. 2010. 被出賣的巴勒斯坦人. 收入薩依德（2010: 272-284）.

林語堂. 1994. 談情說性（語堂文選（上））/ 林太乙編. 台北：聯經，1994.

林鴻信. 2014. 基督宗教思想史. 國立臺灣大學出版中心，2014.

邵夢蘭. 2005. 春蠶到死絲方盡：邵夢蘭女士訪問紀錄 / 游鑑明訪問，黃銘明、鄭麗榕紀錄. 台北：中央研究院近代史研究所，2005.

金庸. 1965. 俠客行. 台北：遠景，1982.

張翠容. 2006. 中東現場. 馬可孛羅，2006.

梁啟超. 1919. 歐游心影錄. 北京：商務印書館，2014.

許倬雲. 2009. 我者與他者. 北京：三聯書局，2010. 香港：中文大學，2009.

陳樂民. 2007. 20世紀的歐洲. 北京：三聯書局，2007.

單德興. 2014. 卻顧所來徑：當代名家訪談錄. 台北：允晨文化，2014.

趙樸初. 1983. 佛教常識答問. 北京：北京出版社，2003.北京：中國佛教協會，
　　1983.

薩伊德. 2010. 薩依德的流亡者之書：最後一片天空消失之後的巴勒斯坦 / 梁永
　　安譯. 立緒，2010. 譯自Said（1998）.

薩孟武. 1963. 觀梁祝電影有感. 收入薩孟武（1970: 202-8）. 原載《中央日報》
　　副刊，1963人6月5日.

薩孟武. 1970. 孟武續筆. 台北：三民書局，1970.

顧學頡選注. 1998. 元人雜劇選. 北京：人民文學，1998.

語言文學類　PG1721　秀文學1

聖女貞德譯注

作　　者／蕭伯納
譯　　注／連若安
責任編輯／洪仕翰
圖文排版／周政緯
封面設計／葉力安

發 行 人／宋政坤
法律顧問／毛國樑　律師
出版發行／秀威資訊科技股份有限公司
　　　　　114台北市內湖區瑞光路76巷65號1樓
　　　　　電話：+886-2-2796-3638　傳真：+886-2-2796-1377
　　　　　http://www.showwe.com.tw
劃撥帳號／19563868　戶名：秀威資訊科技股份有限公司
　　　　　讀者服務信箱：service@showwe.com.tw
展售門市／國家書店（松江門市）
　　　　　104台北市中山區松江路209號1樓
　　　　　電話：+886-2-2518-0207　傳真：+886-2-2518-0778
網路訂購／秀威網路書店：http://www.bodbooks.com.tw
　　　　　國家網路書店：http://www.govbooks.com.tw

2017年1月　BOD一版
定價：300元
版權所有　翻印必究
本書如有缺頁、破損或裝訂錯誤，請寄回更換

國家圖書館出版品預行編目

聖女貞德譯注 / 蕭伯訥原作；連若安譯. -- 一
版. -- 臺北市：秀威資訊科技, 2017.01
　　面；　公分. -- (秀文學；1)
BOD版
譯自：Saint Joan：a chronicle play in six
scenes and an epilogue
　ISBN 978-986-326-399-9 (平裝)

873.55　　　　　　　　　　　105023319

讀 者 回 函 卡

感謝您購買本書，為提升服務品質，請填妥以下資料，將讀者回函卡直接寄回或傳真本公司，收到您的寶貴意見後，我們會收藏記錄及檢討，謝謝！如您需要了解本公司最新出版書目、購書優惠或企劃活動，歡迎您上網查詢或下載相關資料：http:// www.showwe.com.tw

您購買的書名：＿＿＿＿＿＿＿＿＿＿＿＿＿＿＿＿＿＿＿＿＿＿＿

出生日期：＿＿＿＿＿年＿＿＿＿＿月＿＿＿＿＿日

學歷：□高中 (含) 以下　　□大專　　□研究所 (含) 以上

職業：□製造業　□金融業　□資訊業　□軍警　□傳播業　□自由業
　　　□服務業　□公務員　□教職　　□學生　□家管　　□其它＿＿＿

購書地點：□網路書店　□實體書店　□書展　□郵購　□贈閱　□其他

您從何得知本書的消息？

　　□網路書店　□實體書店　□網路搜尋　□電子報　□書訊　□雜誌

　　□傳播媒體　□親友推薦　□網站推薦　□部落格　□其他＿＿＿＿＿

您對本書的評價：（請填代號　1.非常滿意　2.滿意　3.尚可　4.再改進）

　　封面設計＿＿＿　版面編排＿＿＿　內容＿＿＿　文／譯筆＿＿＿　價格＿＿＿

讀完書後您覺得：

　　□很有收穫　□有收穫　□收穫不多　□沒收穫

對我們的建議：＿＿＿＿＿＿＿＿＿＿＿＿＿＿＿＿＿＿＿＿＿＿＿

＿＿＿＿＿＿＿＿＿＿＿＿＿＿＿＿＿＿＿＿＿＿＿＿＿＿＿＿＿＿＿＿

＿＿＿＿＿＿＿＿＿＿＿＿＿＿＿＿＿＿＿＿＿＿＿＿＿＿＿＿＿＿＿＿

＿＿＿＿＿＿＿＿＿＿＿＿＿＿＿＿＿＿＿＿＿＿＿＿＿＿＿＿＿＿＿＿

11466

台北市內湖區瑞光路 76 巷 65 號 1 樓

秀威資訊科技股份有限公司 　　收

BOD 數位出版事業部

....

（請沿線對折寄回，謝謝！）

姓　　名：_____　年齡：_____　性別：□女　□男

郵遞區號：□□□□□

地　　址：_____

聯絡電話：(日) _____　(夜) _____

E - m a i l：_____